图书在版编目（CIP）数据

赤焰苍云 / 张云著. — 北京 : 北京联合出版公司,
2016.4

ISBN 978-7-5502-7272-9

Ⅰ. ①赤… Ⅱ. ①张… Ⅲ. ①长篇小说－中国－当代
Ⅳ. ①I247.5

中国版本图书馆CIP数据核字(2016)第052850号

赤焰苍云

作　　者：张　云
出版统筹：新华先锋
责任编辑：李艳芬 徐秀琴
特约编辑：彭亚运 刘　柳
封面设计：郑金将
版式设计：王　玥

北京联合出版公司出版
（北京市西城区德外大街83号楼9层 100088）
北京雁林吉兆印刷有限公司印刷　新华书店经销
字数160千字　787mm×1092mm　1/16　16印张
2016年6月第1版　2016年6月第1次印刷
ISBN 978-7-5502-7272-9
定价：36.80元

北京联合出版公司
Beijing United Publishing Co.,Ltd.

图书在版编目（CIP）数据

赤焰苍云 / 张云著. — 北京 ： 北京联合出版公司，2016.4

ISBN 978-7-5502-7272-9

Ⅰ. ①赤… Ⅱ. ①张… Ⅲ. ①长篇小说－中国－当代 Ⅳ. ①I247.5

中国版本图书馆CIP数据核字(2016)第052850号

赤焰苍云

作　　者：张　云
出版统筹：新华先锋
责任编辑：李艳芬 徐秀琴
特约编辑：彭亚运 刘　柳
封面设计：郑金将
版式设计：王　玥

北京联合出版公司出版
（北京市西城区德外大街83号楼9层 100088）
北京雁林吉兆印刷有限公司印刷　新华书店经销
字数160千字　787mm×1092mm　1/16　16印张
2016年6月第1版　2016年6月第1次印刷
ISBN 978-7-5502-7272-9
定价：36.80元

后来我才明白，我所能做的，

只不过是让一场流光溢彩，

风光入殓。

当然，

那已经是很多年以后的事情了。

目　录

第一章

梦魇缠身

年初的一日，我开始生病。那天日现九晕，大地震颤，万鸟投湖，国人恐慌。国师穹布说，这是千年罕有的大凶兆。

我躺在用白石垒砌的巨大密殿里，面对着耸立的神像，聆听围绕周边的法师们吟唱作法，昏昏沉沉，在幻觉和现实中来回游走。这是一种异常诡异的病，高烧不止、呕吐、精神恍惚、幻听、气力衰竭，伴随而来的还有无休无止的噩梦。

穹布说龙妖在我身上下了籽。

“龙妖？”听到这个解释，我苦苦一笑。

龙妖，雄者面目丑陋，凶煞嗜杀；雌者，倾国倾城，常化为女子，妖媚惑生。传说她们拥有一双比天空还深邃的眸子，望一眼，便迷失心智、无法自拔。眸中精华，谓之龙籽，乃是情劫之物，被龙妖结籽的人，轻则身死魂灭，重则祸国殃民。

穹布看着我，目光闪烁，带着极大的忧虑和不忍。若我是常人，恐怕早就被斩去四肢，奉上祭坛，化骨扬灰，但我不是！我叫黎穆，天生就是个哑巴。在帝国，更多的人叫我将军。

追溯凡人悠久古老的时间源头，我的祖先就已经出现在这方天地之中。根据传说他们是神之子嗣，流落人间。最初的时间里，他们扶老携幼，辗转流离，翻过连绵高山，穿越汹涌长河，进入高原腹地，在最接近天空和云朵的地方定居下来，繁衍生息，才有了这出云帝国。

出云帝国，原名琼雄，意为大鹏鸟之地。鹏，传说中天神的化身，绝云气，负青天，一鸟凌空，百鸟影从。它是天空的王者，也是我们出云人的图腾。出云帝国，幅员万里。一千多年来，历经一代代出云王的统治，雄踞雪域高原，辉煌夺目，成为不朽。出云王都穹窿银城，千年以来如同一尊沉默的巨兽，蹲伏在高耸的山丘之上，守望脚下的万里疆土。

落日的余晖下，红褐色的山峰仿佛一簇从天空坠落而下的巨大火焰，最高处的王宫，与云烟之中若隐若现，大鹏鸟盘旋其上。

我在这里生活多年，熟悉它的每一块砖瓦，每一处细微的变化。它是家，却从未属于过我。整个庞大的帝国都属于黎弥加——我挚爱的哥哥——99 万大军的统领，高原的雄者。

“将军，王上召你议事。”穹布停在床前沉声道。穿着羔羊皮的穹布，精神饱满，总感觉他的智慧随时都会从身体里逸散出来。作为帝国成就最高的法师，他是父王生前最信任的朋友，也是我的老师。出云人叫他“白银穹布”，意思是他像银子一样纯粹神圣。在我眼里，他就是个糟老头，一个泡在酒罐子里的糟老头。我从来没有看到他骑在皮鼓上游行于空中，也没有看到他用鸟羽截断铁器。我只看到一个糟老头，又脏又臭，身上散发着秃鹫的气息。但他是我最亲近的人。如同父亲。

我比画着，问他，是否帝国又有战事？

自从父王死后，帝国如同斜阳，摇摇欲坠，叛乱四起。十四岁时我就披上白甲随黎弥加征战四方，十年来，我成为帝国最优秀的将军，战功卓著。

“大仗没有，小仗总是不断的。”穹布微微一笑，转而又面无表情地说：“王上召你，乃为别事。”话音刚落，我看到他欲言又止的表情。

暮色之下的穹窿银，被晚霞覆盖、被无数翻飞的旗帜覆盖、被响彻天地的号角声覆盖。每一次我看到它，就会想：究竟是谁造就了这一切。

穿过挂满白幡的房屋、岩洞，穿过被雪水冲洗得一尘不染的街道，穿过无数跪拜的人群……拉杰，是我的白狼，出云最大的一头战狼，很兴奋，一直在前领路。

出云人喜白，宫殿是穹窿银的心，是王的居住之地。用纯净山石、香灰筑成的宽厚墙体，外表镶上无数雪色的贝壳。白色雪山一样的墙体，顶起朱红色的飞檐，檐角蹲伏着用纯金打造的99只面向各方的大鹏鸟雕像。最高处，是一根擎天的巨竿，几十条白幡迎风飞舞，上面的金色大鹏鸟纹徽，在山峦之外都能看得见，那是出云人世世代代的图腾。

侍卫小心翼翼地将我放置在后宫的花园后便悄声离去。

已经初冬，园中花房里的花朵却开得烂漫，满树的山茶洁白如玉，馨香扑鼻，沁人心脾。一人，一狼，淹没在这花海中。良久，拉杰骤然弓身，脊毛竖起，很快又变得欢快跳跃。

有人来。

一袭锦服，婀娜翩跹。

“病，好点儿了吗？”她站在我面前，粲然一笑。我的心便似春水一般荡漾开去。我微微欠身，却不敢再看她的脸。比画着：禀王嫂，毫无起色。

她叫婷夏，是格列王室，父王灭了她的国，屠了她的城，只带她一人回到穹隆银。那时，她只有五岁。再大的仇恨，在时间面前也都毫无抵抗力。

她在宫里和我、哥哥一起长大，亲如家人。我看她哭，看她笑，看她从一个懵懂的女孩成为帝国最美丽的女子。看着她在月圆之夜翩然而舞，也看着她被黎弥加拉上王座，成为他的王后。她是我最爱的女人，现在是我的嫂子。

“这种病，很难好得了。”一声高呼，自梁柱后传来。这声音让婷夏脸上的微笑转瞬即逝。黎弥加一身白衣，黄金王冠下，是一张被时间和责任雕琢而出的坚毅的脸。他不算英俊，却有着成熟男人独特的魔力，仿佛永远不会变老，不会衰竭。

我们在一起度过童年、少年。晚上依偎在一起蜷缩在岩洞口，在白月光下入睡。那样的日子似乎永无止境，但是却又转瞬即逝。

我的父王，一生只爱我母后一人。母后生我的时候难产，两日两夜方才分娩，差点儿死掉，为此，在我的记忆里，父王一直对我没有好脸色。

我两岁的时候，别的孩子都能牙牙学语，而我始终沉默不言，当父王

得知我是个哑巴的时候，一声长叹。幼童时的我，常常被人取笑。不少贵族子弟取笑我，他们叫我小哑巴阿穆，每当这时，黎弥加就会挡在我的前面。在我的心中，他一直就是一座山，一座可以依靠的山。

在别人眼中，黎弥加，是长子，是未来的王。而我是个四肢瘦小、脑袋硕大的内敛孩子。柔弱，敏感，可有可无，连做黎弥加的影子都不配。但阿妈溺爱我。她将我不能说话归结于自己身上，竭尽所能地供给我一切。而父王对我远比任何人都要严厉、残酷。五岁时我就被送去修行，接受每一个出云少年必须承受的军事磨炼。那些年，我时常直面生死，变得冷静、凶狠，并成为出云最年轻的将军。

我十四岁时，阿妈对黎弥加说，你一生不会再受苦，因为所有的苦，你的弟弟已经全部替你承受。那是阿妈在世的最后一句话。我清楚地记得说完这句话，她看着黎弥加，又看了看我，微微叹了一口气便闭上了眼睛。

眼前，雄伟的宫殿下，黎弥加静静地看着我。

他的目光，鲜有这样的亲密神色。他说："我不知道做错了什么，天神降下这样的祸事在我弟弟身上。这可是我唯一的弟弟！"

我笑，告诉他：不过是病，不要相信那些无稽之谈。

"国师的判断，是不会错的。他说是龙妖作梗，那就是。"黎弥加蹲下来，拉起我的手。

多年前的一个夏日午后，他浑身是血把我从仇敌的刀光中救出来，拉着我飞奔而逃，也是如此的表情。那时的赤脚少年，转眼长大。不变的是这一双温暖宽厚的手。

"你要离开穹隆银了。"他说。

我对于他的话反应平淡，我早知会有这样的结果。出云帝国的王都穹隆银，是不会容纳一个被龙妖下籽的人。在常人眼里，这不是一般的病，而是少有的凶兆。

婷夏的身体，微微一颤。

"为什么？"她带着无尽的关切问道。

黎弥加转过身，盯着婷夏，又看了看我，满眼怒气，很快又勉强笑了

一下："年初凶兆连连，帝国上下人心惶惶。大臣们将此归结到穆的身上，说他被龙妖下了籽。"

婷夏摇头："这不过是毫无根据的说法罢了。他是你的弟弟，他不能离开穹隆银……"

"这里我说了算！"黎弥加暴怒，脖子上青筋绽出。婷夏欲再说什么，被我用眼神制止了。

黎弥加回过身，目光沉痛："我不想让你离开，但举国上下都视你为祸端，我也无能为力，尽管我是王。他们原本要送你上祭坛，化骨扬灰。但我和穹布的坚持才允许你进入神山修行。"

"去神山修行？"婷夏闻言，脸色惨白。

神灵之山，被誉为世界的尽头，也是帝国的圣地。它耸入云天之上，高绝苦寒，除了法师，凡人不进，鸟兽不入。

"他已病成这样，倘若进入神山，便九死一生，凶多吉少……"婷夏为我求情。

黎弥加急促地打断她的话："已经定了！"

婷夏恸哭："你这是报复！"

"他是我弟弟，怎是报复？！"黎弥加怒目相向。

"嗷——"拉杰一声怒哼，冲着黎弥加露出白森森的牙。

"这只爬虫！"黎弥加骂了一句，然后看着我，眼眶通红。

黄昏时分，我离开穹隆银。天上下起雪，纷纷扬扬，覆盖整个世界。我坐在车上，裘袍被风紧紧抓住，似乎不愿离开。离开时，我没有回头看一眼穹隆银。

狂风依然在卷积着鹅毛大雪呼啸而至，整个天空响彻着冷冽的响声。

婷夏曾经说过她最喜欢雪，在她的格列国，雪是传说中的天女化身，降临凡间，以此净化污秽喧嚣的尘世。婷夏曾经告诉我，当年出云大军攻破格列王都的时候，就下起了一场大雪。连同那雪花一起降落的，还有无数弩箭、矛枪、火油。雄伟的王都被三十万大军围困了半年，终于城破。

出云的白甲禁卫攻入皇宫时，婷夏的父王和兄长战死，母亲拖着她，在高楼之上举火自焚。

“那么大的火，映红了半边天，黑烟冲入云霄，仿佛一个张牙舞爪的妖怪。我那时很怕，不过看到雪落下来，就觉得心安。”婷夏跟我说那段往事的时候，脸上泛起一丝微笑。她用微笑对抗国破家亡，她说活下去，是她唯一能做的事。

她没死在那场大火中，是父王救了她。那时父王的心里，应该也是痛苦的。他是英明雄武的出云王，是胜利者。出云与格列的战争，持续了整整十年，双方都付出了惨重的代价。当他纵马进入格列王都的时候，看到遍地的尸体，连同倾塌的亭台楼阁，一同被大雪掩盖。一座王城，没有活着的人，只有一个立于雪中的女孩，昂头看雪，嘴角挂着微笑。那微笑，让父王心中生出巨大的悔恨和不安，所以他不顾劝阻，执意将婷夏带回穹隆银。

风大，雪紧，车厢里却很温暖。宽大的车厢，铺着雪豹皮，温着酒。我最喜欢的酒，用来自南部山谷中最上等的鸡爪谷酿造，浓烈如火，喝下一口就会感觉全身都在燃烧。

我剧烈咳嗽，一声连着一声，几乎连呼吸都很困难。我的身边一直带着一把白柄刀，精铁为身、象牙为柄，没有任何的华丽装饰。微红的刀刃散发着一股凛冽气息，以酒祭之，刀身颤抖，发出阵阵嗡鸣之声。一柄刀，一壶酒，这是我的全部。

马车摇晃，疾驰行进，忽又骤然停下。

“将军，前方有人。”卫士低声道。

我敲敲车厢，示意他继续行进。

“是王后。”卫士的声音中带着无可奈何。酒水送到嘴边，始终没有喝下，我握着酒盏的手在颤抖。

“将军，见还是不见？”

这个问题，十年来，几乎每一天都在拷问着我。每一日，每一时，每一刻，那张脸都会浮现在我的眼前。如此美好，但她却是我的王嫂。我与她之间，

始终隔着一个人、一座山。

“见吧，将军，算是告个别。”卫兵笑道。

是呀，告个别。自此之后，山高水远，或许再难相见。

我掀开车帘，狂风灌入，吹散酒气。

前方山口，是婷夏。一人、一马，白衣飘飘。

我赶紧下车，踩着积雪快步向前，没膝的大雪吱吱作响。

她说：“你这就走了吗？”

我点头。

沉默，长时间的沉默。

我的目光始终不敢望向她的脸，只能看着路边，看着山峦，看着更远处的空空荡荡。

“听说每到这个季节，俄摩隆仁上的雪莲就会全部盛开，白色的雪莲，在雪夜绽放，天上的星光徐徐照射下来，美得让人心醉。”她说。

我点头，依然是沉默。

“听说那里是早年你修行的地方，有九百九十九个修行洞，无粮无水，无床无榻，四周雪兽徘徊，百人入，一人回。”

我深吸一口气，点头，看着脚下。

她就在我面前，我们之间，一步之遥，却又似隔天涯。

“听说俄摩隆仁的山顶，有着最美的云烟，它们流转、翻滚，终年不散。人死之后，灵魂就在那里相聚。”

我依旧点头。

她的脚向前一步，那双鹿皮靴尖对着我的脚。

“你曾经说过，要带我去看那云烟，我一直记得。”她的声音很低，吐气如兰。

我告诉她，我记得，一直记得。我还告诉她，以后，我会带她去看，看那世上最美的雪莲，还有落满雪水晶一般的神山。

“现在！我不要以后，我要现在！”她突然高叫一声，逼近我。

我抬起头，看到那张脸上落下两行晶莹的泪，但很快结成两道细小的冰痕。

我比画着：不可能！我是祸端，一人前去神山，是修行，是惩罚。你是王后，不可同行。

“我不是王后！我一个人逃跑出来时，就已经不再是王后。”她嘶吼道，“穆，你知道我从未在乎过这个王后。你知道这十年我过着怎样的生活，你知道我从未爱过他。”

我感到不知所措。即便在尸积如山的战场上，我也从未如此慌张。

黎弥加爱着你！

“那是他的事，和我无关！”她说。

即便是成年，她和我说话的语气、表情，也与幼时毫无二致。

我曾经看到她哭。一个女童蜷缩在殿堂的角落里茫然无助地哭泣。她说她做了一个噩梦，梦见死去的父母和兄长。那是我第一次见到她。我牵着她，穿过连绵的宫殿，去看花开。洁白的山茶，放在水晶垒砌的温房里，经过精心照顾，终于开出花来。那花散发出沁人心脾的香气。一朵花有它的寒冬、繁春，有它的轮回，有它的芳香，人也一样。我当时如此告诉她。

她站在树下笑，头顶上一朵一朵山茶次第盛开。那是我第一次见到她笑，这世界上最美的笑容。然后黎弥加出现，将她扛在肩上，大笑着离去。

“父王说宫里来了个叫婷夏的小美人。从今之后，你是我的。以后我是出云王，你就是王后。”黎弥加说。

那是我第一次知道她的名字，从黎弥加的口中。我们三人的初见，似乎冥冥中就已经注定结局。

“你会带我去吗？”她的身体剧烈颤抖，看着我，簌簌泪下，“一直以来，我是王后，但以后我不是，我要陪你去俄摩隆仁！我要做一个寻常女子，陪你熬过那无数漫漫长夜！”

不可能。我愤怒地告诉她：这绝对不可能，黎弥加不会同意，出云民众不会同意，我同样不会同意。

“为什么？！”她的声音剧烈颤抖，让人无比心痛。

我告诉自己绝对不能动摇，任何的动摇都意味着迈向无法逃脱的万丈

深渊。

因为黎弥加的尊严！因为出云帝国千千万万民众的安宁和幸福！你这样太自私了，你是王后，要为出云帝国养育子嗣，保证帝国的绵延流长。

她终于无言。

我转身上车，放下帘幕。卫兵甩响马鞭，马蹄卷雪，疾驰而去。她的身影自车窗外掠过，我的泪水终于可以肆意流下。

婷夏，这世界上有太多无可奈何的爱，只能深埋于心中，永远无法见到阳光，它注定不被尘世所允许。

“将军……”卫兵沉沉道。

我端起酒盏，一饮而尽。酒已凉，饮下，冷到骨髓，旋即又腾起烈火，烧得我肝肠寸断。

“将军，出城之前，我见到逻萨使者，听说弗夜坚赞意欲和我们出云联姻。”卫兵道。

逻萨使者？弗夜坚赞？联姻？我不由得一愣。

弗夜坚赞这个名字在雪域有一个更广泛流传的尊号——昭日天汗，他是我最为忌惮的对手。昆蕃部落，原本世代生活于河谷之中，在长久的年月中，他们始终臣服于出云。和出云相比，他们如同一只蝼蚁，但正是这只弱小的蚂蚁，如今成长为可以动摇出云根基的巨象。经过三十二位王汗的努力，成为一股不容小觑的力量。他们的首领囊日坚赞，雄心勃勃，不甘心于出云的统治，始终想要取而代之。在我未懂事的年月中，昆蕃和出云之间的战争爆发过好多次，尽管我们胜多败少，但出云从未找到能让他们屈服的办法。后来，囊日坚赞被手下毒死，昆蕃分崩离析，所有出云人都松了一口气，但谁也没想到囊日坚赞的儿子、年仅十三岁的弗夜坚赞不仅迅速平定叛乱，更是凭借他的睿智，将分散的昆蕃部落打造成坚如磐石的昆蕃帝国。在他的带领下，昆蕃人定都逻萨，崛起于高原之巅，兵强马壮，公开举起反抗出云的战旗，在它的影响下，许多部落纷纷投靠，致使出云帝国战火四起。

新兴的昆蕃，年轻而生气勃勃，在弗夜坚赞的带领下，磨砺尖角，剑指着穹隆银。年轻的弗夜坚赞精通骑射、角力、击剑。不仅武艺出众，而且英俊高大，善于吟诗，文武全才，昆蕃人尊称他为“昭日天汗”，意思是“像太阳一样永远照射四方的众汗之王”。在高原，许多人暗地里将他比作太阳，将黎弥加比作月亮。“月亮的光芒尽管洁白万丈，但日头出来，就会月落西山。”昆蕃，已成为千年出云帝国最大的威胁。

事实上，自黎弥加继位以来，他与弗夜坚赞就屡屡交锋。尽管逻萨人英勇善战，但出云帝国由大鹏鸟和战狼组成的不败兽军还在，出云帝国99万把白柄刀锋利无双，结果毫无悬念。尤其是四年前，黎弥加和弗夜坚赞皆御驾亲征，在高原之巅展开血战，逻萨人一战而败，打得弗夜坚赞不得不罢手言和。这几年，尽管弗夜坚赞暗地怂恿其他部落起兵反叛，致使双方小战不断，不过昆蕃和出云表面都保持着克制的和气。现在这个可怕又可敬的敌人竟然派使者到穹隆银提出联姻，不知葫芦里要卖什么药。

没人比我更了解黎弥加，世间的女子，他只爱婷夏一人。这么多年来，他无数次拒绝臣下要他纳妃的提议。

“现在穹隆银已经吵成一锅粥。将军，相对来说，更多人认为王上应该答应这次联姻。”卫兵兀自说着话，随即又叹了口气：“如果王上真的纳妃，那王后就太可怜了。”

我呆若木鸡。或许正是这件事，让婷夏鼓足勇气偷跑出来找我。

表面上看，她是至高无上的王后，黎弥加深爱的女人。倘若联姻成功，连黎弥加对她的爱，恐怕也要有人分享了。

婷夏，尽管我一万个愿意，但我不能带你走。我甚至自己也朝不保夕，俄摩隆仁的神山之巅，或许就是我的坟墓。

大雪更紧，我们和这风中的雪花没什么不同，无法掌握自己飞落的方向，无法左右自己的命运。

第二章
悲伤涌动

黑暗中，我缓缓睁开眼。身体早已麻木，我艰难挪动，来到洞口。那里躺着一个人，是个叫多吉的法师，与我年纪相仿。

之前他是个清瘦安静的人，说话慢声细语，始终带着笑音。他会经常给我带花，山中极寒之下盛开的微弱植物，不甚清香，却格外灵动。他会帮我生火，然后笑着听我讲述那些征战的故事。但是现在他死了，变成一具冷冰冰的尸体。我已经记不清他是我身边死去的第几个人。他的面容依然恬淡，肤色白净，嘴角还带着笑意。只有二十几岁的青年，还未看过世间浮华，就迅速凋零。

俄摩隆仁，风雪之下，山体如同水晶般玲珑剔透。其上是云，涌动挤压，变幻莫测。那里是神界，是出云人灵魂安息之地，或许接下来便会轮到我。

两年的时光很快过去，可我的病情总在不断地重复着。两年来，我未踏出这石洞一步。

我所做的和平凡修行人别无二致：默诵经文、按照密不外传的仪轨修法，然后，就是看着神山发呆。这里几乎无人前来，身边只有个照料我生活起居的法师，当他外出时，就只剩下我一人。

对了，还有白狼拉杰，不管白日黑夜，它始终不离不弃。很多次大风暴，极度的寒冷中，我钻入它的身下取暖，那厚实的皮毛，不止一次救了我。穹布会不间断出现，有时一个月来一次，有时半年也不见。他是唯一一个和我有联系的外界的人。

从他的口中，我大致对外面的世界有所了解。这两年，黎弥加的日子并不好过。帝国境内的叛乱愈演愈烈，此起彼伏。他往来奔走，铁骑呼啸，所到之处，战无不胜。不过，他最大的威胁依然是昆蕃人。这两年，黎弥加忙着平息叛乱时，弗夜坚赞也没有闲着。这个正值壮年的昆蕃之王，领兵四处讨伐，不但灭掉了相邻的苏毗人，更一举击败邻国党羌，俘虏甚众，气吞如虎。此时的昆蕃，从曾经的战败中迅速恢复，羽翼丰满，“地千里，军十万”，早已经不是孱弱的小部落，而是随时可以咬断出云咽喉的狮子。

我想，黎弥加的日子要比我难熬。但这些，已与我无关。我只是个卑微的修行人，在云烟冷风中苟延残喘，有心无力。有时我也会向穹布打听婷夏的消息。她始终是我内心深处割舍不断的牵挂。

那次见面之后，婷夏被黎弥加的护卫带回宫。黎弥加为此暴跳如雷，将婷夏关进后宫的高楼之中长达两月之久。但最后，黎弥加还是亲自接婷夏下楼，因为他听到婷夏的笛声。婷夏那支用大鹏鸟翅骨制造的骨笛凄厉、寂寞、冰冷的音调深深刺痛了黎弥加的心。这么多年来，他一心一意爱她，爱到近乎疯狂。作为帝国的王，黎弥加战无不胜，堪称铜皮铁骨，而婷夏是他唯一的弱点。

“王后自此无事，但日渐寡言。王上四处征讨，旷日不归。王后常留御花园，与山茶为伴，我见过几次，每次都默默流泪。”穹布说。那一刻，我内心排山倒海。园中的那片山茶，还在开吗？

当第一场牛毛雪席卷而来的时候，我在神山脚下，做了一个梦。我梦见黎弥加的黄金王冠跌落到了深渊的火海里，两条火蛇盘绕其上，一大一小。烙刻在王冠上的大鹏鸟在烟雾中飞起，这时候从北方刮来了一场大风，大风压低了大鹏鸟的翅膀，我看到它在火海上挣扎的模样，那样子让我想起一个折翅的男人或者女人，但是我不知道那是谁。然后，一切化为空空荡荡，只剩下一枚白色的羽毛，在烈焰上越飞越远，好像夏天的萤火，倏忽不见。我从梦中惊醒，外面已经天亮。天气阴沉，很快又要落雪，笼罩着一片苍茫天地。

我看到远处的盘旋山路上出现一个黑点缓缓而来。“穆呀，我来的时候，

穹窿银旁的山上，雪莲花开得一路都是，这是一个好兆头。”穹布从他的牦牛上面跳下来的时候，我正在和白狼拉杰靠在一起，聚精会神地蹲在石堆旁望向远处的群山。

我比画着告诉穹布我做了一个梦。

穹布靠在一块石头上一动不动地看着我，看着我将梦境描述完毕。

“梦这种东西，无所谓有，无所谓无，更多的时候，它是内心的征兆，联系真实与虚无。”穹布叹了一口气，“你的梦，是你内心企图谋取或者为之担忧的事，这种事含义繁复，如同寓言，任何解读都是徒劳的。”

我对穹布比画着：你说的全是废话。

“是的，我只是一个老不死的神棍罢了。”穹布哈哈大笑，他指了指我，“你不同，你是出云绝无仅有、无法替代的存在。”

我的脸黝黑肮脏，手脚皴裂，头发如同蓬草，身上散发着一股腐朽的酸臭味。

“你要回去参加一场婚礼。”穹布坐在雪里生起火，蒸腾出一片青烟，天空上，更大的云烟在他的头顶凝聚。

我起身，掉头走向岩洞。日常的修行，自有它的规律，到了该做功课的时候。

“你必须回去。”穹布堵住了我的去路。他神情凝重，语气中带着不容置疑的笃定。

我笑笑：那与我无关。

“新娘是昭日天汗的妹妹，你是王上唯一的弟弟，也是他唯一的亲人，按照规矩你必须出席。要知道任何的失礼都可能导致双方的战争。”穹布抬头看着半空中密集的云朵。那些云朵被风撕裂，好像伤口。

“他们都说穹窿银，来了一条毒蛇。”穹布叹了一口气，再也不说话。我的脚步，骤然停顿。

昭日天汗只有一个妹妹，她的美貌早已传遍四方。据说，她的眼眸如同夜空朗星，她的长发如同茂密海藻，她声音悦耳足可胜过百灵，她的笑容甜比蜜糖，足可融化一切仇怨。她十四岁时，提亲的人就挤满逻萨城，其中不乏王公贵族、少年英雄，但统统被昭日天汗拒绝。她被昆蕃人视为国之珍宝。昭日天汗曾经宣称：宁可失城失国，也不会丢弃他妹妹的一根头发。

两年之前，昭日天汗主动提出要与出云联姻，被黎弥加一口回绝。据说当时认为应该接受昭日天汗这个提议的出云大臣占据上风，替黎弥加分析了利弊，都被黎弥加派人押了出去。黎弥加说过，他不会再娶任何人。

我的心抽紧，颤抖，快要崩坏。我问穹布：黎弥加同意这场婚事了？

“同意了。”穹布摊摊手，“出云已战乱几十年，尤其是这两年，征讨之中，早已不堪重负，与逻萨保持和平乃是上上之选。他是王，他的一举一动，他的娶妻生子，都是国事，他不能不答应。”穹布说得义正词严。

这是事实，再显赫的王，也有自己的枷锁。

我更关心婷夏，婷夏有何反应？

穹布苦笑一声：“王后一如往常，常于院中看花。”

我转头向北，望向穹隆银的方向，只有云烟起伏。

穹布，那个女子，是何名姓？

“赛玛噶。”

赛玛噶。我默念着这个名字，名字的寓意是“星空下的珍珠”。

清晨的时候，我早早醒来，不知道自己睡了多久，每日都这样醒来，然后静静倾听黑暗深处的声响：滴在岩洞石阶上的雨水声、风中一朵花开、狼群的杀戮、隐约传来的笑、山石滚落坠入河流发出的巨响……

人的内心，犹如深不见底的河渊，总有无法抵达的地方，无法看见的人，无法接近的事。我六岁的时候，父王告诉我，天神夺去了你的某些东西，有他的道理。我很庆幸自己不再言说，这样便可以发现别人无法关注的世界。这世界是一个云烟弥漫的荒野，在里面行走如同穿过无人之境。

穹布为他的牦牛裹上黑巾，站在一边小声念着经文；拉杰蹲在一旁低声呜咽，叫声悠长，犹如吟唱一般。那牦牛和穹布一样老了，终于走到生命的尽头。它伏在一片雪地上，眸子清澈如同圣湖玛垂的湖水。阳光从云层缝隙里漏下来，落在它的尖角上，落在它的睫毛上，落在它干瘪皮囊一

样的躯体上。对于它来说，一段旅途已经完结。我抬头看见阳光下那头牦牛闭上眼睛，神情平静。

我已经决定下山。路上我再次提及那个梦。穹布听得很认真，依然一语不发。

“是山，终要没入水下。是海，终要凸显成丘。凡活着的，终要化为尘土，凡逝亡的，终要遇见雨露。该来的，要来，该去的，要去。穆呀，这些，你难道还不懂吗？”穹布说这句话的时候，我听见飞鸟的声音一闪而过。

“走吧，走吧。去看看那个美人儿。据说，她是雪精所化，凡是看到她的人，都会身不由己地爱上她。”穹布哈哈大笑，手里的鞭子抽在我的马背上。天空蓝得耀眼，我们的前头，一轮血红的日头如同一个沉重的头颅，架在神山俄摩隆仁的峰顶。除此之外，便是寂静，别无其他。

在回去的路上，穹布滔滔不绝地谈论起这场万众瞩目的联姻。三个月之前，逻萨城的使者突然出现在穹隆银城下，为首的叫噶尔金赞，是昭日天汗最为器重的大臣。大殿之上，当他代表昭日天汗本人再次提出要两国联姻、结为永好时，出云的大臣和将军们顿时炸开了锅，并迅速分化为两大阵营。以总管东罗木马孜为首的一帮人认为，出云和昆蕃相互敌对、厮杀已经两败俱伤，长此以往国将不国，此次昭日天汗要把妹妹奉给王上，一方面表达了臣服的诚意，另一方面，也是最为重要的，便是两国就此罢兵，实乃帝国之福。而以老帅热桑杰为首的众人则认为，出云和昆蕃绝难成为盟友，一山不容二虎。昭日天汗野心勃勃，觊觎天下，兵不入穹隆银城坚决不罢休，此次献上他的妹妹，定然有阴谋诡计。出云王的女人，可以是任何女子，但绝对不能是逻萨人。赛玛噶成为王妃，就等于逻萨人的魔爪伸进了帝国的心腹。

朝堂之上，双方各持己见，唇枪舌剑，混乱不堪。和上次一样，对于联姻，黎弥加一口回绝，咆哮离去。不过奇怪的是，第二天，他便重新召回使者，同意这场婚事。

“是东罗木马孜，这个狡猾的双头狐狸，当晚入宫，说服了王上。”穹布微笑道。

我对东罗木马孜并无好印象，但这一次必须承认，他做得很对。对于出云来说，一场婚姻能够暂时消除战争是最好的。但我了解昭日天汗，他不是一个屈居人臣的家伙，热桑杰说得对，这或许就是个阴谋。

若真是如此，我不禁为那个叫赛玛噶的女子感到悲哀。爱情一旦与政治捆绑在一块时，人就深陷其中无法掌控自己的命运，最终都会慢慢凋零。

这样的一场婚礼，我不参加也罢，但为何偏偏让我出席呢？

“这是婷夏的意思。”穹布缓缓道，“后宫之事皆有婷夏主管。王上纳妃，礼仪更由婷夏指定。出云传统，王上大婚，王室成员必须盛装出席，黎氏王族到了这一代，只有你们兄弟俩。”

我已经被赶出王城。

“但你依然是王室，王上连你的兽军统领一职都未解除。”穹布正色道。然后，他把脸转向一边，喃喃自语：“或许，婷夏想见你。”

她想见我？何苦。

七日之后，宏大的穹隆银城出现在我的视野。

两年未见，它依然雄伟，直冲天空。斜阳下，如同一头打着瞌睡的狮子，酣然入梦。城门打开，旗帜飞扬。海螺号声此起彼伏。一支白军飞快而来。

“是东罗木马孜。”穹布直起身子看了看。

东罗木马孜，出云国的总管，有着最为聪明的头脑和最善言辞的嘴巴。

“王上命我迎接将军入城。”矮小精瘦的东罗木马孜在马上傲慢地施礼。

这个人，对我恨之入骨。六年之前，我领兵平讨叛乱，他的儿子在我麾下效力。他儿子在一场大战前担任前锋却临阵退逃，致使前军大乱。因为他的原因，尽管出云最后获胜，但损失惨重，依军法，我命人将其斩于阵前。

东罗木马孜老来得子，爱之如命。那是他唯一的儿子。自此之后，他与我之间，便势同水火。我挥挥手，示意入城。

拉杰疾驰在最前头，它和我一样，在穹隆银长大，两年未归，似乎比我更渴望回来。

“将军！”

道路两旁，出云人脱帽拜服，层层叠叠，气势如虹。那一刻，我鼻子发酸，

差点儿哭出来。

我被仆人们服侍着，换了最隆重的礼服。白色的衣，罩上白色的甲，那甲早先属于我的父王，世代流传，其上存储着的千年时光，俱淹没在云烟里。只有斑驳的刀痕和纯银镶嵌着的大鹏鸟的一双眸子，如同祖先的牌位，昭示着属于祖先的拥有无限荣光的荣耀。

蒿草一样的头发被梳理，盘成鞭子，坠上松石串。污垢洗去，露出干净的皮肉，仿佛新生。

“将军就是将军，不管沦落到何等难堪的地步，只要罩上这身白甲，依然是这么风姿卓绝。”东罗木马孜插着双手看着我，有些阴阳怪气。

我笑笑，取过那把白柄刀。抽刀出鞘，寒光如冷月，刀身颤抖，发出低低的呜咽之声。两年来，我从未触摸过它，将它废弃于洞穴深处。东罗木马孜的脸笼罩在刀影中，蓦地变得惨白，随而挤出笑容：“我们去大殿？”

不，去宫里。

“王上不在宫中。”东罗木马孜立刻道。

我不找他。我要先见一个人。

“遵命。”

穿过那山茶花海，我进入后宫。出云帝国的后宫，连绵巨大，但这些年来只有一个女主人。

“王后在庆生亭。”采花的侍女见我，皆露出欢欣鼓舞的神色。

庆生亭，婷夏20岁时黎弥加特意为其建造。他召集天下最好的能工巧匠，命我不远千里运来极寒之地的上等玉石，动用十万大军，历经三年才建成。穿过曲折楼台，一路向前，那温润雪白的厅中，一袭锦服俯身于案上。

婷夏已经睡着。她侧俯着，那张恬淡白净的脸儿压着藕节一般的臂膀，呼吸均匀，眉头紧皱，眼角之下，仿佛还有泪痕。在梦中，她定然是遇到了不开心的事。我坐在对面的栏杆上，静静地看着她。比起两年前，她清瘦了，瘦得如同一弯新月，但依旧颜容姣好。我常常好奇她有着一个怎样的内在世界，掺杂着难以描述的痛苦和寂寞。但她从不对人说。这些年，一人默默承受，深沉如大海。

风大，吹得花落，纷纷扬扬。案头的纸张沙沙作响，看得出来她之前在画画，即便是睡着了，手中还握着笔。

我接下披风，走过去。她骤然醒来，见到我，先是一惊，手忙脚乱地将纸张叠起。

“你……回来了？”她的声音，依然是那么的空灵、动人，却没有任何喜悦的意味。

我点头。

“什么时候回来的？”

一个时辰前。她入神地看着我，良久道：“你瘦了。”

你也如此。

她露出贝齿，洁白如玉：“这两年，过得好吗？”

她在笑，但我看到了她眼角的泪。

马马虎虎，倒是清净。我比画着。

然后是长时间的沉默。我们仿佛有很多话要说，却不知道如何开口。

你为什么叫我回来？

她张开嘴，想了想：“只想看看你。”

我不敢看她，转头看那山茶。

“难道……你不想回来？”她的声音中，带着一丝颤抖。

这里已经不属于我了。

她低下头，不再说话。

我问：黎弥加纳妃，你没有反对？

婷夏笑了，笑得风轻云淡：“他是王，出云帝国的王，他有他的选择。而我只是个女人。”

婚礼之后，我便回去。我这样告诉她。

“难道你对这里没有丝毫留恋吗？”她猛地站起来，瞪着我，大颗泪水滚下。风又起，吹动案头纸张，落于我的脚下。

层层叠叠的画纸，笔墨渲染，绘的全是相同的一个男人。一个白衣白甲的男人，迎风而立，神情坚毅而落寞，那是我。

婷夏哭着慌乱收集那些画像，随风追逐，终有几张被风吹去。她一个趔趄跌倒在地，终于崩溃，放声大哭。

我伸手去扶，手被她打落。

我站在她的身后手足无措，听见婷夏说："你就是个懦夫！你知道，我从来没有喜欢过黎弥加，我只喜欢你！"

我从亭中出来，东罗木马孜立于阶下。他一直都在等我，全身直立，目不斜视，犹如一块冷石。

"将军，王上与众人已经等你多时了。"他看了看庆生亭的方向，笑道，"还是尽快去大殿的好。"

我点头。

穹隆银的大殿是帝国的心脏。

"感谢天神，将我的弟弟还给了我，他依然如狼一样健壮！"我出现在殿门的台阶上时，黎弥加就从王座上快步走下来，穿过他的臣下，一把搂住了我。两年未见，他虽健壮不减，但明显老了许多，原本棕红色的头发，开始出现白丝。可以容纳几百人的大厅，座无虚席。

来自各部落的头人们，十八位属国小王端坐在最前方。有来自军队的99位将军，热桑杰如同头狼一样位于其中，他是出云大军的元帅，一个五十岁的丑汉子，牛一样的脾气，鹰隼一样的头脑，他是我最尊敬的老师。

东罗木马孜走入大臣之中，他是所有大臣的核心，事实上他也是王国和黎弥加的头脑，老鼠一样的身躯，却有着狐狸一样的智慧。穹布和法师们坐在最上首，作为大成就者，他们是这个王国绝对的精神支柱，大到扶持国政，安民济世，小到婚丧嫁娶，灾害瘟疫，生老病死，处处可以看到他们的身影和众生对望。

黎弥加拉着我径直走到他的王座，面对众人，让我挨着他坐下。

"修行还好吗？"他看着我，目光柔和。

我比画着告诉他，一切安好。

"还做噩梦？"

我点头。无休止的噩梦，很少安睡。常常在恐惧中惊醒，醒来脸色苍白全是冷汗。如同一枚蚕蛹，生命的丝线一点点被抽离。

“为什么那些法术一点儿用处都没有？！”黎弥加怒气冲冲地冲着穹布咆哮。

“王上，龙妖在他身上下了籽，想拔去可不像女人产仔一样容易。”穹布笑。

“说不定，娶个女人就好了。”热桑杰的一句话，让众人都笑起来。

父王死后，这位老帅就是我和黎弥加的父亲。性烈如火，心直口快，在帝国军人中有着无人能及的威望，也只有他，能在这种场合开这样的玩笑。

“他还小！”黎弥加没好气地瞪着热桑杰。

我告诉他，我已经二十五了，已经是一个真正的出云男人了。

黎弥加笑着摇摇头，露出雪白的牙齿。他笑起来很好看，以前我不明白笑容这么好看的人为什么每天都要绷着脸。他告诉我作为王，就要有让所有人敬畏的威望。

“我的国师，不管你们用什么办法，务必让我的弟弟康复起来。我没有阿穆，如同飞鸟没了翅膀，饿狼没有了牙齿！”

“王上放心，天神会保佑的。”穹布微微顿首。

黎弥加满意地点点头，直到这个时候，他的目光才放到了他的臣子们身上。

“说到昆蕃人……”黎弥加的眉头皱起来，“他们原先是一群羊，现在成了一群狼。尽管我答应你们的请求，迎娶弗夜坚赞的妹妹赛玛噶，这是天神的旨意，愿她庇护出云。但我要说，我会消灭昆蕃人，这片雪域属于出云，过去是，现在是，将来也是，直到俄摩隆仁顶上没了雪！”

“王上，昆蕃人说弗夜坚赞是神的化身，他的雄才大略是不争的事实，迎娶一个女人就能换了和平，这是不错的买卖。”东罗木马孜笑了两声。

“是一条毒蛇也不一定。弗夜坚赞要的是整个雪域，他的妹妹赛玛噶就是个内应。”热桑杰接上话，然后摸了摸他的白柄刀，“出云的战刀已经磨利，出云的战狼已经饥渴难耐！昆蕃人若是想来，便让他们来！”

“是的。”东罗木马孜不停地点着他的小脑袋瓜，“他们的军队只有我们的三分之一，以往的年头，和我们屡战屡败，不过听说现在不一样了。我的探子回报，他们已经练成了新的兽军。”

“兽军？”黎弥加笑了，所有人都笑了。

“你说的是他们屡屡死在我们的战狼和大鹏鸟手里的牦牛阵吗？”热桑杰笑得眼泪都流出来了。

“不是牦牛，是獒！”东罗木马孜觉得受到了羞辱跳了起来，“两年前逻萨人从党羌人手里得到的獒！他们秘密成立了的圣军，经过长时间磨炼，已经长出了利齿！王上，赛玛噶或许是弗夜坚赞的内应，更或者就是他寻找战争的一个借口，但你必须善待她，否则必定会有一场从未有过的大战！”

热桑杰看着东罗木马孜，脸上露出了讥讽的笑。

“总管大人，你刚才说的话，有一句让我十分困惑。”热桑杰道。

东罗木马孜叉手而立，高昂着下巴：“老帅但问无妨。”

热桑杰上前一步，逼近东罗木马孜，双目紧紧盯着他：“你说昆蕃人从党羌人手中得到了獒并且秘密成立了所谓的圣军，是不是？”

“是。”东罗木马孜被热桑杰刀子一般的目光盯得有些慌张，后退一步。

热桑杰冷冷一笑，步步紧逼：“那我就不明白了，既然是昆蕃人的秘密，你又是如何知道的，而且如此清楚？！”

“这……”东罗木马孜顿了顿，道，“逻萨城里，我有探子！”

“探子？”热桑杰冷笑，“出云在逻萨城的探子我一清二楚，为何我没有收到这样的情报？难道他们撇开了我这个统帅，将情报送到你们文臣的手中？”

东罗木马孜张了张嘴，仿佛在斟酌。

热桑杰的大手落在刀柄上：“难道，我们的总管大人和弗夜坚赞可以共享秘密？又或者你和他心意相通？”

“污蔑！这是污蔑！”东罗木马孜尖叫一声，跪倒在黎弥加面前：“王上，热桑杰这是对我赤裸裸的污蔑！我是出云人，我的家族世代效忠，天神可鉴！”

“够了，热桑杰！”黎弥加不耐烦地对热桑杰挥了挥手，示意他退下，“你们两个是我的左膀右臂，别再这样让人看笑话！”

黎弥加走下王座，表情有些愤怒，“弗夜坚赞有圣军，我有阿穆的战狼和大鹏鸟！我还有 99 万雄师！逻萨人要战就战！我可以娶赛玛噶，但是不会善待一条咬了一口就会要命的毒蛇！”

这样的场合，以往我不会加入讨论，黎弥加说什么，我就做什么。但是今天，我的内心却极为不安。

我想起了做的那个梦，我告诉黎弥加，逻萨人比他想象中要强大得多，这一点和他们作战过的我很清楚，而统治雪域千年之久的出云，也早已经不是以前的出云了。

“这些事不用你操心，我的弟弟。等我消灭了逻萨人，从弗夜坚赞的王宫里挑几个漂亮女人给你。你喜欢什么样的女人？”黎弥加转怒为笑，潮水般的笑声随即传来。

只有我沉默不语。不知为何，这一刻我分外想念俄摩隆仁的云烟。终日弥漫的云烟肃穆、安和。我突然觉得，那仿佛是一个我可能永远回不去的地方。

“事情就这么定了。”黎弥加回到他的王座，俯瞰着臣下、将军们，“迎娶赛玛噶的事情，交给东罗木马孜去办。”

“王上英明，我一定将这桩婚事操办得风光无限。”东罗木马孜乐得合不拢嘴。

“这桩婚事不过是场游戏，出云人和逻萨人最终要在刀上分胜负的。”黎弥加注视着以热桑杰为首的将军们，“用刀去征服，是我们出云人的传统，你们明白吗？”

“明白！”热桑杰等人慷慨激昂。

“好了。都退了吧，我和阿穆两年未见，晚上不醉不归，这是今日唯一让人高兴的事。”黎弥加拉着我的手，带我离开。

为了迎接我的归来，黎弥加特命宫人准备一场家宴，地点就在后宫花园。

庆生亭中，只余我一人静静等待。夜色已深，一轮圆月爬上半空，还有漫天的星斗，硕大、紧密，似乎触手可及。

听到轻响，转过头去，发现山茶次第开放。这细小的花，顿时让我欢愉起来。走过去，触碰那洁白的花蕾，时光仿佛回溯到童年。

“这花倒是奇了。你不在的两年，决然不开，为了婷夏能看到，我想尽了各种方法始终不能如愿。你一回来，它们就开得急不可耐。”黎弥加的笑声从身后传来。

一身白袍的他，笑容灿烂。我的目光落在他身后。不见婷夏，只看到面无表情的东罗木马孜。

“你王嫂不来了，身体有点儿不舒服。”黎弥加招呼我坐下。一场家宴，只有我们两个人，外加一个东罗木马孜，总是有些不伦不类。

“你最喜欢的鸡爪酒，东罗木马孜，给阿穆满上。”黎弥加用眼角的余光扫了扫东罗木马孜。东罗木马孜在面前的玉盏里斟满酒，退到黎弥加身后。

我举起杯，二人一饮而尽。

“穆呀，两年前的事，你不会怪我吧？”黎弥加笑道。

不会！你没错，你是王。

“是呀，我是王。”黎弥加昂头看着星空喃喃自语。在出云人的传说里，人死之后，灵魂进入俄摩隆仁的云烟之中，借此向上便化为星斗，眷顾后生。

父王去世时，就告诉过我和黎弥加，他将化为最亮的那颗，冥冥中庇佑我们。

“阿穆，有件事情我从未对你说过。”黎弥加又满饮一杯，抹了抹嘴，“其实，原本应该坐上王位的人不是我，而是你。”

我愕然。

“这是父王死前的意思。尽管我是你的哥哥，但你比我沉着、心细，即便是领兵作战你也比我做得好。我只是个粗人，最喜欢的事就是打仗，看着婷夏在这月光下吹她的骨笛。”

我静坐。

“父王清楚你做出云的王比我合适。这一点，我自己也清楚。”黎弥

加一杯接着一杯，脸色迅速涨红。他生来酒量很小，几杯就醉。“但最后，还是我做了王，你知道为什么吗？”他靠近我，喷着酒气。

我告诉他，我不知道，也不想知道。

黎弥加笑了，他指着东罗木马孜：“一方面，是他的功劳，他仅说了一句话就让父王不得不重新考虑他的决定。”

我看了看东罗木马孜，他的脸沉浸在黑暗中，模糊不清。

“东罗木马孜对父王说，一个哑巴没法做出云的王。”黎弥加的大手放在我的头上沉声道，“阿穆，你为什么会是个哑巴？你要是和我一样，和别人一样，能开口说话多好，出云人会有一个无人能及的王。”

天神不让我说话，自有他的理由。实际上，我从未想过要做出云的王。

“你没想过，我之前也没有想过。”黎弥加呵呵一笑，“但当父王奄奄一息时，尤其是当他告诉我他想传位于你的时候，我却突然比任何人都想坐上王位，你知道为什么吗？”

我摇头。

“因为婷夏！”黎弥加的声音突然炸开，接着是咆哮，“我知道，只有我当上了王才能娶她！否则，她便是你的王妃！”

哥哥，你醉了。

“我没醉！”黎弥加打开我的手盯着我近乎疯狂地笑，“倘若她喜欢的是我，我才不在乎什么狗屁的王位，我宁愿去做个乞丐，做个牧羊人。但可惜，她心里的那个人不是我。”

你醉了！

我站起身，要走，被黎弥加一把摁下。

他的双手，那么用力，几乎要掐进我的皮肉里。

“不要当我是傻子！我知道两年前她毅然偷跑出宫为的是什么？她宁愿陪你去苦寒艰险的俄摩隆仁，也不愿意待在这王宫！”黎弥加双目喷火，很快又颓然跌坐。他呆呆地看着眼前的山茶，喃喃道：“我是那么喜欢她。为了博她开心，我费尽心思建了这庆生亭。亭子落成那天，山茶花开，她笑了。我那时觉得自己拥有整个世界。后来我才明白，她之所以笑，是因为这庆

生亭的玉石是你从极寒之地带来，是因为月下还有一个你！”

“穆，你离开穹隆银时，我很开心。你是我最爱的弟弟，尽管我知道你去俄摩隆仁九死一生，尽管我一想到你如果身死在那片云烟之下就痛彻心扉，但我却很开心。原谅我会有这种想法，因为这些年来，你始终都如一堵墙挡在我面前，挡住了我和婷夏。你去俄摩隆仁后，我突然觉得好轻松，好像一个快要窒息的人终于呼吸到空气。危险解除了，婷夏自此之后就属于我一个人。只要假以时日，她会忘记你，我当时就这么肯定。”

黎弥加在摇着头笑：“后来，我发现自己完全在痴心妄想。你离开之后，我再也没有看过她笑。她整日就坐在这亭中，守着这片花！这该死的亭子，这该诅咒的山茶！即使她不说，我也知道她在等你。我还知道，偌你不回来，或许不久她就会死掉。所以当她战战兢兢提出召你回来时，我一口答应了。尽管我的心很痛，但我觉得这该死的煎熬该结束了。只要你回来，她起码会好过点儿，起码会笑。”黎弥加盯着我，“然后，你猜我看到了什么？我看到她真的笑了。和你见面之后，她终于笑了。两年来，我挖空心思取悦她，如同石沉大海，可你仅仅只是回来见她一面，她就笑了！”

“还有这可恶的花！”黎弥加站起来，走到花前，用拳打，用脚踢，“这可恶的花，两年不开，你一回来，就绽放满园！为什么它会开？为什么她会笑？！一个是我唯一的弟弟，一个是我心爱的女人。难道是当初我抢来王位的报应吗？”

黎弥加骤然转身，看着我，潸然泪下。从小黎弥加就很少哭。我和他待在一起二十多年，看到他哭的次数屈指可数。

哥哥，她是你的妻子，出云的王后，我的王嫂。你想多了。我如此回应他。

“我当然知道！”黎弥加昂头看着星斗，“两年前，你为什么不带她走？你要是带她走多好，起码是一种解脱。”

绝无可能。她只不过是一时糊涂，而我也不会那么做。或许，是你想多了。

黎弥加摇摇晃晃来到我跟前，大手直接砸在桌子上。酒水四溅。他的手下，压着一幅画像。婷夏所画，画上的人是我。我转脸愤怒地看了看东罗木马孜。这画，是他从庆生亭得来，转手交给了黎弥加。

“你别那么盯着东罗木马孜！只有他这么忠心耿耿的人才会这么做！”黎弥加举起那张画像，看着画上的人。然后，他蓦地抽出配刀，刀锋划过我的脸，将面前的桌案斩为两段。

“倘若你不是我的弟弟，换成第二个人，我早就将他碎尸万段！”黎弥加咬牙切齿，随后瘫倒在地。我走过去，扶起他。他把脑袋埋入我的胸前，号啕大哭，撕心裂肺，像个无助的孩子。黎弥加呢喃着说着不着边际的话，慢慢睡去。

东罗木马孜不知道什么时候离开了，偌大的花园，只剩下我们两个人。我很羡慕父王和阿妈之间的爱情。父王十岁被送去俄摩隆仁修行时，遇见小他两岁的阿妈。他们一个身披法袍伤痕累累，一个赶着牛羊怡然自得，他们就那么相遇。朝夕相处，欢声笑语。五年后，父王被接回穹隆银，十五岁的他对十三岁的她说：“面对神灵起誓，等着我有朝一日回来娶你。”

她记着这句话，风雪中苦苦等待，等了他七年。在二十岁生日那天，她看到云烟之下，天地之间，一骑快马飞驰而来。一个高大英武的男人，迎风而来。为了阿妈，父王拒绝了祖父给他安排的十几桩门当户对的婚事。祖父把他关在黑屋子里，打他、骂他，威胁要剥夺继承人的身份，甚至赶出穹隆银，父王都未屈服。世界再好的女子，再高贵的女子，都比不上云烟之下一个牧羊女孩。

他告诉祖父，那女孩是他的全部世界。祖父屈服了，那个出身卑微的牧羊女孩，最终被父王带进穹隆银，成为他的王后，一生唯一的女人。

这是他们的爱情。美好的爱情。但不会属于我，也不属于黎弥加。我们，有自己的宿命，这宿命，早已注定。

第三章

白色婚礼

我依然被噩梦惊醒，受到的惊吓一次比一次猛烈。黑暗中，我听到雨水和狼嚎。还有自己的心跳，仿佛寒冬里晚开的花，有着小小的薄薄花蕾，随时都有可能爆裂。起身推门出去，周围沉寂空落。这里是土林，兽军军营。

千年以来，作为出云帝国最隐秘也是最精锐的军队，兽军一直存在。我们的祖先很大一部分都是优秀的操兽师，拥有利齿的迅猛战狼和铁喙钢爪力可撕牛的大鹏鸟，成就了出云千年不败的神话。

这片连绵无际的土林，夏日酷热焦干，冬日苦寒奇绝，更重要的是这里生活着自我们祖先以来就栖息的狼群。野狼群坚韧、团结、睿智，他们和大鹏鸟一样都是出云人崇拜的图腾。

出云的男人，自来到人世的第一天起，就要走上一条曲折、艰难的路。初生的男童，在生下来的当晚就会被送入土林。只有撑过这一晚，方才有资格被领回去抚养。他们在刚能走路的时候，就被送入军营。经验丰富的遴选者会根据每个人的特质为这些男童选择相应的军种。骑兵、步兵、弓弩手、藤甲盾兵……最令人羡慕的是白甲禁卫，那是出云军队精锐中的精锐，帝国军人中最强大的、能与之媲美的只有兽军。不过绝大多数的出云人可能一辈子都不会看到战狼咆哮、大鹏疾飞的场面。

尽管父王是出云王，但我们同样也要接受这样的磨炼，和其他的孩童没有任何不同。三岁时，我和黎弥加被送入军营，与我们一批的一共两千多人，都是王公贵族的后代，经过测试，黎弥加以第一名的成绩被编入白甲禁卫

的军组。至于我，四肢纤细、孱弱无力，被判为不合格，编入伙夫军组。

军营中的人不止一次议论一奶同胞的两个孩子为何会有那么大的差距。所有人都在嘲笑我，只有黎弥加不会。他护着我，用他那宽宽的肩膀拦住那些人的白眼和非议。

“穆，你是我的弟弟，不管任何时候，我都会保护你，我们一生都不会分离。”他对我说。

我就这样在黎弥加的保护下，度过了三年。那三年，是我最幸福的时光。结束一天的训练，他带我在树林中玩耍，我们在树上跳跃，探索林中深处的神秘地带，看草长莺飞，看岁月流长。快七岁的那一年一个午后，我们遇到一头狼。须发喷张地出现在我们面前，双目赤红，咆哮扑来。他拉着我跑，拼命地跑。我们不断穿梭、跌落，最后迷失方向，被逼入死角。

“要吃的话，就吃了我，放了我弟弟。”黎弥加护着我，大声对狼道。

我推开他，走向那头巨狼。我无法说话，只能看着那头巨狼的双眼，幽深湛蓝的瞳孔。我用心跟它说：吃了我，放了我哥哥！那一瞬间，我看到巨狼微微皱了一下眉头，露出犹豫的神色，它好像感受到了我的心。我壮着胆子走过去，缓缓伸出手，触碰到它那高傲的额头。它大声咆哮，但最终容忍了我的亵渎。我感觉到了它的愤怒，还有它的痛苦、内心深处的忧虑。那是一种很难形容的感觉，不靠言语，不靠肢体，全凭内心。然后，它转身离开我们。那时我才发现，它的腹部有着巨大的伤口，已经流血化脓。

我跟着它，抵达它在土林深处挖掘的洞穴。里头有三头还没睁开眼的小狼崽，两头已经死去，剩下的一头白色小崽奄奄一息。

我抱起狼崽，它拼命吮吸我的指头。那弱小而柔软的身体，让我看到了自己。巨狼在那一刻倒下，临死时眼睛望着我和小狼，卸下它的高傲和尊严向我哀求。

我告诉它，我会照顾好它的孩子，我叫它拉杰，意思是“洁白的云”。巨狼深深呼出最后一口气，安心地死掉。当黎弥加领着一群人找到我的时候，我抱着拉杰躺在巨狼的厚毛中睡着。那群人，领头的是国师穹布，他的身后是七位兽军将军。

那头巨狼，彻底改变了我的命运。第二天，我就离开军营，被穹布领进了兽军的秘密营地。

“王上，黎穆可能是我这辈子见过的最优秀的操兽师。”穹布连夜把父王请来军营，激动地向他禀告。

父王哈哈大笑：“穹布，你不会老糊涂了吧？一个连正常考核都通不过的小孩怎么会是最优秀的操兽师？”

“王上，天神不让他说话，有天神的道理。或许正是他无法言语，所以他才会有一颗常人无法企及的内心。否则那头被兽军围捕了三年都抓不到的狼王是不会将它唯一的孩子托付给阿穆的。”穹布的大手抚摸着我的脑袋，郑重地对父王道，“把他交给我，我带他去俄摩隆仁修行，他将成为出云最伟大的操兽师，最伟大的兽军统领！”

父王同意了穹布的请求，尽管他不相信。

两年后，我成为出云最年轻的操兽师。十四岁那年，我披上战甲成为最年轻的将军，最终被已经成为出云王的黎弥加任命为兽军的统领。

那场家宴之后，接连三天黎弥加都没有再召见我。他派人传话，让我依旧担任兽军统领。从始至终，他都将出云最为恐怖、强大的一支力量交给我，毫不怀疑，充满信任。

土林依然幽深而神秘，任何一条通往穹窿银的道路，都要经过土林。无数雄壮高耸的山峰，到了这里停止延伸，开始慢慢堆积，连绵群山，如同列队的士卒，秩序井然。一簇簇峰林，状如大象、狮子、老虎，蹲据在黑暗中。藤蔓疯长，高大伸展的树木遮天蔽日，结出碗口大的洁白花瓣，在雨下微微摇晃。苍茫雨雾四溢弥漫，深处传来一阵阵悠长的鸟鸣。大风呼啸，让你觉得只要伸开双臂，就会像一只鸟儿一样，飞翔起来。拉杰在雨雾中奔跑，在叶片上飞舞，动作轻捷。虽然它已经不再年轻，但作为出云兽军中最优秀的一只战狼，它是这里的王。

身边那些古老高大的树，因为长久的雨水浸蚀和不见日光，发出腐朽却又清新的气息，枯木上往往生长出细小的耐寒的花来，有时候，死亡和新生，就这么交杂融合，不分彼此。黑暗中，皮鼓声幽幽传来，一声声，一下下，仿佛敲在人的骨头上，让人不寒而栗。人皮鼓，只有至高法师才能拥有的人皮鼓，有着动人心魄的低沉震鸣。它是法师用来沟通天地的媒介。

前方有人在做法事。

拉杰龇起牙，低低咆哮了一声看了看我。我点头，它便寻着那鼓声，迅疾跑去。我紧紧跟在它后头，抽出白柄刀。

寻常的法师，不会在黑暗中的土林作法，这很蹊跷。拉杰突然停下的时候，我看见了穹布。他在打卦，地上的几百个纯银灯盏被摆成了日月的形状，火光闪烁，灿若星斗。站在中心的他，穿着沉重的纹饰繁复的法衣，瘦小的身躯顶着硕大的黄金天神面具，敲着人皮鼓，在游走，在飞舞。以一己之力开启庞大、繁复的法阵，向天神祈祷，与天神沟通。这是一个极其耗费体力和心智的活动，完成之后，穹布跌坐在地上，连取下面具的力气都没有。

他已经很老了。

“你来了？”穹布笑了笑，“我已经连续打了十几次卦，天神没有给我任何的指示，所以这一次连我也不知道结果如何。”穹布喘着粗气。我知道，他所说的打卦与这次出云与昆蕃的联姻有关，与那个叫赛玛噶的女子有关。

“我活了九十岁，蒙天神眷顾，让我可以看穿一切。但这一次，他把我抛弃了。”穹布言语沉重，“对于赛玛噶，我内心始终充满不安，我不知道她带给出云的是福还是祸。我向天神祈祷，希望他能够给我启示，希望他能够继续庇护出云，正如他长久庇护我们的祖先一样，但他什么也没有说。我真的老了，老得可以去俄摩隆仁的云烟中了。”穹布眯着眼睛看着天空，他的目光，如同锥子。眼睛一直闪着智慧的光，“孩子，我看到你的内心和我一样深深藏着恐惧，我看到了你内心一直惧怕的东西。”

穹布看着我长大，他是这世界上最懂我的人。一直以来，我内心的秘密都会对他诉说。他明白我内心一直以来惧怕什么。

“听说王上和你在后花园喝醉了。”穹布淡淡道。

我点头。

“为了婷夏，他抽出刀，斩断了你面前的桌案。”

我点头。

穹布哈哈大笑:“这小子，哪怕他早已成人，哪怕他已经是至高无上的王，依然是那个浑小子！”

我笑。

“你们三个人，一生都会纠缠在一起，夹着血和泪。”穹布摘下他的黄金神面叹了口气。这，正是我所惧怕的。穹布是出云公认的最睿智的人，只有他能够教导我。

我比画着，问他如何才能消除那些可怕的东西。

“我给你讲个故事吧。”穹布挠了挠头，“前些日子，我把一只鹅放进了一个瓶子里。现在那只鹅已经长大了，瓶口很小，它出不来。那个瓶子很珍贵，我不想打破它，但是如果不把鹅拿出来，它就会死在里面。所以，你看怎么办？”

这是个根本无法解决的难题。我们绝对不可能打破三人目前的关系，让其中一个人独自面对痛苦。但我们都知道，如果这种关系这样维持下去，三个人都不会快乐，甚至会迎来毁灭。

穹布用如此生动的比喻，告诉我这是个难题，无法破解的难题。而所有的一切，都因我而起。如果这世界没有我，如果那一晚我没有带婷夏去看花开，如果她没爱上我，她会和黎弥加拥有幸福的一生，就像父王和阿妈那般。

我愣了很长时间问穹布，我就是那只鹅吗？

穹布没有点头，也没有摇头。他只是笑笑，站起来拍拍我的肩膀，消失在水雾里。

第二日，穹隆银传来黎弥加的王命，让我迎接昆蕃送亲的队伍。黎弥加似乎故意要给昆蕃人难堪，不仅派出了三万白甲禁卫，让我担任出云人迎接的礼仪官，更命人送来了我的那面兽军统领旗。

穹隆银城外五十里，三万白甲禁卫肃穆而立，雪白的盔甲被阳光照耀，夺目耀眼，杀气纵横。

当昆蕃一千人的送亲队伍出现在视线中时，一面巨大的白色战旗被竖立在山岭的最高处，绣于旗上的是张着血盆大嘴的黑色狼头，随风招展！

这么多年来，出云人与昆蕃人交战无数次，每一次昆蕃人都败在了白甲禁卫的白柄刀下。黎弥加用这种近乎挑衅的方式，向昆蕃人展示他的威望和高贵不可侵犯。

昆蕃送亲队伍的领头人是噶尔金赞，个头不高、瘦削无比的中年汉子，皮肤黝黑，笑容滑稽，却有着一双睿智的眸子。在昆蕃，他是弗夜坚赞的智囊。他的身后，是五百赤盔赤甲的昆蕃骑兵，呼喊着席卷而来。面对三万白甲禁卫，亦毫无逊色。

“见过将军！”噶尔金赞在马上对我恭敬施礼。

之前我们便见过多次，彼此了解。

我点头，目光望向噶尔金赞身后的车辇。

“哦，我们只是先遣队，公主还在后方，明日便到。”噶尔金赞笑道。

我挥手，接他们进城。

“听说将军身体有恙，入神山修行两年，不知是否康愈？我此次带来了逻萨最有名的医生，可以给将军看看。”噶尔金赞真诚地说道。

感谢关心，身体还算行，依然能够披甲上阵。我告诉他。

“的确是，在这雪域，谁人不知将军的英勇。我多次在战场上见到过将军的英姿，每次绝望之极。我常常感叹为何我们成为敌人。”

若是无我，出云恐怕还是会让你绝望之极吧。

“是的，是的。”噶尔金赞看着远处高耸云天的穹隆银城，道，“出云在这雪域已经延续了千年，与你们相比，我们昆蕃不过是一头一直寻求自保的狮子而已。好在这次联姻之后，我们就从敌人变成朋友，往后就可以过太平日子了。我这个人，天生不喜欢打打杀杀。”

世上没有人喜欢在刀口搏命，没人喜欢战争和杀戮，但只要有人觊觎我们的家园，任何一个出云人，都会举起他们的白柄刀。我笑着向噶尔金赞比画着。

“是的。”噶尔金赞面露一丝难堪，道，“有将军在，出云荣光不坠。”

大人此言差矣。黎穆不过是个哑巴，不堪一用，出云的荣光在于出云人，在于他们的王，我的哥哥黎弥加。

“那是我们公主的夫君。”噶尔金赞拍着我的肩膀，“往后我们便是一家人。将军，我要告诉你，公主是我们王汗唯一的妹妹。他能将公主嫁到穹隆银，足以显示我们昆蕃的和平诚意。不过，我们王汗向来溺爱妹妹，看不得公主受到一丝一毫的委屈。她是我们昆蕃最珍贵的一朵花，若是无人珍惜她，甚至让她凋落，任何一个昆蕃人都不会答应的。”

大人，再美的花也会凋零，这是自然而然的事。就像再伟大的人，最终都会成为尘土。我们出云人有句老话，对最真挚的朋友，我们会掏出自己的心配以美酒奉上，对于敌人，哪怕他们再来势汹汹，我们也会掏出他们的心下酒。打打杀杀不是好事，不如看云卷云舒，花开花落，难道不好吗？

“早就听说将军虽不能言，但天下无人能辩倒，果真是名不虚传。你说得对，我们还是喝酒好了。”噶尔金赞道。

我也笑：已经备好出云最好的鸡爪酒。

昆蕃的这支送亲先遣队，被安排在穹隆银下的猛虎堡，那是王都的卫城。黎弥加并没有召噶尔金赞进城，尽管他代表着昭日天汗。最终，原本应该出现在欢迎酒宴上的黎弥加，也选择了缺席。负责招待噶尔金赞的是我和东罗木马孜，老帅热桑杰等一干将领作陪。对于这样的安排，看得出来以噶尔金赞为首的逻萨人十分不满，但这个睿智的汉子选择了忍耐，依然笑容灿烂地入席。

宴会盛大而丰盛，为了弥补黎弥加缺席带来的尴尬，我不得不全力让噶尔金赞感受到出云人对这桩联姻的重视和诚意。席间觥筹交错，双方气氛逐渐热烈，欢声笑语。

“将军，你不能再喝了。来时国师交代，你的身体……”热桑杰见我喝得太多，低声急道。

无事。我告诉他。实际上，端着酒杯的我，此刻已经觉得自己的心脏快要爆裂，世界在飞速旋转，身体之中好像有一头怪兽苏醒过来，啃噬着

我的血肉。

“不能再喝了！”热桑杰夺去了我的杯子，拉我坐下，“招待的事，交给那只双头狐狸，你看他和逻萨人多么融洽，好像一家人。”

热桑杰说的双头狐狸，指的是东罗木马孜。和噶尔金赞勾肩搭背，称兄道弟，二人不时嘀嘀咕咕，随即欢声笑语，在结交、出使、谈判方面，东罗木马孜的本事在出云无人能及。

“这个狐狸，说不定真的和逻萨人有勾结……”热桑杰狠狠道。

老帅，不要乱说。我制止了热桑杰的话。

“你不在的这两年，王上无心理政，这家伙迅速掌管帝国大事，一人之下万人之上，收受贿赂，打击异己，更在王上耳边搬弄是非。将军，现在的穹隆银，已经被他搞得乌烟瘴气。还有和昆蕃人的这桩联姻，他全力撮合，不知道他打的什么心思。传言说，有人看到逻萨人出入他的府邸……”

老帅！没有证据，不要私自揣测，他毕竟是帝国的总管。目前出云内忧外患，你和他一武一文，应该尽可能避免冲突，相互合作，否则自相争斗，倒是中了逻萨人的下怀。

“将军，这些我都知道，但东罗木马孜……”

别说了！我心乱如麻，让热桑杰闭嘴。

酒宴一直闹腾到后半夜，所有人都大醉。我勉强支撑着，看着噶尔金赞被送出去，然后终于瘫倒。

“将军！将军！”热桑杰伸手探了探我的额头，惊叫道，“不好，将军似乎病了，快去请国师！”

我被抬到床上，卧在雪豹皮褥中，身心入坠冰窟之中。

赛玛噶来了。作为昭日天汗的妹妹，她受到了穹窿银最为隆重的欢迎。尽管出云高层对于这桩政治联姻意见不一，尽管黎弥加更是不屑一顾，但所有人都明白事情还得按照规矩来。而另一方面，作为仇敌，出云上下也想用这场婚礼向昆蕃人展现出云千年帝国的雄厚实力以震慑对方。因此，婚礼的浩大程度，远远超过所有人的想象。

穹隆银派出十万大军出城迎接，刀枪如林，锦旗蔽日；国师穹布带领出云两万法师、五万僧人齐诵吉祥经文，煨桑散发的青烟直上云霄；穹隆银城中以及从四面八方蜂拥而来观看热闹的民众穿上自己最贵重的服装，搭上帐篷，携带酒肉，纵情歌舞，熙熙攘攘。据说雪白的帐篷密密麻麻，一个挨着一个，一直延展到穹隆银城五十里外！

我没有去。我病了，躺在毛毡上半睡半醒。恍惚中灵魂升腾，看到的是卧在房间下的躯体，生命和气力正在一点一点隐去，时刻不停。

替代我作为证婚人和主婚人的是东罗木马孜，他带领着出云的文臣武将出城迎接，亲自将赛玛噶带入穹隆银。这样气势空前的大架势，让昆蕃人十分满意，同时亦震惊无比。热桑杰得意地告诉我，昆蕃人一路上不管是文臣还是武将，不管是陪嫁的女佣还是护卫的士兵，一个个面露惊惧之色。

昆蕃人被迎入穹隆银后，在镶金缀玉的九层吉祥宫里安歇一晚。第二天，按照出云的礼仪，赛玛噶亲自入宫拜见王后婷夏，然后由婷夏及王室长老引入圣殿祭祀出云祖先，接着回归吉祥宫。婚礼在傍晚举行，一直持续到第二日凌晨。

我的身体像是坠入了深渊，如同大湖中的一枚枯叶，起伏不定，时而清醒，时而昏迷。出云最好的巫医一字排开彻夜守在我的床前，佣人们出出进进，各种各样的药材经过煎熬灌入我的口中。熏香，诵经，布下法阵……我只渴望自己尽快睡着，彻底结束这幻觉。

天蒙蒙亮，我幽幽醒来。热桑杰和一干将领围在我的身边，大都喝得烂醉如泥。

“将军，你醒了？”

“总算是醒了。”

“将军，你真是错过了出云最隆重的一场婚礼！”

“实在是太可惜了！”

他们纷纷兴高采烈地向我形容这场婚礼的盛大场面。

“赛玛噶带来了两千人的陪嫁，牛羊不按照头算，装满了金银、毛皮和蛮子的丝纱的车……”

“还有两百个陪嫁的侍女！个个天姿国色，都穿着红色的长长裙子，风一吹，就像一群鸟！”

“那是我见过的最美丽的妖精，看上一眼魂魄就没了！”

……

他们在自说自话，根本不在意我是否在听。

“都给我闭嘴！”热桑杰愤怒地白了这些人一眼，房间里鸦雀无声，“逻萨城来了些人，就让你们兴奋成这样？你们是将军，如此失态，大惊小怪，传出去让人家笑话！将军现在还在病中，都给我出去！”热桑杰挥了挥手中的马鞭子。

热桑杰摆了摆手，房间中的巫医、仆人也离开，只剩下我们俩人。

窗外，东方泛起了鱼肚白，青黑色山峦的阴影连绵起伏。我强撑着做起来，喘着粗气比画着：婚礼成功吗？

热桑杰点了点头。

王上表现如何？这桩婚礼，我最担心的就是黎弥加。他性格暴烈，直来直去，有时固执得像一头公牛，我始终都担心他会在如此隆重的场合、众目睽睽之下给昆蕃人难看。如果这样做，会羞辱所有昆蕃人，那样只会坏事。

“王上……表现尚可。”热桑杰端坐着，身体如一块硬石，“整个婚礼过程，王上尽管心里不乐意，但还是按照礼仪完成了。只不过，从头到尾没有看到他笑过。”

我苦笑。他不拔剑杀人就已经不错了，怎么可能会笑得出来。

“是呀，他那样的脾气……也算是难为他了。”热桑杰摇头道。

婷夏呢？我的心始终在颤抖。

“王后？王后的表现倒是比王上强多了。不管是接受那个逻萨女人的拜见还是祭祀祖先，亦或婚礼上的一举一动都从容大度，笑容灿烂。她是一个好王后，凡是参加婚礼的出云人都这么说。”婷夏向来是以大事为重的人，懂得分寸。

“有机会我会杀了那条小毒蛇。”热桑杰忽然凑过来，酒气喷了我一脸。他这句话说得没头没脑。

我问他是不是在开玩笑。

“当然不是！”热桑杰垂下头，情绪迅速低落，喃喃自语，“出云不能亡，那条小毒蛇太诱人，所以她必须死！”

老帅，你喝醉了。

“我没醉，我比任何时候都清醒。”热桑杰眯起眼睛，那双鹰一样的眼睛。

他昂起头望向窗外，“你没有见过那个女人，她真是一条毒蛇，一条充满诱惑得足可致命的毒蛇！她的眼睛就是龙妖的眼睛，任何一个男人看上一眼，都会沉浸其中不可自拔。我有预感，她进入穹隆银，出云将永无宁日。”

言重了，不过是个女人而已。我如此安慰热桑杰。

“只是个女人？我活了一把年纪，虽然书读得少，但经历过的事情太多了。我见过太多英雄因为一个女人身败名裂，我见过太多部落原本生机勃勃前途远大，却无一例外因为女人国破家亡。你可以轻视一个强有力的对手，但记住，永远不要小看一个女人，尤其是那么致命的女人！”

“她只是出云人也就罢了。可她是弗夜坚赞的妹妹，那是一个怎样的男人你比我清楚。他的妹妹岂能是寻常之辈？”热桑杰越说越激动。

你觉得，她是个阴谋？我比画道。

“不仅是阴谋！她是奸细、内应，是弗夜坚赞安插在王上身边的一把匕首，随时都会割断出云帝国生存的咽喉！所以，我必须杀了她！哪怕我以死谢罪！”热桑杰声音深沉决绝。

我知道这个老帅的脾气，他向来说得出，做得到。

热桑杰，你喝醉了！

我不得不郑重警告他：你杀了她更麻烦！到时候出云将承担所有的骂名，复仇的昆蕃人将更加团结，弗夜坚赞更会寻找战争的借口，而我们出云将被唾沫淹没。

“杀了她！必须得杀了她，否则等王上被她迷惑得晕头转向那就晚了。”热桑杰大声道。

“放心吧，王上对她一点儿兴趣都没有，你所说的小毒蛇被关进了铁桶里，牙齿再尖厉也咬不到人。只是可惜了那样一个美妙人儿。”一个尖锐的声音传来，令我和热桑杰都不由得一愣。是东罗木马孜，他亦喝得满脸通红，一屁股坐在了我们的对面，满脸的得意扬扬。

我比画着问他，黎弥加干了什么？

“还能干什么？王上把赛玛噶和她陪嫁的人全部送进了黑宫，派了五百侍卫，要求必须日夜监视不能让赛玛噶出门一步！那可是弗夜坚赞的妹妹，王上竟然在大婚之后让她变成了一个囚徒，这要是传到弗夜坚赞的耳朵里，那岂不是又要两国交战？我付出的一切努力化为泡影也就算了，到时候难免生灵涂炭！”东罗木马孜十分不满道。

“打就打，我们什么时候怕过逻萨人？”热桑杰怒道。

我摆了摆手，示意他们闭嘴！

黑宫，穹窿银的最空旷也是最冷清的地方，那里供奉着出云历代祖先的亡灵，也是出云所有阵亡者祭奠的地方，终日幽暗不见阳光，冰冷、恐怖、寂寞。除了专门祭祀的人，从来没有人踏足那里。

我实在不明白黎弥加为何如此对待赛玛噶。即便赛玛噶有可能是众人所说的一条毒蛇，但她毕竟只是一个十六岁的女孩。一个可怜的女孩，刚刚成熟就成了一桩政治联姻的牺牲者，在自己新婚之夜就被关入那个鬼地方，着实有些过分了。

我抱着最后的一丝希望问东罗木马孜：黎弥加有没有去黑宫？

“王上没有迈入黑宫一步，连看都没看一眼。现在恐怕忙着在王后的肚皮上开荒播种呢。”东罗木马孜诡秘一笑。

黄昏时分，我看到了赛玛噶。那是在我病好了的一个月之后。这场病来得突然，走得却相当缓慢。一个月的时间里，穹隆银已为我忙成了一锅粥，黎弥加亲自下旨，从帝国各处征集所有医术高超之人，甚至派人翻过雪山向外面的国度求医。他本人除了处理政事之外，基本上都待在我的屋子里，时而暴跳如雷，时而默默流泪。一连杀了三十多个医士，搞得那些人日夜胆战心惊。

穹布告诉我，婷夏也来看过我。一个深夜，独自而来。她待的时间不长，

静静地坐在我身边，看了我一会儿，将折来的一束山茶放在我的床边就离去了。第二日，我便醒来，逐渐康复。穹布说，那山茶真是神奇。

休养了十日，身体恢复大半我就搬出穹隆银，住进了土林。

对于我而言，留在穹隆银只能平添不必要的尴尬和麻烦，不如离开的好。帝国正是多事之秋，兽军的重要性不言而喻。自从上次东罗木马孜说昭日天汗从党羌人那里得到了战獒，秘密组建了所谓的圣军，我的心就始终悬着。

出云之所以延续千年的辉煌，在雪域上千年不倒，除了出云士兵英勇善战、国富民强之外，根本的保障是我们拥有由战狼和大鹏鸟组成的兽军。它是支撑所有出云人信心的脊梁。在出云和昆蕃的历次战斗中，出云的兽军的确起到了关键作用，尽管弗夜坚赞麾下的那支兽军——由野牦牛组成的兽军在其他地方战无不胜，但每一次都败在出云战狼的利齿和大鹏鸟之下。

之前我让热桑杰秘密调查，想摸清楚这支圣军的底细，但昆蕃人像守护自己的性命一样守护着这支圣军，根本得不到任何有用的线索和情报。所以，我不得不另想办法——整顿兽军，提高战斗力。只有这样，我们才能够有足够的胜算。

土林很快被彻底封锁，没有我的命令，任何不相干的人一律不得入内，连黎弥加都不例外。这里成了一块禁地，整日杀气腾腾。我沉浸其中，虽每日都累得疲惫不堪，却觉得充实无比，而且离开了穹隆银，脱身于黎弥加、婷夏之外，顿觉心安。

那一日，我带着一群操兽师、一千战狼训练归来，于土林边缘生火做饭。天空晴澈，满天的火烧云，大风呼啸，吹散尘埃，让这天地仿佛琉璃一般纯净。就在这样的光影和大风中，我微微抬头，看到穹隆银城的最高处。一间大殿的顶部站着一个女人，一个身穿火红纱裙的女人静静矗立。她站在风中一动不动，脚下是陡峭的山壁，万丈深渊。大风里，她的身影，曼妙而柔弱，好像一只鸟，随时都会被吹走，随时都会坠下。

“那就是赛玛噶。”一个手下凑过来道。我让他们找来几个黑宫服侍赛玛噶的侍女。几个侍女，皆是出云人，原本服侍过婷夏，一个个战战兢兢。

这一个月来，王妃境遇如何？我沉着脸。

侍女跪在地上，头也不敢抬："禀将军，这一个月里，王上都将赛玛噶王妃关在黑宫里，禁止她随意走出，所需的东西，会派人及时送到。"

服侍她的，都是你们？

"是的。王妃带来的那些陪嫁佣人，全部被王上命人送进了下人营，而且有专人看管。"

这么说，她身边没有一个贴身之人？

"没有。王上不允许我们和她讲话，若是搭上一句就是死罪。我们除了送上衣食、打扫房间、照顾她的起居之外都退出宫外。"

夜里她也是一个人？

"是的，黑宫中只有她一人。"

听到这里，我转脸看了看高处的那个身影，长叹一声。

一个十六岁的女子，去家离国远嫁异邦，过着囚徒一般的生活且不说，身边竟然连一个说话的人都没有，实在是太可怜。

我了解黎弥加，他这么做，除了将对昭日天汗的仇恨发泄到他的妹妹身上之外，还有意隔断赛玛噶与外界的一切联系，防止她是奸细，将出云的情报送出去。赛玛噶是不是奸细我不清楚，但如此对待一个女子，着实不应该。

搭话的侍女抬头看了看，欲言又止。

我让她们起来，想说什么就说，无须隐瞒。

今日的谈话，我不会告诉任何人。侍女相互看了看，其中一个大胆道："将军，我们对这位新王妃，倒是佩服得很。"

这倒是有些出乎我的意料。为什么？

"在昆蕃，她可是王汗的妹妹，宠爱无比，娇生惯养。受到这样的'礼遇'，我们都为她叹息，以为她会发狂，以为她会找王上大闹，甚至将这里的情况通知他的哥哥，可实际上，她……"侍女想了想，斟酌了一下词句，道，"她的所作所为，实在是让人不得不敬佩。"

她做了什么？

"禀将军，她带着我们重新清扫了那个庞大的院落。拔除了杂草，换

上新的毛毡，供上带来的我们不认识的神像，她说那是佛。”

佛是什么？

“将军，我们也不知道。应该和我们的天神差不多吧。”

还有呢？

“她很少说话，大多时间，在院中望着远山发呆，抑或蜷缩着身体在光线昏暗的大殿中央沉沉睡去。”

我的心颤抖了。很多年前，我认识的一个女孩，所经历过的几乎和她一模一样。绝境之中，平静，淡然，对所有的事情似乎早已习以为常，内心没有任何波澜。别人眼里，她是弱小的，但我那时觉得，她比任何人都要强大。如今的赛玛噶，让我看到了曾经的婷夏。

这些年，我看过很多人，但他们注定如同过客，面目不清。可赛玛噶不一样，她站在穹窿银的最高处，站在黑宫宫殿的最顶端。五彩斑斓的披肩和红色的裙裾在风中飞舞。我看见云朵从高处落下，轻轻地覆盖了这巨大幻觉下的繁华盛世。她到底是怎么样的一个女子呀？

赛玛噶。我摸着自己的喉结，想试图呼出这个名字，却是揉碎了一般的嘶哑怪声。大风中的她，面北而望，一动不动。顺着她的目光望去，是一望无际的群山和更远处的空空荡荡。那是逻萨的方向，是她的故乡。她让我觉得这个十六岁的女子，像一个等待火焰的人，内心绝望而冰冷。她在等待一场大火，等待大火席卷而过，便可归于尘土，再无痛苦。

原来卡在瓶子里的鹅，并非只有一个。

我让她们离开，然后一个人静静发呆。看着高处的那个身影发呆。我发现，那个身影似乎注意到了这边的火光，她转过身，遥遥看着这里。我们离得如此之远，以至于根本看不清楚对方，却能够感受到彼此的目光。即便望不到她那双眼睛，可在她转身的那一瞬间，我感受到了一股浓浓的力量。它让我的身体微微一抖。

我决定去找黎弥加。

穹隆银城西七十里是象泉堡。冠绝云天的雪山之下，是一片坦荡无垠的

草场。天地静穆，一片萧瑟。身形巨大的大鹏鸟，成群在高空翱翔，叫声高亢，直入云霄。云朵之下，万马奔腾。一匹匹高大挺拔的骏马，蹄身如骨。这里是出云最大的马场，也是出云铁骑的驻地。

黎弥加有两个爱好，打仗和狩猎。他天生就喜欢在马上驰骋，对骑兵情有独钟。在继承王位之前，他率领着出云最强大的铁骑精锐，横扫雪域，所到之处犹如暴风骤雨一般摧枯拉朽。即便是后来成了出云王，战场之上，他也喜欢纵马往来，亲入敌阵。每一次，当他的王旗出现在战场上时，出云士兵就像一群红了眼的狼，跟随着他搏杀，一往无前，哪怕前面是刀山火海。他如同一团烈火、一声惊雷，拥有足以摧毁一切的力量，令人胆战心惊。

当我的马翻上山丘的时候，走在前方的拉杰对着山下发出了一声长嚎。显然，眼前的场景，令拉杰也兴奋了。

黎弥加的白色大鹏鸟王旗插在马场上，在一片如林的旗海中异常耀眼。不管是战场上还是在出云的任何一处领土，它都是出云的象征。这面王旗，已经在雪域飘扬了千年，从未陨落。

两万铁骑，白衣白甲奔腾起来，如同山洪轰然而下，天地隐隐震动。那已经不是军队！分明是巨大的风雪狂暴，充斥着来自天地灵魂深处喷薄而来的煞气，横扫而来，永不停歇，无法阻挡。两万铁骑，排成箭矢形，黎弥加是最锐利的箭头！冲在最前方的他，装扮上和别人没有任何的不同，除了他的那头飞扬在风中的棕红色长发。

出云军规甚严，上阵之士必须全身披挂。那既是出云军人的戒律，也是他们对死亡的尊重，因为他们相信死后就会被天神接引跻身于俄摩隆仁的云烟之中，他们必须以最庄重、最完美的装束去接受天神赐予的荣光。

99 万出云大军中，只有一人上阵不戴头盔，那就是黎弥加。从他第一次上阵开始，他就甩掉了顶上银盔，披着棕红色耳朵长发冲锋陷阵。父王告诉他，即便是可以不顾虑出云的军规，但戴上头盔面对敌人的刀光剑影、枪林箭雨，总能够多一分生存的保障，他是出云的王子。但黎弥加如此驳斥父王：只有面对最危险的境地才能激发更大的力量。

此刻他屹立在山丘之上，他在灿烂地笑，如同孩童。

“王上试箭！王上试箭！”无数锐士的呐喊声中，黎弥加纵马驰骋。马蹄翻飞，如同一股黑色飓风，飞掠而过！精铁硬弓，被满满拉开，如抱满月，沉稳如水。箭出，半空中一只鹰隼在哀鸣中重重坠落。

“天佑出云！天佑出云！”

欢呼中，黎弥加掉转马头，飞奔至我的面前跳下，一身汗水抱住了我。

“病好了？”

我点头。

他的目光柔柔地落在了我的脸上，他在我耳边说：“又能看见你在我面前，太好了。”

我比画着：我有事，跟你说。

“等会再说。我刚宰了一头肥羊，你有口福了。”他哈哈大笑上马，和我并肩而行。

“王上威武！”

“将军威武！”

“天佑出云！”

铁骑欢声雷动。

“我们俩有多少年没有同时上战场了？”黎弥加看着眼前的军阵满足地笑，然后转过脸。

已经有好多年了。上一次还是对阵昭日天汗。

“什么昭日天汗？！弗夜坚赞！是弗夜坚赞！”黎弥加坚持称呼对手的原名，继而笑道：“是呀，那一仗痛快，我看到他的狮子王旗掉头就跑的时候真是痛快！总有一天，我们俩再来一场，对他！”

我笑。

两匹马来到王帐。黎弥加跳下，他走向婷夏。她坐在那里，容颜似雪，目光落在我的身上，旋即又移开。黎弥加来到婷夏跟前，解下自己的盔甲，露出健硕的身体。她半跪着用沾上雪水和香料的柔软麻布给他擦拭身体。她的动作很慢，很柔，好像月夜下流淌的静静河流，脸上没有任何的表情。

“羊好了没？！快拿来给我弟弟！”黎弥加朝帐外大吼。

“王上，还未好。”

“废物！”黎弥加愤怒地冲出去，外面随即传来了惨叫声。

宽大的帐篷里，剩下我二人四目相视，面对无言。我行了一礼，返身坐于椅上。她走过来，走到我近前蹲下，轻轻掸了掸我的袍底。那里不知何时，沾染上了一块污泥。

还好吧？我问她。

“好。你呢？”

好。

她笑。

黎弥加亲自端着一条羊腿进来，扔在面前桌上，一把将婷夏拽过去揽在怀中，指了指羊腿道：“吃！”

我来找你，不是为了一只羊腿。

“这小子！”黎弥加的手在婷夏的屁股上拍了拍，笑道，“从小就是这样直来直去。好，你说，找我干吗？”

我看了看婷夏，想让她暂时离开。

“她是你王嫂，有什么事情要瞒着她的？”黎弥加显然不同意。

“穆有他的道理，我先出去，你们兄弟慢慢谈。”婷夏推开黎弥加的手，出去。

“是不是和那个逻萨女人有关？”黎弥加嚷道。

我告诉他不能那样对待一个女子。她是昆蕃人，是弗夜坚赞的妹妹，但她现在是出云的王妃，既然已经成婚，便要像真正的夫妻那样安静生活。

“你让我和她生下崽子吗？然后让逻萨人的种做出云的王？”黎弥加猛地转过脸，露出狰狞的表情，脸上的伤疤微微发红。

他和婷夏婚后这些年一直无子，这是他内心最大的痛。这件事情，已经成为出云的禁忌。从来没有人敢在黎弥加面前提，因为凡是敢说此事的，都被他当场格杀。他是出云的王，有延续出云王室的义务，但这么多年，婷夏的肚子一直没有动静。

黎弥加没事就把婷夏拽入寝宫辛勤耕耘，但天神仿佛从未眷顾他。他梦

寐以求能够有个儿子，一个和婷夏的儿子，一个和自己最心爱的女人生下的儿子，结果却是一次次的失望。为这事，他喝闷酒、发脾气、杀人、流泪，还要堆起笑脸安慰婷夏。

现在让他和仇敌的妹妹生子，而不是婷夏。他是断然不可能接受的。

“我没有杀她，已经仁至义尽！”黎弥加气呼呼地奔出大帐。我紧跟而出。帐外，婷夏远远地看着我们，表情惊愕。

黎弥加拽过来了马：“一个女人而已，即便是弗夜坚赞的妹妹也只不过是一个女人，更何况还可能是一个内应。杀了她，我用不着向那个逻萨的矮牦牛做任何交代，因为我是这里的王上！”他上了马，蓦地弯下身抱起婷夏。

我拦住他，问他去哪里。

“播种！这是播种的好季节！”黎弥加的大手在婷夏高翘的屁股上拍了一下。然后，他打马离开，在草皮和云朵下风驰电掣，飞上土丘突然勒马停住，掉转马头对着我，对着面前的出云铁骑轰雷一样大喊：“出云是出云人的出云！我死，我和婷夏的儿子继位！若是天神不眷顾我，我的弟弟黎穆便是出云王！”说罢，黎弥加夹着婷夏，光着上身，单骑绝尘而去。他前行的方向，天地苍茫，鹰隼盘旋。

生活是一个巨大容器，众生浸泡在里面，无法脱身。少数人死命冲撞，想找一个出口，结果却往往血肉模糊。

黎弥加和我，我们注定会有不同的道路。

这一年冬天并不像穹布说的那样好。黑妖风一直吹，冻死牛羊无数。出云人把一切归于赛玛噶——“蛇蝎一样的女人，给出云带来蛇蝎一样的灾难。”这消息瘟疫一样在出云广为流传，要求将赛玛噶赶出穹窿银或者干脆处死献祭给天神的书信像雪花一样从四面八方涌来。

黎弥加却始终没有任何表示。我了解他，他不会对这个女子有任何热情，可他是出云王，是一个男人。战争和两个王国的命运是他和昭日天汗之间的事，他不会为难一个女人。黎弥加虽然杀人如麻，但他不会对一个女人举起刀。

这些日子，我没有踏入过穹隆银城，直到我听到了热桑杰等人的密谋。

在土林深处，当我领着拉杰捕猎一头熊的时候，看到了围坐在树下的他们。

“必须动手了。这个冬天的灾害就是天神的征兆！”热桑杰握着他的白柄刀，低声道。

“老帅，这事情要不要和将军商量一下？”

“不必。将军向来宅心仁厚，他不会同意的。”热桑杰低声道。

“但是将军说过，如果杀了赛玛噶，弗夜坚赞是不会善罢甘休的，定然挥军杀来，到时……”

热桑杰暴怒：“昆蕃人手中的是刀，难道你小子手里的是牦牛的骨头吗？！出云人从来不畏惧任何人！”

“这倒是有道理。老帅，杀了赛玛噶，王上怪罪下来……”

“那是我的事！”热桑杰昂首向天，叹了一口气，“我已经老了，不想看着出云亡在我们之手，所有的罪责我来承担。杀了这个妖精之后，你们砍下我的头，送去逻萨，我想可以平复这场争斗。”

“老帅！”

“别说了，就这么决定了。”热桑杰站起身，面色沉凝。

我并没有上前制止。热桑杰有他的原则和坚持，一旦决定绝不会更改。他从未有过私利，一心为国。从他的角度来说，他的决定并没有错，那是为了出云，但我并不认为一个弱小的女子会让一个千年帝国崩塌。

世间的事自有它的因果。一个帝国有它的宿命，兴衰存亡，有它的轨迹。

我转身，去穹隆银。自父王去世之后，我就再也没有进过黑宫。那是一个充满记忆的地方，供奉着历代祖先的画像，没有阳光，只有无尽的黑暗。最末的两幅，属于父王和阿妈。我和黎弥加死后，将会放在他们旁边空留下来的位置。

我隐约听见忽近忽远渺茫的诡异笑声。猫锐利的尖叫。老旧的木制楼梯吱吱多吉的呻吟。虫子蠕动着从各个角落晕然而来的低语。

穿过长廊和院落，穿过围墙和大殿，好像有无数双眼睛在盯着你，但又空无一人。空气中有灰尘的味道、时光的味道、烟烬的味道、败花腐烂的甜腻以及香料燃烧发出让人窒息的味道。

这是一个让人无法忍受的地方，我不知道赛玛噶为何能够镇静地生活其中。我闻到了药香。那气味断断续续，是我未曾闻到过的。跟着这气味，我在幽暗中又回到了转生殿——出云王室成员在人世停留的最后一个地方。生命即将完结之时，他们会被带到这里，在亲人陪伴下走完最后一段旅程。我在这里看过太多生死，看见一丝丝生命的游光在瞬间被黑暗的巨口吞噬。

沉重的殿门半开半掩，一个侍女在门前煎药。火炙之上，水雾从药罐袅袅而出，升腾起一片小小的水雾。拉杰跑在前面，它的巨大身影让侍女惊慌地站起，这个女子动作警觉而敏捷，迅疾抓住身上的短刀，直到看到我别在胸前的王室徽章才微微愣了一下。

“你是将军？”侍女小声道。

我比画着告诉她，我想去见赛玛噶。

房间不大，地上铺上了软软的毛毡，墙上挂满了丝麻绣绘的神灵。供桌上，一支香在燃烧，蒸腾出来云烟雾气，凝结在一尊神像的面前。那神像我不认识，它和出云人供奉的神像截然不同，慈眉善目，嘴角挂着淡淡的微笑，让人心里生暖。角落里，帷幕后方，哗哗的水声传来，赛玛噶在洗澡。

我的双脚仿佛绑了石头，一步也挪不开。手指在微微颤抖、耳鸣，那声音让我的头脑一片空白。拉杰突然低低地闷哼了一声，脊背上的白毛竖成一道耸立雪峰，面向窗户的方向愤怒咆哮。几乎本能的，我手中的白柄刀呛啷出鞘，刀锋过处，油灯倏忽而灭，黑夜如潮水般充斥，漫溢。

“谁？”帷幕中传来赛玛噶的一声低喝。

与此同时，窗破，几条人影弹射而入。闷声之中，劲弩点点，噗噗射向帷幕。

“落雪！”有人低低喊了一声。这是出云刺客的暗语，要一个不留。帷幕里悄无声息，空气中有烛芯燃烧后的焦味，房间里好像被炙热的泥浆包裹，令人窒息。和往常一样，拉杰最先出手，暗中随即传来一声惨叫。

“有狼！攻！”余下几人刹那之间改变进攻方向，动作娴熟。

我深吸一口气闭上眼睛，出刀！刀刃碰撞的声响、惨叫声、喘息声、脖颈被利刃切开血雾飞溅而出的呲呲声，如同大雨打在屋檐上倾泻，碰撞，回落……

只有在战斗中，我才会全身心地愉悦。这种感觉，就像行走在林莽深处，是自由且酣畅淋漓的。生命随时可能被收割，却在这惊心动魄中有着一泻千里的发泄！毫无杂念，只有单纯的目标，所有的痛苦都暂时搁浅，终获得片刻休息。最后一个对手倒在地上，发出一声闷响。房间恢复安静，浓浓的温暖的血腥，蚂蟥一样贪婪地入侵嗅觉，并且持续深入。

“嗷——”拉杰朝我身后低吼一声。心随意动，长刀蓦地向后扫出，一股疾风呼啸而去！黑暗中，那人并未躲闪，只是安静地站立。白柄刀戛然而止。

黑暗中，我看到一双眼睛，一双如同先前见过的神像的眼睛。仿佛风中飘落的花瓣。我知道，这只是我的幻觉。

灯亮了。光芒之上，一只飞蛾扑扇着翅膀，彩色的蝶粉散荡着，被那火焰灼伤坠跌于地上。

这是我第一次看清赛玛噶。她仿佛在大雨中长途跋涉，昏暗的灯光下，缎子一样的长发湿漉漉地披在裸露的白嫩的双肩之上，裹着一件长长的白布裙子，上面溅满了鲜血，血迹一直延伸到她的手上、脸上，好像盛开的灿烂红杜鹃。她赤脚站在血水里却毫无惊慌，如同这场杀戮和她毫无关系。她盯着我，目不转睛，然后慢慢微笑，露出银贝壳一样的洁白牙齿。

热桑杰说得没错，这个女人看一眼就会连魂都丢了，会烙在你的骨头上。这样的对视，我彻底败下阵来，躲闪着转脸看外面。

“你，是黎穆吧？”她的声音很轻，雪水一样没有任何的杂质。她轻轻走过来，昂头看着我笑，指了指旁边的外衣。我递过去，她却突然转身，白布裙子翩然而落。

我的动作蓦地停顿，站在那里，无法动弹。一具光洁纯粹的身体，曲线连绵，干净得如同俄摩隆仁的雪峰，却在那后背之上，生出一个硕大的

紫黑色胎记。黑色湖泊一样的胎记，如同一片广阔的可怕沼泽。

她一袭白裙，坐在我对面。湿漉漉的头发下，是一张绝美的脸。不能说是妩媚，只能说是格外动人。

如果婷夏是一株洁白的山茶，那么眼前的这个女子，便是一朵粲然的格桑花，直接而热烈，却有她的孤傲。地上横七竖八躺着七八具尸体，鲜血殷红，在毛毯上印染。

我从未见过如此镇定的女子，刚才的一番血战之后她没有任何的惊愕，即便是面对着一具具尸体，她依然淡然自若。

“来之前，我就听哥哥说穹隆银有一个叫黎穆的年轻将领，是逻萨人的噩梦。我认识的将军们都叫你嗜血魔鬼。”她的声音很好听，好像春天从天而降的一滴滴雨水，打在含苞欲放的花瓣上。

“那时我想，这么一个魔鬼，会不会生有三头六臂，长相狰狞？”她微微皱起眉，“后来我想，黎弥加能够如此英俊骁勇，他的弟弟应该也不会多丑。”

我笑，被她逗乐了。

她指了指地上的尸体：“为什么要救我？”我没有马上回答她。起身走出门，让侍女叫来外面的守卫将尸体搬出去。地上的毛毯被换掉，血迹被抹去，一切重归于新，好像什么都没发生过。

你好像对此一点儿都不惊讶？我比画着。

她很快弄懂了我的意思，垂头看着烛火。

“我早就知道有人要杀我。”她说。

为什么？我问。

“出云和昆蕃势不两立，我哥哥昭日天汗和你哥哥黎弥加只有一个能活着，仇敌的妹妹嫁过来，你们的人说我是内应，说这桩婚姻不过是场政治联姻。是吧？”她直直地望着我，眼神凌厉，让我有些招架不住。

“像我这样的祸害，你们出云人恨之入骨，又怎么会留着我呢？”她站起身，轻撩衣袖，给那神像上香，“黎穆，你知道这是什么吗？”

我摇头。

“这是佛。”她双手合十，闭上双眼叩拜后转身对我道，“佛说，一切都是因果勾连，发生的事，未发生的事，因果往复，就像我的生与死，我来穹隆银，我遇到你，都是注定。”

我问她：听说你的哥哥，最宠爱的便是你，对吗？

“是的。”谈起哥哥，她表情欢快。

既然如此，他知道这是一场政治联姻，是赤裸裸的政治交易，为何要你嫁？

“他从来没有这样想过，从来没有让我来过穹隆银。事实上，他宁愿死都不会让我嫁给一个仇敌。”她声音冰冷。

那为什么他要把你送过来？

“是我自己。”她坐下来，看着灯盏下那只死去的飞蛾道，“是我自愿来的，应该说是我逼迫着哥哥让他把我嫁到这里成为黎弥加的女人。”

我惊了。

这世间，任何一个女子都会憧憬着嫁个如意夫君。女人和男人不同，男人可以腥风血雨，心中有事业、功名和江山。女人不一样，她们一生重要的事情便是爱情。眼前的赛玛噶，如此年轻，如此绝美，她应该有她关于爱情的全部美好想象，为何会甘愿背井离乡远嫁到异国？

是因为你哥哥的昆蕃帝国吗？我问。

赛玛噶摇摇头：“我生来就不会顾虑任何事情。昆蕃帝国是我父王的，是我哥哥的，它和我无关。战争是男人的事，帝国也是男人的事，我来出云，不是为了让昆蕃免于战争。”

那为何？

我看着她单薄的身躯，白裙之下，背部有一块地方微微隆起，是黑色的胎记。

这么一个绝色女子生有这样的疾病真是可惜。

她注意到了我的目光，淡然道：“刚才是不是吓到了你？”

我摇头。

“除了哥哥和医生，从未有人看过它。”她轻轻褪下衣服，可怕的胎记裸露在我面前。

她说：“我八岁的时候，一直做噩梦，梦见在长长的没有光亮的黑暗宫殿中奔跑，后面恶鬼在追赶。我必须一直跑，无法停歇。感觉身体之内，隐藏着一枚卵，不断生长，随时都要展翅而出。请来了所有医士、法师，全都束手无策，说我不会活过二十岁。因为这胎记，父亲不再爱我，他像躲避瘟疫一般躲着我。不仅是他，我的母亲也是如此。她觉得这是不祥之兆。我身边的人离我远远的，私下说我的恶疾会传染，哪怕是摸到、看到，都会带来灾祸。我被禁锢在一个小小的黑暗的宫殿里，没有朋友，没有伙伴，没有亲人。”昏暗的灯光下，她的声音很轻，却如同钟鼓在我心头响起。

“唯一对我不离不弃的，只有哥哥。”她从袖中拿出一件玉，上面雕刻着一头雄狮。“父王只有我们一对儿女，自我生下来时，哥哥便欢喜得很，我是他唯一的妹妹。幼时，他不喜欢任何人，尤其是父王。哥哥喜欢诗，喜欢唱歌，对打仗、管理国家没有任何的兴趣。他喜欢带上我骑骏马在山川中奔驰，喜欢在热闹的集市喝醉，和乞丐、工匠、游唱者混在一起。当然还有那些漂亮的女人。他说那才叫生活。

“但父王不允许自己唯一的儿子——昆蕃未来的继承人只会写诗、唱歌。哥哥被抓回来，被狠狠地教训一顿，他身边的那些随从全部被斩杀。父王也打了我，他说哥哥所做的一切，都是我怂恿的。我的确整天缠着哥哥，让他带我出去玩。黎穆，你知道一个孩子被禁锢在黑暗中的心情吗？我只想看一看外面的天，看花开，闻一闻雪山的气息。能带我出去的只有哥哥。”

看着赛玛噶，我的心在颤抖。

“那一次，父王差点儿打死我，他用尽力气，打得我皮开肉绽。哥哥扑过来，对着父王他拔出刀。两个男人，一对父子，因为我差点儿当场决裂。不过最后胜利的还是父王。他知道我是哥哥唯一的软肋，所以哥哥如果不答应他的要求，我就会被送出去。”赛玛噶潸然泪下，“我的哥哥撕了他写的诗，折断了他的笛，杀了他的马，戴上头巾进入学堂。他通宵达旦学习谋略，学习一个国家的王上该具备的一切。他再也没有唱过歌，再也没有写过诗，再也没有笑。这些都是为了我。所有人都称赞哥哥的聪慧睿智，说他将来定是不世英主。对于哥哥的表现，父王满意极了。但我知道哥哥再无快乐。

“那一天是个少有的春日，殿前花开得特别好。哥哥将我抱在怀里，教我画画，然后就听到外面传来喊杀声。”说到这里，她声音颤抖起来，“几个侍卫浑身是血冲进来，告诉哥哥父王被毒死了。他在一场酒宴上，光天化日地被手下毒死了。叛军席卷而来，他们杀掉父亲的亲信、大臣、护卫军队，然后冲向宫殿，要杀掉哥哥。我记得很清楚，哥哥听到这个消息，没有任何反应，只是静静地握着我的手画完最后一笔，然后站起身搂着我上马。

“黎穆，你没有看到当时的情景。外面是杀戮的海洋，叛军层层叠叠冲杀过来。侍卫要求哥哥丢掉我，那样逃生的机会要大得多。但哥哥没有那么做，他一手搂着我，一手举着长刀仇杀出去。我躲在他的怀里瑟瑟发抖，看到鲜血飞溅，看到尸体倒下，看到天崩地裂。等我醒来时，哥哥一个人，一匹马，立在山口，全身是伤。那一刻，他不再是尊贵的王子，只是一个漏网之鱼，一个亡命之徒。我问他，我会死吗？他摸着我的头，告诉我只要他活着，定然不会让我死。

“他搂着我，逃了十五天，忍饥挨饿，几次差点儿丧命，最危险、最绝望的时候，也没有抛弃我。他聚拢了父亲的散兵，寻找援军用远远超乎他年龄的手段平定了叛军，重新登上了王汗宝座。那一年他正好十八岁！

“他成为王者的那天，依然抱着我面对群臣的叩拜。他说我是他唯一的妹妹，是他唯一的亲人，是他唯一的欢乐和依靠。自那以后在阴谋、陷阱、尔虞我诈中，他始终张开翅膀守护着我。他说，他成为王，他所做的事，多是为了我。所以，他怎么可能会把我嫁到出云，嫁给他的仇敌呢？”

赛玛噶的故事，深深刺痛了我。

昭日天汗是出云的死敌。我敬佩他，同时也将他视为最强大的对手，我听过很多关于他的传说，但我从未想到他居然拥有这样的内心。有某一刻，我在他身上看到了黎弥加的影子，或者说我在赛玛噶和昭日天汗的身上，看到了我和黎弥加的过去。

我艰难地向赛玛噶比画着：那你应该在逻萨，守着你的哥哥，哪怕是

死在那里。为什么来出云？

赛玛噶点了点头："我也以为我会死在逻萨。我以为我会在哥哥的爱里带着这胎记幸福地死在那庞大宫殿的某一个角落，然后归于尘土。"说到这里，她突然扭头看着外面，用颤抖的声音跟我说："直到，我看到一个男人。"

第四章

情动山河

夏天来临的时候，穹隆银外的野地繁花盛开。那花簇连绵开去，直到天边，仿佛灿烂的云彩。冬天来临的时候，它们会坦然凋落，面对死亡，镇定自若。这是雪域上的生命，周而复始。

我记得父王倒在花丛中的模样，然后花瓣覆盖他的脸。我站在他的尸体旁边，和黎弥加一起。他的死，让我明白生命在时光和世界的残酷碾压之下四分五裂，支离破碎，近乎幻象。

父王死的那一天，我和黎弥加都还年幼。对我们来说事情发生得太过突然。我记得，那一日是一年中最大的节日——家祭。整个穹隆银城人声鼎沸、热闹非常。一早我和黎弥加就被打扮得花枝招展，穿上盛装，戴上面具，跟着父亲出城。我们两个要在节日典礼上公开表演，而且结果很好，欢呼声四起。父王很高兴，允许我们去玩。

黎弥加拉着我，在花丛中游走，他知道我喜欢那些花。

我突然听到远处的人群中传来一声高喊，营帐便如同雪崩般炸开。随即刀剑的交鸣声、战马的嘶鸣声传来，父王披头散发，骑着一匹马向我们狂奔过来。

“黎弥加，快跑！跑！”父王满嘴是血，疯子一样冲黎弥加喊。背后是密密麻麻的追兵。马奔到我跟前，我看着父王一头栽倒，扑入厚厚的花丛中，抽搐着，五官狰狞。

“跑！快跑！”他低声喊着，瞪着我们，然后很快死掉。我愣了，吓坏了，

当场哭出来。黎弥加抱着我，跳上马，挥舞着父亲的白柄刀狂奔。周围全部是敌人，咬牙切齿要斩草除根的叛军。刀光剑影中，黎弥加连续冲杀，身中七刀仍然被困其中。

我让他放下我，丢开我这个累赘独自逃命。但黎弥加不肯。一身是血犹如恶兽一般的他，冲我咆哮："穆！你是我的弟弟！唯一的弟弟！要死，就一起死，我不会抛弃你，永远不会！"他用腰带将我捆在身上，手舞战刀四面冲杀，最终绝处逢生逃了出来。我们在荒野游荡，小心多少追兵，向俄摩隆仁奔去。

这就是，我们曾经的事。记忆有时候是如此真实，长久之后，却又如同风雪中出现的雪莲，躲躲闪闪，最后再也寻它不见。

又是家祭。

出云人节日很多，但是家祭，却独属于王室。每年家祭，出云王室成员必须一个不少全部参加。在上师的主持之下，祭奠天神、山神，敬仰祖先，驱除厉鬼，祈求一年国泰民安。这样的一个盛大节日，更像是一次庄重的家庭聚会。不过这一次，黎弥加碰到了麻烦。

按照一向的王室规格，作为黎弥加侧妃的赛玛噶也应当出席家祭，对于这件事，朝臣一分为二。以热桑杰为首的绝大多数人，极力反对赛玛噶参加。在他们的眼里，赛玛噶是灾难的象征，只会招来神灵和祖先的愤怒。以东罗木马孜为首的少数人则坚持王室成员必须集体出席，缺少任何一个都是对神灵和祖先的不敬。双方争执不下，使得黎弥加甚为苦恼。

"黎穆是我唯一的弟弟，让他决定吧。"黎弥加摸了摸我的脑袋，把决定权交给了我。

我告诉黎弥加，祖先的规矩不能随意改动，赛玛噶是王妃，必须参加。

"那便这么决定了。"黎弥加看了我很长时间，突然笑起来，站起身子摇晃着走开了。

对于所谓的祭奠，我和其他人抱有迥异的想法。它只是一种形式，关乎心灵和生活。一个人也罢，一个国家也罢，想要控制自己的命运，必须

先控制自己。种子落在田里，萌芽，生长，衰败，死亡，是它自己的事情。繁华也罢，凋零也罢，完全取决于本身。我们只会索取，向神灵，向祖先，却永远不知道自己真正需要什么。

黎弥加，很多很多事情，我无法告诉你。就如同我希望赛玛噶参加只是不想她待在暗淡窒息的黑宫。猛虎堡，出云东南军事重镇，靠近逻萨，前有玛垂、拉昂两湖，后可遥望圣山俄摩隆仁。这里是王室家祭的固定地点。

很多年前的那场家祭，父王就死在这里。这地方，对于我和黎弥加来说，有着非同寻常的意义。可能是因为赛玛噶的参加，更有可能是黎弥加想借此向逻萨人展现出云的强大实力，竟率一万精锐出动。

玛垂湖畔，天色湛蓝，水色澄澈。水天交映下，远远的是隐匿在云烟之下的俄摩隆仁。近处无数碎花在葱翠草丛一层层开放，它们身份不明，来处不详，却旺盛生长，怡然自乐。湖天之间，是白茫茫的旗帜，烟尘飞扬。

石头和沙土堆建的巨大祭坛早已经完工，挂上白色神幡，迎风招展。十几丈高的一幅巨大神像高高悬挂其上。木香点燃，案前供奉着一座用荞麦面和骨粉捏塑的假山，那是山神的象征。

第一日晚，主祭祀的穹布抖擞精神，吹号击鼓开始诵念长长的经文，为出云解秽驱邪，禳灾求福。连绵雄浑的诵经声中，无数祭品蜂拥至祭坛之下以祭祀天神、山神，整个仪式彻夜持续。

黎明，三声炮响之后，祭祀最快乐的时刻到来。作为驱鬼的核心内容，每次祭奠出云王室中都会选择一人扮演厉鬼，一人扮演驱鬼的贡白。脸上涂满黑红颜色的厉鬼，在法师和贡白的法器和利剑之下，惊慌逃窜，二人边舞边追，直到神案跟前，贡白一剑劈下，厉鬼萎缩案下，寓意鬼怪已从案内驱走，被降服，国家即可清洁平安，众人雀跃响应。其后，法师念诵祭山经，颂扬山神威德，逐一宴请俄摩隆仁等 54 座大小山神前来享用供奉，请求山神饶恕犯下的过错，保佑来年风调雨顺，人畜平安。

多年前的那次父王殒命的那场家祭，我和黎弥加扮演的就是祭祀的主

角——厉鬼和贡白。那一次，我扮演贡白，他扮演厉鬼。自此之后，这种身份，就已经固定。

黎弥加成为出云王后，曾经特意规定每年家祭他扮演厉鬼，我扮演贡白，这是他对于那场灾难的纪念。这个规定得到了出云人的一致认可，他们不知道黎弥加的真正意愿，只是十分高兴看着他们平日里高高在上的王，此时成为滑稽的厉鬼仓皇逃窜的模样。黎弥加喜欢这个游戏，乐此不疲。对于他来说，当我们两个身着盛装、戴着面具登上祭台时，他仿佛能够看到多年前那一对相互依靠不离不弃的兄弟。他是令人畏惧的王，其实内心依旧如孩童。

祭坛后帷幕中，黎弥加进来的时候，我正换上威武的贡白装。

“啧啧啧，我的弟弟除了不会说话，不管是模样还是内心，远远比我强。”黎弥加围着我转，阴阳怪气地笑。他没有装扮，赤裸着上身，棕红色的长发随意披散着。

我看了一下外面涌动的人群，问他仪式马上就要开始，他为什么不装扮。

“这一次，咱们俩换一换。”黎弥加挠了挠头，“我是贡白，你是厉鬼。”

这话，让我极为诧异，多年固定下来的，怎么突然要改变？

“总不能一直让你欺负。”他搂着我，有意无意地瞟了一眼外面。顺着他的目光，透过帷幕的缝隙，我看见坐在角落里的赛玛噶。一群白衣盛装的王室成员中，五彩披肩红色长裙的她，异常夺目。皎洁如霜的容颜，淡泊的表情，坐在那里，毫无笑容。这世界不属于她，她更像是一个过客。

这是那场婚礼后黎弥加和赛玛噶的第二次见面。长久以来，黎弥加对于赛玛噶的态度没有丝毫改变。他像一个冰冷的石块，拒绝赛玛噶进入他的生活。

看着我诧异的模样，黎弥加有些不好意思，他知道我的疑惑。

“我是出云的王，总不能在一个逻萨女人面前仓皇逃窜吧？”黎弥加解下我的衣服，挤眉弄眼地出去了。

婷夏进来给我换装。穿上花里胡哨的衣服，揉乱了头发，脸上胡乱涂上黑红颜料，看着铜镜中的模样，我和婷夏都笑起来。

“这么多年你一直是贡白，现在变成了厉鬼，这是今年最快乐的事情。”婷夏笑道。

祭坛上，黎弥加和我同时出现时，无数人为之骚动，兴奋的叫喊声和大笑声此起彼伏，看着我的妆容，连穹布都笑得抹眼泪。

人高马大的黎弥加挥舞着手中的利剑气势汹汹，在他和穹布的驱赶之下，我狼狈逃窜，极其滑稽。

台下彻底沸腾，无数人笑得前仰后合。当我一个趔趄跌倒缩进神案下时，笑声抵达顶峰。从神案之下，我看到人群角落里，赛玛噶看着我，终于“扑哧”一声笑了。她的笑容纯净，如同盛开的雪莲。

偶尔我会去黑宫看看赛玛噶，和她聊聊天。偌大的穹隆银，偌大的出云，我能聊天的对象并不多。对于我来说，赛玛噶是个陌生人，一个内心与我很相像的陌生人。人是个奇怪的动物，他不会轻易将埋藏在心底的话对熟人倾诉，而愿意与一个陌生人敞开心扉。何况赛玛噶是如此孤独。

关于刺杀的事，我禀告给了黎弥加。黎弥加听后暴怒，尽管他不喜欢赛玛噶，但早已经颁下了不准暗杀赛玛噶的旨意。在他看来，这样的暗杀等于对他无上权威的挑衅。

热桑杰等人被召到白宫，遭到猛烈的训斥。刺杀之事，自此终止。这让我松了一口气。

去黑宫的路上，我捡了一只猫。它全身是伤、漆黑如墨、蜷缩在我的怀里，喵喵地叫。上山时，见一帮孩子在追打它。询问得知，一只生活在祭坛旁边靠吃动物的皮肉过活的母猫生下了九崽，其中就有它。比起兄弟姐妹，这只猫并不健硕，却阴沉、怪异，它将其他八只幼崽全部从高崖上推下去，独自存活。

在出云，猫历来被视为灵异之物，猫生九崽更是等同于凶异。何况是这样一只天生就喜欢杀戮的幼崽。如果没有遇到我，它十有八九会被孩子们用火焚烧。它是聪明的，见到我的第一眼就发出令人心软的叫声，挣扎着爬过来，那只独眼泪光闪闪，近乎谄媚。它知道我是它唯一的救命稻草。

促使我伸出手的，是它的眼睛。那只眼睛，湛蓝得微微发紫，宛若俄摩隆仁上的星空。

我掏出一把银币救下他，孩子们欢喜得一哄而散。

躺在我怀里，全身是伤的它，呼呼大睡，四肢伸展，露出柔软的肚皮。

我不禁感慨，这只刚刚与死神擦肩而过的小家伙，有着远远超乎凡人的淡然与大度，生死之后，竟然能睡得如此惬意，那呼吸声深沉而生机勃勃，如同大海。

赛玛噶很喜欢它。她见到它第一眼就欢喜地接过去。

“黑猫啊，我从来没见过黑猫呢。”她惊喜地说。

她给它清洗，在伤口上撒上药粉并细心包扎。

“可怜的小家伙，这么小就没了家。”她抱着它，抚摸着它的肚皮，声音颤抖。作为宠物，猫似乎属于女人。男人是不会爱猫的，雄健的猎狗或者是战狼，更适合他们。

它从赛玛噶的怀里跳下，好奇地在宫殿里散步，然后盯着我走过来，跳上我的膝盖，蹭着我的手，发出咕噜咕噜的声音。

“它和你很有缘。”赛玛噶笑道。

她笑的时候，眉脚上扬，眼睛如同弯月。我没见过有人笑得这么好看。

我告诉她关于这只猫崽的事。

“这很正常。”赛玛噶说，“生命就是一个巨大的轮回，沉浸其中，忍受着巨大的痛苦。任何生命，生来就要受苦。要活下来，任何手段都显得有必要。那只母猫不可能养活全部幼崽，它必须除掉所有的兄弟姐妹才能保证自己存活。这很正常。”她的解释，让我苦笑。

不过想想，很有道理。这世上，人活下来都不容易，何况是一只猫呢。

“黎穆，你怎么看待生命呀？”她给我倒了一杯茶，抬头看我。

我摇头。

我们出云人，只对死亡感兴趣。生只不过是场游戏，或者说是一场梦也不为过。生命终止时，任何人都一样，等待他的是一场另外的旅途，所以灵魂栖息何地最为重要。

她说："在我看来，最美的生命，如同大朵的花砰然绽放，然后在最灿烂的时候，戛然而止。"她的说法，出乎我的意料。

最美的生命，难道不应该是如同星辰一样，自然升起，自然陨落，该发光的时候硕硕灼灼，该隐去的时候，浮云满天？

她笑。

"我的记忆里，没有父王的身影。在我的心里，他不存在。他被臣下毒死，被扔到黑暗中。我的童年，在动荡不安中度过，衣角的夹层里缝着毒药，以防落在敌人手里受到羞辱。随时面对死亡，看到越来越多的东西被破坏和摧毁，知道这世界便是如此，仿佛宿命。

"我的哥哥不一样。出生时便肌肤洁白，相貌庄严，身躯比一般的小孩大。父母群臣见到后都很高兴，生日宴庆极为隆重。父亲说这是天神赐给王汗家的珍宝。后来，虽有波折，但他依然事事卓越，还未成年就学识渊博、智慧超群、美名传遍蕃地。他注定是英雄，我们有着不同的道路。

"我父王囊日坚赞被毒死那年，他十七岁，只是一个习惯沉默的少年。他抱着幼小的我，在混乱和杀戮中即位，辗转流离却毫无畏惧。他用极其刁钻的手段，对进毒者赶尽杀绝，令其绝嗣，随即又用强硬铁血的进攻和斩杀，镇服了叛乱的部众。他出兵征服苏毗，亲自出巡北道，未用一兵一卒便让北面的草原人朝贡纳税。迁都之后，清查户口，安抚民众，制定律法，扩充军队，雄心万丈。

"在别人眼里，他是神，一个铁一样坚定的男人。但只有我知道，他会在抱着我睡眠的深夜哭着醒来，打仗的时候他会惧怕得哆嗦却依然强装镇定，也曾被臣下蒙骗。吃饭的时候喜欢吧唧嘴，痴迷印有小碎花的绸缎，怕痛怕冷。不允许任何人走进他五步以内的距离，除了我……我了解他的全部，甚至超过我自己。"

我吃惊。

在此之前，我搜集一切关于昭日天汗的情报。这个神一般的男人，他是神秘、睿智、英武的。关于他的传说，无一例外都是辉煌的，近乎神话。但我从来没有听说，昭日天汗会有这么敏感的一面，脆弱的一面。

“他不相信任何人，哪怕是最亲密的臣子和妃子。他只相信我。他对我的爱近乎占有和霸道。很少对我微笑，所有的话都带着命令的语气。我犯了错，他会把我关进黑房间，那种狭小空气污浊没有窗户的房间，任凭我在里面哭喊也不会开门，往往在我睡着的时候，又进来，抱着我哭。待我醒了，却迅速转身离开，只留给我一个背影。”赛玛噶声音平静，仿佛讲述的不是她自己。

“他拒绝所有人对我提亲，所有蓄意接近我的男人不是被流放就是被斩杀。我知道他只是怕我受到任何伤害，哪怕是一点点。”

看来东罗木马孜说得不错，作为强者，昭日天汗没有任何弱点，近乎完美，而赛玛噶是他唯一的软肋。其实，这样的人，我很熟悉，就像黎弥加。作为王者，他们都有他们的无上权威，掌握生杀大权，旁人只能仰望。表面上看，他们是风光、威严的，但实际那顶王冠何尝又不是枷锁？

天神是公平的，他赋予你莫大的权力，就要给你许多只有你自己去承受而又无法向别人言说的痛苦和煎熬。面对尔虞我诈、血雨腥风，强者只能咬紧牙齿、挺起胸膛去硬撑，他不能叫苦，哪怕是皱一皱眉头。因为他们是王。

相比而言，黎弥加显然比弗夜坚赞好过一点儿，起码很多事情他会按照自己的心意来。

“有时候，我羡慕你和黎弥加，那么亲热，那么心意相通，不像兄弟，反而像恋人。我的哥哥对于我来说，更像是真正的父亲，他爱我，是我的依靠，尽管他对我的爱，近乎霸道，却是这乱世中唯一的爱。”赛玛噶说，“你可能想不到，他怕死，非常怕死。他不止一次跟我说，每次做梦都会梦见黎弥加或者你带着汹涌的出云军，带着那些战狼和大鹏鸟砍下他的头颅。他会在这样的噩梦中醒来，全身瑟瑟发抖。他跟我说他不愿意死，因为他知道，一旦自己死了，就遗我一个人于这世上，那样太寂寞。

“所以，他说如果有那么一天，我必须死在他的前头。那样尽管他会痛苦，但不会死不瞑目。所以，当大臣们提出要将我嫁到出云的时候，平时很少展现怒颜的哥哥咆哮得如同一只狮子，一连斩杀八位重臣。最后还

是噶尔金赞找到了我，让我劝服他。”

赛玛噶，这是无可奈何的事。

“是呀，对于哥哥和他的大臣们来说是这样，但对我不是。”赛玛噶微微一笑，“我听到这个消息，内心震荡，涌出少有的甜蜜。”

为何？赛玛噶，你应该预料过嫁到这里的处境。

“我当然知道出云人不会善待我，知道黎弥加也不会，知道自己的下场，可能还不如我的父亲。我只是一个政治筹码，一个工具。可我不痛恨任何人。

“黎穆，我的生命就像开在荆棘里的花，艳丽痛楚，注定被踩成一摊混入污水的烂泥之中。这是我的宿命。我只希望，这朵花能开得绚烂无比。谁让我爱上了一个人。”

这个夏天比起以往要短，还未到八月，空气中就有了萧瑟的味道。

在我的请求之下，黎弥加终于允许赛玛噶可以自由走动，前提是必须有卫兵看护。一向固执的他，这一次答应得如此爽快出乎我的意料。

长久以来，我并不是一个习惯和别人亲近的人。我喜欢停留在一个地方，等待内心的安和平静。这地方，是一个隐秘的存在，藏匿在内心最深处，不为人知。这种生活方式，结果就是中断和别人的联系，成为一个怪物，这是代价。

穹布说，人的内在决定了他对待世界的不同，没有绝对的对错。但是你终究会发现，不管有何不同，众生都卡在生命的瓶里，就像穹布那个故事中的鹅，无法逃脱。

我依然每晚做着噩梦，依然每次都被惊醒，感觉到生命在迅速消逝。但多数的梦中，总会出现一朵小小的洁白雪莲，让我感到心安。我不明白我为什么会乐于接近赛玛噶，也许热桑杰说赛玛噶是迷人的妖精的说法是有道理的。不过对于我来说，赛玛噶更像是一个巨大的伤口，能让多年麻木的我感受到疼痛，这疼痛让我觉得不再孤独，觉得安全。

在穹窿银城下的土林里，抑或是更远的坡地草场，更多的时候，我是一

个倾听者。我听着这个女子叙述那些近乎残酷的事情却表情平静，看着她笑，看着她大颗的泪水自脸颊坠下，落在大理石地板上，声音在空旷的宫厅里回荡不绝。

这些话来自她的内心深处，好似一根丝线，怎么扯也扯不完，曲环萦绕，纠结缠杂。这些话，她也许从未向别人提及。

整整一年的时间里，我几乎天天来到此处，常常和她畅聊到深夜，仿佛日夜颠倒。实际上，关于我们两个人，穹窿银已经出现风言风语，连黎弥加都有所耳闻，但我依然我行我素。我的性格就是这样，从不在乎别人对于自己的看法，只遵循于自己的内心。

终于有一天，黎弥加召我入宫。在他的寝殿外，我听到一声巨响，接着是碗碟落地的声音。

“滚！都给我滚！”里面传来黎弥加的吼声，带着愤怒和绝望。仆人们惊慌失措地逃出来，一个个脸色苍白，瑟瑟发抖。

我跨进殿门，看见黎弥加一个人瘫坐在地，面前是摔落的錾银木碗，还有一地的黑色汤药，狼藉无比。

看到我，他只是直了直身子，没有出声。

我蹲下来，拾起木碗，放置于案头，然后打扫地上的药水。

“别管那些！来，我们说说话。”他指了指旁边的垫子。

我坐下来，比画着问他到底发生了什么事。

他转过身子，面对我，突然咆哮道：“你觉得天神是不是在惩罚我，在诅咒我？”

为什么这么说？

黎弥加指着那些碗：“我日夜向天神祷告，最大的愿望只有三个：其一，愿出云国泰民安；其二，让我们兄弟的情谊如同神山俄摩隆仁一样屹立不倒；最后一个，就是婷夏给我生个孩子！这样的愿望，不算过分吧？”

我笑。

“你笑什么？！难道算过分吗？”黎弥加白了我一眼，随后自己也笑了起来，“似乎有些过分了。”看着他，我终于再也笑不出来，心中异常酸楚。

他和婷夏结婚多年，一心一意能有个孩子，这是他最大的愿望。为此，他除了处理政事，几乎每天都在婷夏的身上努力耕耘、播种，但婷夏的肚子始终不见动静。这些年，出入寝殿的医士、巫师多不胜数，给他开出的药更是千奇百怪。

我了解黎弥加，他不怕死不怕疼，最怕生病，最怕喝药。小时候，即便是疼死，他也不会下咽苦药，那是他最无法忍受的。但为了婷夏，为了有个自己的孩子，他喝下的药能够装满一座玛垂圣湖。

“全是废物！那些医士全是废物！你看看，我喝的都是什么，是马尿，是苦水！天神一定是在惩罚我。”黎弥加带着哭腔，“我只想要个孩子呀，难道这也过分吗？”

我不知如何安慰他，只能告诉他不要着急，该有的总会有的，何况他还这么年轻，强健如牛。

“行啦，你别骗我了。我找你来不是为了这些混账话。”黎弥加站起来，从书案上抓起一件东西扔给我：“看看吧。”

这是一封书信。写在绣着雪狮图案的锦缎上，其下盖着一方王印，是昭日天汗的。信不长，没有谈论到两国的正事，也没有谈论到任何争端。弗夜坚赞十分客气地表达了他对黎弥加的问候，然后提出按照惯例，已经完婚一年的赛玛噶应该回家省亲了。

弗夜坚赞的要求合情合理。实际上，不管是出云还是昆蕃的风俗，新婚夫妇完婚之后，应该回娘家省亲。黎弥加和赛玛噶的婚事已经过去一年，早该如此了。

仔细又看了一遍书信，我轻轻放下。

我比画着告诉黎弥加：这要求合情合理，很正常。

黎弥加笑了，揉着我的头，道：“你这家伙怎么和东罗木马孜那条老狗说一样的话。”

王兄，显而易见，赛玛噶应该回去省亲，不过你不能跟着去。我义正词严地表达。

“哦，这回你又和穹布一个意见了。”黎弥加又笑。

然后，他坐下，搂着我的肩膀挠着头道：“这些天我被这封书信烦死了，那帮人的争吵让我脑袋都快要裂开。”

怎么了？

黎弥加抓起那封书信扔到地上：“对于弗夜坚赞提出的省亲，我忠诚而又唠叨的臣下们分为三派。”

说说看，我很有兴趣。

黎弥加的神态恢复正常，道：“他的要求的确合情合理。省亲嘛，人之常情。但前几天大臣们争论得很厉害。以东罗木马孜为首的那帮人认为作为昆蕃人的女婿，我应该带着赛玛噶亲自到逻萨城面见弗夜坚赞。这样一来，既能完成省亲，也能趁机缓和出云和昆蕃之间的关系。

“我是赞同的。实际上省亲这回事我没兴趣，我去逻萨城，要让那些昆蕃的泥腿子们见识到出云人的荣光和不可战胜，尤其要见一见弗夜坚赞。你也清楚，这家伙每次打仗都躲在最后面，像狐狸一样，我从未看清楚过他。我要见见这个老对手，看看他到底是个怎样的家伙。当然，如果来场比试就更好了。”

听着黎弥加的混账话，我摇头苦笑。

“等我把这意思说出之后，另外的人就炸锅了。穹布首先反对，他说省亲是可以的，但赛玛噶可以回去，我是万万不能去逻萨城的。”

这不是一般人的省亲，你是出云的王，去逻萨城谁知道会发生什么意外？如果出事，出云群龙无首。

我的意见，让黎弥加扬起眉头：“弗夜坚赞能对我怎么样？逻萨城就是烈火地狱，也不会奈我何。”

你再善战，也抵不过海水一样的逻萨人。还是小心为妙，断然不能去。

“好了好了，看来我和弗夜坚赞比试的愿望又要泡汤了。”黎弥加苦恼道。

第三方意见呢？

“第三方意见是热桑杰一伙人的，这帮家伙认为不但我不能去，连赛玛噶都不能去。”

为什么？

黎弥加长出了一口气，道：“他们认为弗夜坚赞历来诡计多端，赛玛噶回去定然会泄露关于出云的情报，此外说不定弗夜坚赞还会给她布置下什么阴谋诡计呢。”

对于历来讨厌烦琐之事的黎弥加来说，这样的争吵的确会让他生不如死。

王兄，你的意见呢？

黎弥加拧着我的耳朵，笑：“我让你来，就是征求你的意见！”

王兄，省亲是合理的要求，拒绝是不明智的，只能让雪域上万民嘲笑。我们就没道理了。赛玛噶可以回去省亲，但你绝对不能跟着一块去。

“好，我听你的，谁让你是我弟弟呢。这世界上任何人都可能背叛我，你绝对不会。”黎弥加点了点头。

我终于放了心。

“不过，如果这样做会有个难题呀。”黎弥加摸了摸鼻子。

什么难题。

“东罗木马孜说女婿、新娘一同回去省亲是规矩，我如果不去也得派个王使。”

王兄，这个王使不能是一般人，地位要特别尊贵，否则会让昆蕃人觉得受到了轻视和侮辱。

“他们都这么说。”黎弥加危难地挠头，“我原先想让东罗木马孜去，他同意，但觉得分量还是不够。”

我笑了。

王兄，我去吧。我是你的弟弟，以王弟的身份陪同赛玛噶去逻萨城，于情于理都不会有问题，何况我也早想见见那位昭日天汗。

“什么昭日天汗？！是弗夜坚赞！”黎弥加怒了，然后拍了拍我的脑袋，“你去，我放心！对了，有机会代替我和弗夜坚赞比试比试，别丢了我们出云人的脸。”

王兄，你这话说得混账了。

“我一直都这么混账，不过，我有个好弟弟。”黎弥加大笑。

然后，他的笑容在脸上戛然而止。接着，他说了一句让我坐立不安的话。

“穆呀，我听说你和赛玛噶走得很近呀？你若是喜欢她，我倒是可以将她赐给你。”

出云人的风俗，兄弟可以共娶一妻，兄死，弟可娶嫂。对于这种事情，任何一个出云人都会觉得再正常不过。黎弥加的确可以将赛玛噶赐给我，他有这个权力，而且不会受到任何人的非议。但我被他的这句话，吓了一跳。

我对赛玛噶印象很好，但谈不上喜欢。

我的内心，始终都被另外一个身影所占据。此时，他坐在我的对面，等待我的答复，态度郑重。显然，他是认真的。

王兄，你又说混账话了。

“你难道不喜欢她？”黎弥加有些失望。

我对她不过是同情，别无其他。

“那太可惜了。”黎弥加昂起头，喃喃自语，“太可惜了。”

王兄，赛玛噶是你的王妃，弗夜坚赞的妹妹，不是一般人。若是你将她赐给我，弗夜坚赞定然就会觉得受到了侮辱，到时……

“这是我的权力！她嫁到出云来，那就是出云人的女人，必须遵从出云人的规矩。何况你们的确很般配。”黎弥加眯着眼睛，意味深长地说，“如果真的可以这样，说不定对于你、我还有你嫂子都是好事。”

我无言以对，低头沉默。

黎弥加搂着我的肩膀，笑了：“好了，好了，看来你是真不愿意。你不愿意，我就不会勉强你。”

弗夜坚赞提出省亲的事，我代替你去吧，就这么定了。我比画着告诉黎弥加。

“那就这么定了。我让东罗木马孜和穹布陪你一块去，你孤身一人，我总不放心。你准备准备明天就上路。”黎弥加道。

我起身告辞。

走到门口时，黎弥加叫住我。

“穆，去看看你嫂子吧，她病了。”

当我走进花园时，她躺在一张藤椅上，身上盖着厚厚的毛毯，脸色苍白，面无表情地看着远方天空的云。见我进来，旁边的仆人退下。

“你来了。”她费力坐起来，对着我笑。

病了？

“嗯。无甚大碍，不过是胸闷无力而已，饭食也很少。你坐。”她说。

在她面前坐下，我可以保持一段距离。

“听说你要去逻萨？”

是的，刚刚决定。

“不会有事吧？我听说那个弗夜坚赞诡计多端。”她有些担心。

我笑：无事。昆蕃人不会这么愚蠢，杀了我，哥哥不会放过他们。

婷夏微微安心，垂下头双手抚摸着长发，声音极低：“听王上说，你喜欢上了赛玛噶？”

黎弥加如此对婷夏说？一瞬间，我似乎明白了黎弥加要将赛玛噶赐给我的真实意图。

我心乱如麻，沉默。

“她……的确是个美人儿，心地也不错。”婷夏微微一笑。

哥哥对你很好，你应该给他生个孩子。

“孩子？让天神来决定吧。”婷夏脸色苍白。

我起身，告诉婷夏明日就走，要回去准备了。

婷夏没有任何的动作，只是呆呆地看着天上的流云。层层攀升、涌动的云朵，变幻莫测，异常的美。

“阿穆！”当我错身走开的时候，她叫住我。

怎么了？

她呆呆地看着我，终于流下泪来。

“你……保重。”

我掉头快速离开，如同逃离。走出花园那一刻，我转身遥遥看着那亭子，看着那身影，看着那成片的洁白花朵，心如刀割。

黎弥加或许说得不错，倘若我喜欢上了赛玛噶，对于他、我和婷夏来说，的确是个解脱。

婷夏，人世间的很多事，大概更多都是无奈吧。你不会明白我的心。我们之间的爱，就如同裸露在岩石上的冬日花株，注定不会有结果，如同幻影。

我去黑宫见赛玛噶。

省亲的消息让她欢呼雀跃，长久以来我从未见过她如此开心，快乐得如同得到玩具的孩童。她叫仆人搬出来她带来的陪嫁衣裳，一件件换上，走到我面前身形旋转。

“黎穆，你帮我选一选，哪一件好看？不知道哥哥瘦了没有，没我在，他的日子一定难熬。”她舞动着，裙角飞扬，如同精灵。那些衣服用上等的丝绸制成，或洁白如雪，或红烈似火，流穗飘动。

不管你穿上什么样的衣服，不管你如何的打扮，你哥哥见到你，都会欢喜。

“是呀！是呀！我也这么想。不过你一起去，也让我很开心。我带你去见我养的花，只是不知开了没有。”

女子，总是爱花的。而她们的花，总会有故事。

第二日上午，我们就动身。这一场省亲，显然黎弥加准备很久。除了长长的陪亲队伍，黎弥加还派了五千白甲禁卫随行。穹隆银城万人空巷，黎弥加亲自送我出城。

“噶尔金赞，政务繁忙我不能前去见弗夜坚赞，只能派阿穆前往，他等同于我，是我唯一的弟弟。丑话说在前头，如果他在你们昆蕃掉了一根毫毛，我会倾出云全国之军，踏平逻萨！”黎弥加恶狠狠地对弗夜坚赞派来的使者噶尔金赞道。

“王上尽可放心，将军到我们逻萨，定然会受到万般周到的招待和最

高的礼遇！”噶尔金赞弯身施礼。

黎弥加冷哼一声，跳下马，走到我跟前，像对待孩子一样帮我重新整理了一下衣服，嘴里啰唆不已：“一路上多保重，多吃东西，不要瘦了。晚上睡觉，多盖毯子，不要着凉。还有，在逻萨谁要给你一点儿委屈，回来你告诉我，我找他们算账！”

行了，王兄，我不是小孩子了。

“你再大，也是我弟弟！混小子。”黎弥加结结实实地给我一个拥抱。

我的目光在他身后寻找，没见那个身影。她没有出现。上马，白底黑狼头大旗在我身后被举起。

“哦嗦！”出云人山呼海啸。省亲的队伍，浩浩荡荡离开穹隆银。

“这一路正是好时节，将军你没去过逻萨城，那边繁华无比，充斥着来自各地的宝物，此次前去有空我带你逛逛。”东罗木马孜在他的矮马上摇头晃脑。

“还是小心些吧。”穹布长叹一声，抬头看云。

东罗木马孜说得不错，这一路，果真风光极好。

天空纯净得仿佛一块无瑕的水晶，流云低垂，其下是无尽延展开去的绿色。无数艳红、粉白的小花开得轰轰烈烈，牛羊行走于其上，宛如白色波涛。更远处是连绵的雪山，雄壮威武，随着天空颜色的变化，一点点显示出它的容貌。大鸟展翅，长风吹拂，如同幻觉。

这是雪域最好的时节。

我们的队伍便在这样的天地里，停停走走，走走停停。

不同于东罗木马孜的一身轻松，自穹隆银出来，我的精神便高度紧张。这支队伍不是游玩。因为赛玛噶的存在而变得异常敏感。

雪域如今已不平和，各部落心怀鬼胎，处处暗流涌动，赛玛噶若出了意外，对于出云和昆蕃来说，都将是场灾难。所以，我四处放出游哨，触觉延伸到七十里之外，确保安全之后才会前行。就这样，一路安全出了出云的国界。

“前方就是昆蕃的疆土了，附近是苏毗人，小心为妙。”这一日，翻过山口，眼前一马平川，一条大河蜿蜒流淌，从山间曲折而来。

苏毗曾是出云的臣属，后来脱离出云管辖，与出云、昆蕃鼎力而三，几年前弗夜坚赞发兵，一举攻占苏毗都城，置其于管辖之下，苏毗人对他至今仍不甘心臣服。

看看天色，日头西斜，我便决定晚上在河边扎营过夜。

大队人马竖起营盘，布置妥当，生火做饭。军营之中笑声跌宕，士兵们升起篝火，跳着战舞，欢快雀跃。我端着饭食去赛玛噶的营帐。

她的帐篷位于军营的正中，红色的帐布插着昆蕃的雪狮大旗。

“将军，王妃正在洗浴，还请稍等。”侍女见我皆笑。放下饭食，转身欲走，却见赛玛噶从后方走了出来。一身雪白的长袍，浓密的头发湿漉漉垂下。

“又是这些吗？”她看着食盘，皱起眉头。

我比画着：行军途中，辗转流离，比不上宫里，须委屈些时日。

赛玛噶坐下，梳理头发，绾结于上，干净利索，露出雪白的脖颈。

“我曾听哥哥说苏毗的桃花很好，不知谢了没有？”她望着我，目光狡猾，别有心思。

我知道，她要出去玩。

在穹隆银，她如同一只关在笼子里的雀鸟，不得自由。此次出来，终可以返于归天地，自然恢复好玩的本姓，想想她不过是个还未满二十的女孩。

应是谢了。

“谢啦？”赛玛噶失望至极，眉头低垂，噘起了嘴。这模样让人微微心怜。

我笑：若是往高处，运气好的话，应该能看到三两枝。

“那我们去！”赛玛噶蹦起来，兴奋异常，抓住我的手往营帐外奔。

夜深了，这地方不安宁，恐怕不妥吧？

“有什么不妥？不过是看看桃花。走吧，走吧。”她摇着我的手，露出少有的灿烂笑容，满脸乞求。

那等等，我叫上卫兵。

“卫兵？不要了。这么好的月色，叫上一帮乱糟糟的卫兵多煞风景，就我们两个去。”

若是遇到麻烦……

“你可是出云最厉害的将军，还怕有什么麻烦吗？走吧，我们去去就回。”她道。

我只能点头。跨上马召来白狼拉杰，我带她去看桃花。

夜色静谧，天地沉睡。很好的月光自高空流水一样泻下，质感如银子般纯粹。林地稀疏，三三五五的老树盘根错节，散落开去，其间是草甸，升腾着朦胧的雾气。不时传来一声鸟叫，走到跟前，呼啦啦飞出一只黑影。

赛玛噶坐在马上，闭上眼睛贪婪地呼吸着冰凉的空气，惬意而享受。

“黎穆，你的骑术如何？”

还不错。

“那就比试一下。”她忽然扬鞭，骏马高嘶一声，扬蹄奔去。

我想叫住她，可她早已飞出帐外。

两匹马，动如疾风，在林间奔驰。我没想到，她的骑术那么好。她坐在马背上，白裙飘飞，宛若精灵。沿着山坡而上，再往上，风送来落花，缤纷飞扬。花雨中，她张开双臂如同鸟儿一样舞蹈。

“黎穆！看我像不像一只鸟？一只雄鹰？！”她咯咯笑着。

我也笑。我还从来没有听哪个女孩将自己比作雄鹰。

越往上走，道路越崎岖，怪石突起。我想提醒她小心脚下，但无能为力。我终究不能言语，只能快马加鞭，与她贴身而行。眼见要到山顶了，她的战马身体趔趄，似是踩到松动的石块，前蹄折下。

赛玛噶尖叫一声落马。我顾不得多想，纵深扑去，半空中接着她。

两个人抱在一起，自山坡滚下，眼前眩迷，呼呼生风，腿脚、胳膊、脑袋磕在石头上，一阵阵剧痛。那一刻，我只有一个念头，就是死死保护好这怀中的一团温柔。滚到山下，终于停歇。我仰面躺在地上，鼻青脸肿。

赛玛噶头发蓬乱，衣衫污浊，俯在我身上，见我无恙，笑出声来：“真

好玩！”

我哭笑不得。

她站起来，看了看四周，发出惊呼：“黎穆，看！花！”

是的，桃花。这山坳之中，有一片不大的桃花，层层叠叠，还在努力绽放。月光落下，那簇簇花瓣，美得让人窒息。

“原来，这就是桃花呀。好美。”她双目迷离赞叹着。

你难道没见过桃花吗？

她摇头：“没有。我听哥哥说过，他说苏毗的桃花全部盛开的时候，一簇一簇，一片一片，如同灿烂云霞，站在花丛中间，你会忘记一切纷扰。所有的痛苦，所有的忧虑都烟消云散。哥哥说，这叫忘忧花。”

忘忧花？这世界上，哪有什么忘忧花。

我带她入花林，折枝给她。

“这枝！这枝好！还有那枝，那枝开得大！”她在花丛中，如同一个贪心的女孩。直到跑不动了，她才罢休。双臂拢着花枝，好像拥有整个世界，满脸的幸福和满足。这花，殷红，热烈，自有它的美。但在我的眼里，它依然比不上山茶。

“黎穆，听说婷夏喜欢山茶？”她歪着头问我。

我点头。

“你喜欢山茶吧？”她意味深长地道。

我刻意避开这个话题：赛玛噶，很晚了，我们回去吧。

“再玩一会儿，就一会儿。”她恳求。

我正欲搭话，却听得不远处拉杰突然发出愤怒的咆哮。

有人！

白柄刀仓皇出鞘，在淡淡的夜色中发出冷冷的声响。与此同时几道黑影迅速袭来。

刀出，毫不犹豫。

金铁交鸣，林地间发出阵阵闷响。我一连斩了三人，勒身示意赛玛噶快跑。她抽出随身携带的短刀，面色苍白，喘息着，却倔强地摇头。

“杀！”对方看来都是经验丰富的死士，分散开来，同时向我和赛玛噶出手。

若无赛玛噶，我自觉可保无恙，但顾此失彼，不免手忙脚乱。还好有拉杰。它快如一道白色闪电，利爪尖牙下对方绝难活命。

“杀了那女人！”对方见状不妙，扔掉长刀，拽出弓箭。

赛玛噶！

我大急，将赛玛噶扑倒在地，身后弦响，一枝白羽箭贯穿我的肩膀。

杀！我愤怒转身，冲入战场，奋力斩杀。随后听到山头传来呼声，穹布领着白甲禁卫赶到。

战斗很快结束，剩下的几个刺客有的被当场砍掉，有的自杀身亡。

“没事吧？”穹布见我如此大惊。

我笑。点了点头，却觉得头晕目眩，栽倒在地。

穹布脱去我的战甲，看着伤口，眉头一皱：“有毒！”

……

昏昏沉沉中，我做了一个梦。我梦见自己置身于俄摩隆仁的云烟之中，独自一人。世界空旷，举目皆是涌动的烈火，旋即又有细雪落下。

大朵大朵的桃花绚烂开放，开在雪中，开在云头，迅速凋零，飘落。

接着听到有人唤我，声音幽远，仿佛来自地下。

“醒了？终于醒了。”睁开眼，看见穹布大笑。

我感觉身体剧烈摇晃，慢慢恢复意识才发现躺在篷车之内。赛玛噶在另外一侧，趴在毛毯中，已经睡着。

“你昏睡三天了。”穹布替我包扎伤口，看了赛玛噶一眼道，“中了狼毒，好在她不顾生死第一时间用嘴将毒吸出，不然我也束手无策。”

狼毒，猛烈无比，一旦入身，半个时辰就会毒发身亡。便是接触，也有危险。是赛玛噶救了我。我挣扎着爬起来。

穹布，查明刺客的身份了吗？

穹布摇头：“都死了，死无对证。”

赛玛噶见我醒来，高兴无比。我比画着向她表示谢意。

“之前你救了我一命，现在我救了你一命，我们两不相欠。”赛玛噶笑，“若不是为了陪我去看桃花，你也不会如此。”

她指了指身后，一朵桃花插在头上，含苞欲放。

“你们这些年轻人呀，唉。”穹布看了看我，又看了看赛玛噶，想说什么，又最终没说出口，笑着出去了。

下车之前，他对我说了一句话：“好生养着，再过两日，便到逻萨城。”

再过两日，我就会看到弗夜坚赞。

第五章

惺惺相惜

逻萨城。我对这个地方，曾经有过无数的想象。但真正见了，依然感到震撼。它和穹隆银有着本质的不同。穹隆银耸立绝顶之上，群山环绕，雪白如银，是不折不扣的空中之城。但逻萨城，却在峡谷中的平原里铺展、绵延，格局整齐，建筑密集，人声鼎沸。一尊尊巨大的白塔耸立于城墙之外，法号声声。无数商贾、驼队、骡马往来穿梭，熙熙攘攘，热闹非凡。最高处是一片红色建筑，金顶飞檐，如同一只巨大的雪狮蹲伏，气出云浑。这是一座让人顿感亲近的人间之城。

为了迎接我们，迎接赛玛噶，昆蕃人几乎倾城而出。出云人喜白，逻萨人对红色似乎情有独钟。一列列红盔红甲的勇猛之士高举密集如海的旗帜摆阵于城外，逻萨的高官、将帅迎出十里。在万人空巷的欢呼声中，我们进城。

“穆，看到了吗，这就是逻萨，这就是我的家。”赛玛噶兴奋无比，撩开篷车的帘幕。白甲禁卫被安排于城外，我、穹布、东罗木马孜等人陪同赛玛噶进入王宫。迈过一道道大门，穿过一间间建筑，登上一层层台阶，最高最大的殿堂向我们敞开。门前，烈火熊熊，巨大的火堆挡住去路，两旁的卫士手中刀枪低垂，一片刀林枪海，杀气腾腾。

“似乎不妙呀。”穹布眯起眼睛。

“王汗有旨，宣出云国使觐见。”有文官高声喊道，然后面目严肃地看着我们。

“又是火又是刀枪的，怎么进去？”东罗木马孜嘴角颤抖。

白狼拉杰全身毛发倒竖，发出愤怒咆哮。

我昂头穿过火海、刀林，感觉在大殿的尽头，高位之上，有双眼睛在盯着我。

我比画着，告诉穹布和东罗木马孜，无妨。

趋身走向火海，快速而过，昂头迎向刀林，刀开枪闪。拾阶而上，面色平静，走入大殿，但见满朝的文武肃然而立。正中的宝座之上坐着一个男人。一个面色白皙、英俊威武的男人。他的双目闪烁幽深，像是深邃的夜空。

他很年轻，面额宽阔，眉眼细长，神情肃穆。白色缠头高冠，身着红色绵绸长袍，两条发辫披肩而下，垂于胸前。足下蹲伏着一只小牛犊一般的巨犬，全身漆黑如墨，眼似铜铃，鬃毛猎猎。不管是那人，还是那巨兽，全身上下都散发着王者之气。我知道，他便是昭日天汗弗夜坚赞，名副其实的高原雄者。

他没有说话，手指微动，坐下的巨犬便缓缓站起身，弓着腰，低声咆哮着，朝我走来。我见过无数的狗，却从未见过如此凶煞的，它分明是一头愤怒的狮子。

“这……”身旁的东罗木马孜吓得面如土色，躲在我身后。

我岿然不动，盯着弗夜坚赞。四目相对，皆径直逼视对方。

巨犬冲到跟前，张开血盆大口，咆哮而至，我甚至能够闻到它口中散发出来的腥臭。电光火石之间，一道白影挡在我面前，一声长啸，响彻殿堂。是拉杰！

这头出云狼王，竖起白色长毛，利齿龇起，与那巨犬对峙，只两个回合，那巨犬便发出一声呜咽缓缓后退。

满堂昆蕃文武，纷纷脸色大变。

弗夜坚赞大笑：“之前在战场上见过将军，可惜太过遥远，今日总算是亲睹英武！这只便是狼王拉杰吧？”

我笑，点头。

身为昆蕃之王，竟然连我的拉杰都晓得姓名，他对出云的了解，可见一斑。

“一路风尘，赛玛噶顽皮，多谢护佑。请坐。”他摆了摆手，态度真诚且客气。

众人落座。

换好衣服的赛玛噶从大殿侧门进来，见到弗夜坚赞，如同小鸟一般扑入他的怀里。

“哥哥，想死我了！”赛玛噶尽情撒娇。

弗夜坚赞瞬间抛弃了一切的王者之尊，抛弃了他的无限高贵、威严，如同慈父一般搂着赛玛噶，露出无比温柔的一面。

“赛玛噶，我的好妹妹，一年了，哥哥总是在梦中见到你。让我看看你瘦了没有？”他站起来，拉着赛玛噶左看右看，目光湿润。

“瘦了！赛玛噶，我的好妹妹，你瘦了，也黑了……”他口中呢喃着，泪光闪烁，忽然声音一转，沉沉道，“黎穆将军，我听说你们来的路上，我的好妹妹差点儿被人杀死，是不是？”

嗯？

大殿中的气氛，陡然紧张起来。无数人的目光锥子一般刺向我。

我点头。

弗夜坚赞转过脸，因为愤怒，他的脸已经微微涨红。

“伟大的王汗，这是误会。事实上，我们也不知道刺客的来历，不过将军英武，不惜以身挡箭，救了王妃。”东罗木马孜起身弯下腰，满脸堆笑。

“好吧。”弗夜坚赞拉着赛玛噶坐下，又盯着我：“不过，如果我记得没错，这应该是第二次刺杀了吧？上一次，是在你们穹隆银。”

看来，尽管逻萨和穹隆银相隔千里，他对我们的事情一清二楚。

“没有的事，哥哥，怎么会呢？你别听那些人嚼舌头。”赛玛噶赶紧出来打圆场。

“是的！没有的事，没有的事。”东罗木马孜满头冷汗。

“都说嫁出去的女人，心儿是不会收回来的，赛玛噶，我看你就是如

此。”弗夜坚赞看着赛玛噶，疼爱地摇了摇头，然后拉起她的手，“告诉我，告诉你的哥哥，这一年你在穹隆银过得好吗？”

“好，好得很。黎弥加对我很好，黎穆他们对我也很好，我很快乐。”赛玛噶大声道。

“是吗？”弗夜坚赞沉下来，“但我所知道的，似乎和你所说很不一样。我听说大婚那天，黎弥加没有进你的寝殿。这一年，他将你关在黑宫之中不允许你外出，更绝少和你见面。这一年，你过的是牢笼一样的日子呀！”

殿堂里的昆蕃将领们纷纷站了起来。

“王汗，这是误会，这是无中生有。”东罗木马孜快要崩溃了。

弗夜坚赞冷笑：“东罗木马孜，都说你是出云的狐狸，你觉得我会相信你的话吗？你觉得我的耳朵聋了眼睛也瞎了吗？”

“这个……”东罗木马孜瞠目结舌。

我始终都平静端坐，面带微笑。

弗夜坚赞看着我们，声音冷如冬天的冰雪：“昆蕃虽然是小国，但拥军数十万，足可一战。逻萨人虽然势单，但从不怕死。之前我就说过赛玛噶是我唯一的妹妹，是我唯一的亲人，是我的太阳和月亮，我将她嫁到出云，是为了两国和好。但若是她受了委屈，我便会挥师穹隆银，绝不留情面！”

我缓缓站起来，在满堂昆蕃文武愤怒的目光中站起来。

王汗的意思是要开战？迎着弗夜坚赞的目光，我比画着。

东罗木马孜面色大变，急忙暗中扯我的衣角。

我踢开他，上前五步，然后转身微微一笑，抽出白柄刀。殿内大乱，昆蕃人纷纷抽出武器。所有人都震惊无比，只有弗夜坚赞冷冷地看着我，意味深长。

如王汗所说，逻萨人不怕死。事实上，作为对手，我在战场上对逻萨将士敬佩无比。但出云人更不怕死，千年以来，我们不畏惧任何敌人，也不畏惧任何战争。

我比画着，东罗木马孜结结巴巴地翻译着。

王汗若是执意开战，尽管我们出云人热爱和平，但定会满足王汗愿望。不过，偌大的战争为了这一点儿小事引起，未免让人太过可惜。我们出云人也有句老话：娶进门的女人就是自家的木碗。夫妻之间的磕磕绊绊是常有的事，其间的秘密，只有他们两个人清楚。睿智人不管人家的私事，何况还是王汗？

弗夜坚赞看着我，面色平静。他等着我继续说下去。

此次前来，我们代表出云的诚意，雪域皆知，王汗若是这般杀了我等，我不知雪域之人如何看待王汗。我等身死，小事，但出云人同样会带着仇恨而来，到时会有无数无辜之人身首异处，无数家庭家破人亡。王汗爱妹之心让人感动，但这些即将身死之人也有兄弟姐妹，不知他们又如何想？

哈哈哈哈。弗夜坚赞突然哈哈大笑。

他拍了拍掌，手下将领不情愿地收回了刀。

“我一直听说黎穆将军虽口不能言，但心思睿智，文武双全，想不到果真如此，坐！”

我微微一笑，趋身坐下，比画着：王汗谬赞，我不过是个蠢笨之人。想来王汗刚刚也是开了个玩笑。

“是的。玩笑，玩笑。”东罗木马孜直点头，尴尬地笑。

弗夜坚赞摇头：“没有，我刚刚可没有开玩笑，我是认真的。”

他的目光在我、穹布、东罗木马孜三个人身上游弋着，缓缓道：“将军是出云最优秀的将军，兽军的统领，而这位东罗木马孜是你哥哥的左膀右臂，手握重权，一人之下万人之上，至于这位法师，应该是穹布国师吧，更是出云人的精神领袖。你们三个人，若我都杀了，那等于除去了昆蕃最可怕的对手，这么大的诱惑，如此天赐良机，怎么能说我是开玩笑的呢。”

这时穹布淡然一笑，转身对我道：“将军，我们应该感谢王汗。”

满殿疑惑。穹布抬起白发苍苍的脑袋，笑道：“若是我们三个被斩杀在这殿堂之上，足以青史留名，王汗算是送给了我们一份大礼。”

我笑。

弗夜坚赞笑。满殿的人都跟着笑。

“上酒，款待贵客！”昭日天汗挥了挥手。酒宴开始，我松了一口气。

风雨欲来的杀气烟消云散，瞬间便是歌舞升平，和和气气。作为王者，这个男人拥有掌握一切的魅力。他怒，风云变色。他笑，云淡风轻。这是一场热闹的酒宴。昆蕃人在战场上奋力拼杀，视死如归。放下战刀，他们热情如火。我们杯来盏去，喝醉了，甚至相互搂着跳舞，开怀大笑。恍惚中，我甚至想，如果没有战争该多好，我们会成为很好的朋友。

弗夜坚赞中途退席，带着赛玛噶返回寝宫。分别一年，他们兄妹之间有太多话要说。至于我们，一直喝到夜半，方才被送回下榻之地。

“将军，今天要不是你，恐怕我等人头就要落地了。”回去的路上，东罗木马孜恐惧道。

东罗木马孜，你是出云的总管，永远都别忘了你代表的是出云，你今天的表现让我很失望。带着酒意，我这般告诉东罗木马孜。

我醉了。回到住处便昏沉躺下。头疼欲裂，恍惚入眠。却听得门响，抬起头，见赛玛噶走进来。她脸上似乎还带着泪痕，看到我又笑出来。

“走，我带你去个地方。”她拉起我的手。

去哪儿？

黎穆，我带你去尘世！

她带我去市井。脱去华丽的贵族衣衫，裹上红色的头巾披着旧皮袍，赛玛噶拉着我的手，在狭窄而熙攘的街道上狂奔。前方的她，着白色的羊毛长衣，浓黑的秀发披散着随风飘扬。她全身上下没有任何的装饰，没有任何的金银、宝石，朴素，纯粹，欢快。

她说得不错，我第一次见到尘世。自我生来，便在王家，少年辗转，不是修行便在军营之内，从未混迹寻常百姓之中。

整个逻萨城，已经成为狂欢的海洋。人们聚集在大街小巷上，燃起篝火，跳着舞蹈，高高举起酒杯相互敬酒，稍微迟疑，敬酒的人就会三五涌来，抱住你猛灌。男人们裸露上身，摔跤，打闹，女人们则向胜利者抛撒鲜花、酒水。更多的人相互遥遥，对唱情歌。声音婉转，满是浓情。他们并不富裕，栖身于低矮的房屋之内，脸色黝黑，衣着肮脏，但双目纯净，笑容灿烂。这是快乐的生活。这是我不曾见过的尘世。

赛玛噶冲入人群，尽情舞蹈，腰身柔韧得像是一朵风中飞旋的花蕾。

容貌倾城的她立刻赢得了所有男人的注意，他们高声叫着，很多人冲过来，围绕她铿锵扭动健壮的腰身，有的干脆将赛玛噶抱起来，托着她在空中飞旋，引得她尖叫声声。

我笑，开心地笑。这一刻，我忘掉了自己的所有身份，忘掉了所有的羁绊。在这个时候，我是个普通的尘世之人，只关心舞蹈与美酒，只关心欢乐。

“黎穆，来！来！”赛玛噶将我拉入人群，挽着我的胳膊飞舞，“我教你跳。”

我手脚笨拙地跟着她，时不时脚步踉跄，引得周围人群大笑。我从未跳过这样的舞，我告诉她。

“这才是真正的舞。”赛玛噶眨巴眼睛，双手高扬。她玩疯了，恣意纵情。她像个孩子，让我看到一个安和的世界。舞蹈结束，人群轰然散开，赛玛噶突然跳到一块大石上，居高临下看着我，看着我头顶的天空，缓缓唱出一首歌。

——

在那云烟深处
住着我的心上人
要是能化成一只鸟儿多好
能飞到你的身边
要是能化成一条红头巾多好
能够绑在你的额上
骏马起跑太早
缰绳收得太晚
情深的恋人

我们何时才能见面

我从未听过赛玛噶唱歌。从未听过这么动听的歌喉，曲调婉转，惆怅而忧伤。欢乐和笑容在她脸上荡然无存，两行清泪潸然而下。

我呆了，旋即被周围的人用无数双手推过去。

“白脸子，你的情人在等你的歌！”

“唱呀！”

“唱到她的心里！”

……

人们友善地笑着，大声地嚷着，冲我扬手，拍着我的肩膀。

我下意识地张开嘴却很快闭上。

我是个哑巴。我只是个哑巴。而赛玛噶的情歌，显然不是唱给我。

……

我被灌酒，一杯接着一杯，大醉的时候，赛玛噶来到我身旁。

“黎穆，如果我们都是普通人该有多好。”她说。

我笑笑，轰然倒下。

第二日，弗夜坚赞邀请我进昆蕃人的军营。赛玛噶不在。弗夜坚赞只邀请了我。

跨过山峦，一片铺展的开阔地。营帐累累，三万大军严阵以待。火红的帐篷，火红的战旗，火红的盔甲，抹上朱砂的一张张火红的脸。

昆蕃人喜红。三万军队绵延开去，仿佛一片足以灼烧天地的火海！

“王汗康健！”

“昆蕃威武！”

……

弗夜坚赞出现时，天地咆哮！

他在一匹枣红色的马上，笑容亲切，冲着他的部下挥手。在这里，他是王者，是神，是所有人的太阳。

落座，三万大军开演。长号悠远，鼓声震天。逻萨动军了，如同山崩，

锐不可当。步兵徐徐如肃林，藤甲兵威压如高山，骑兵动辄如烈火，弓箭、长矛手曲展似健翼。阵法变幻，毫无慌乱，军容严整，硬如寒铁。

这就是昆蕃人，昆蕃人的军队。我曾经不止一次与他们交手，每场战争都如同在火海中游走。这是一群狮子，最强大也是最难缠的对手。

“将军，我昆蕃军容如何？”弗夜坚赞高坐，大笑道。

天下难有。

“比出云如何？”

难分伯仲。

在回答他的时候，我的目光始终在军营中游走。我想看一看传说中弗夜坚赞组建完成不久的“圣军”。那支昆蕃人组建的新的兽军。但可惜，毫无踪影。显然，这支新兽军是弗夜坚赞的秘密，他是绝对不可能展现给我的。

“许久没有这么高兴了，今日倒是沾了黎穆将军的光，让我从冗繁的政务里脱出身来。”弗夜坚赞突然站起，脱掉外衫，扬手，“取我弓来！”

侍卫取弓。精铁为胎，牛角为身，竟是少有的硬弓。

弗夜坚赞缓缓走出大帐，取一支红羽箭，吱嘎毫不费力拉开弓。弦翻，箭如流星，正中百步外红色靶心。

“王汗威武！”

“王汗威武！”

昆蕃人欢呼雷动。

好箭法。莫说他是王，便是一般的士兵，如此力大无穷也是少见。

弗夜坚赞轻描淡写一笑，转身将弓扔给我。

“听闻将军神射，还未曾看过，请！”他笑道。

周围的气氛顿时变得诡异起来，无数昆蕃人发着冷笑盯着我。

“将军试箭！”

万军之中，我像是被架上了火炉。这一箭若是射偏，就折了出云人的威风。

我笑笑，试了试弓。弓是好弓，很是顺手。上箭，拉开如满月，瞄准靶心。

弗夜坚赞蓦地摆摆手："将军神射，定然不能和我一般。箭靶是死物，射中了也显不出将军的神技。"

"不若寻个猎犬来？"噶尔金赞笑道。

"犬？那岂不是侮辱了黎穆将军。"弗夜坚赞微微皱起眉头，想了想，哈哈大笑，转身从盘中取来一颗大桃，远远走了百步，放在自己头顶。

"将军，如此便好。"他笑道。

"王汗！万万不可！"

昆蕃人大乱，不管是文臣武将还是军士，如同山崩，纷纷将弗夜坚赞护住。

"都给我退下！"弗夜坚赞厉声呵斥，"不过是个游戏，黎穆将军是高原上少有的英雄，你们难道怕他射死我不成？退下！"

所有人带着巨大的不甘，极其不情愿地退下，一双双圆睁的眼睛瞪着我，带着怒气，带着威胁。

"将军！"顶着大桃的弗夜坚赞身体笔直，笑容灿烂，示意我他准备好了。

我缓缓拉开弓，锐利的羽箭，对准他的身影。我的手第一次抖了起来。面前是昭日天汗呀！昆蕃的王，高原上的雄狮，出云人最大的敌人，帝国最大的威胁！一箭射死了他，昆蕃人就会群龙无首，出云的威胁便会烟消云散，便是我被当场剁成肉酱，也是值了！

弗夜坚赞依然看着我笑，坦然自若。

我的心在跳，狂跳！

那一刻，整个世界就剩下他和我。还有一张弓，一支箭！他那目光，干净如银海，他那笑容，粲然如晚霞。一个王者的生死，掌握在我手中，决定于我的箭下！

弗夜坚赞！看箭！

弓收，箭出！

整个军营死寂一片，无数个头颅骤然转向他们的王汗！

噗！

羽箭射飞那只大桃，钉在旁边的树上。旁边的昆蕃文臣武将，很多当场瘫倒，士兵们在片刻失魂落魄之后，发出震天的欢呼。

弗夜坚赞缓缓走过来，大笑：“将军，果然好箭法！”

他到身边，上马：“走，我二人去试试马！”两匹骏马，一红一白，飞出军营，并驾齐驱，冲上山峦，飞奔在一望无际的草原之中。

风驰电掣，纵马驰骋，这是属于男人的快乐。立于山头，他勒马，眺望着群山雪域。

“看，黎穆，多么美的雪山，多么美的大湖，多么美的世界呀！”他动容地道。

我笑。

他转身看看遥远的军营，看看更遥远的逻萨城道：“黎穆，你知道吗，我从来就没有喜欢过打仗，从来就没想过做王。我只想做个普普通通的牧羊人，写写诗，唱唱歌，找个美丽的女子，安然度日。”

赛玛噶跟我说过。

“是吗？”弗夜坚赞微微眯起眼，雄鹰一样的眼，“黎穆，这世间有太多无可奈何的事，你没法选择，只能投身其中。”

他长叹一声，带着万般的无奈：“就像从不想做王的我，成了逻萨的主人，就像昆蕃和出云，注定不能共存，就像你和我，注定要成为敌人。”

如你所说，这是无可奈何的事。

“是呀。”弗夜坚赞抬头看天，脸色逐渐凝重，“赛玛噶是我唯一的妹妹，我活着，成为王，很大原因就是为了她。当初提出联姻，我杀了不少人，我宁愿战死都不愿将她许配给你的哥哥。但最终我也无能为力。黎穆，爱是没有任何理由的，爱上什么人，更是没有原因的，这也是宿命。”

“我的心自从赛玛噶离开的那一刻就已经死了。这一年，我度日如年。昨夜，她跟我说在穹隆银过得很好，强装欢笑。傻妹妹，她应该知道这一年发生在她身上的事我一清二楚。”

我静静听着。

“可我又有什么办法呢。是她选择的道路，没有任何人能帮助她。

“尽管如此，黎穆，若是你的哥哥最终伤害了她，我依然会倾一国之力杀向穹隆银，哪怕我身死疆场。这是一个做哥哥的唯一能做的事。你懂吗？”

我懂。赛玛噶有你这样的一个哥哥，是她的幸福。世间，唯一能比得上爱情的便是亲情了。弗夜坚赞，倘若有那么一天，为了哥哥，我也会披挂上阵，和你一搏生死。

“哈哈哈！说得好！”弗夜坚赞大笑，笑着笑着泪水滚落，“这尘世呀！黎穆，你看这尘世呀！多么可笑。”这尘世，如同旋转的时轮，如同无法抵抗的沼泽，我们只能深陷其中，等待被碾压。

“刚才你为什么不杀了我？杀了我，或许就没有了这样的纷争，出云还是唯一的雄者。”

弗夜坚赞，我有一万个想射死你。

“那为何……”

箭出之前，我看到赛玛噶的脸。我想射死了你，她会难过一辈子。

弗夜坚赞沉默了。

良久，他拍了拍我的肩膀。

“黎穆，若是没有战争，若我们是普通人该多好。”他看着我，笑道，“如果你是昆蕃人，说不定，我会将赛玛噶嫁给你。”

接下来的日子，我过得很快乐，无忧无虑。弗夜坚赞几乎每时每刻都和我在一起。他的王宫，逻萨城的大街小巷，昆蕃军营，山川林莽之间……我们并马而行，在酒宴上觥筹交错，在热闹的集市中游荡，在军营中比刀，在河流山涧中狩猎，有时甚至彻夜长谈。他跟我说他的故事，说他的童年，说他的艰难，说他的生死，说他如何爱上一个女人又如何劳燕分飞，说他对赛玛噶的爱，说他一个人的泪水和忧伤。我知道这些事除了我他从未对任何一个人讲过。我们就像最好的朋友，找到了仅有的倾诉对象。有时候我很奇怪，甚至很疑惑，为什么我们这两个天生的仇敌，会如此无话不谈。

可惜，这样的日子，总是短暂的。十五天后，赛玛噶归程的日子到了。这一日，我们都起得很早。逻萨城肃穆无比，气氛热闹而紧张。弗夜坚赞亲自率军出城相送，给赛玛噶带走的礼物装满二十辆大车。

送了一程又一程，一直送到昆蕃边境的山口，他抱着赛玛噶号啕大哭。我从未见过，一个王，竟然哭成那样，仿佛失去了整个世界。

我比画着告诉他，这只是短暂的分离，有时间，我依然会送赛玛噶回来。他抹掉泪水，搂着我走上山口，远眺出云。

“黎穆，我一生从未求过任何人，哪怕是我父王被毒死的时候，哪怕我一次次被逼入死路的时候。今天我求你一件事。”

请说。

弗夜坚赞怜爱地看了赛玛噶一眼：“一个国家与一个国家是男人的事，不管是打仗，是生是死，是毁灭，都只是男人的事，都与女人无关。赛玛噶是我唯一的妹妹，我求你，以后无论遇到任何事都请你保护她！”

我以俄摩隆仁神山起誓，我会竭尽所能保护她。

弗夜坚赞使劲拍拍我：“为什么我们会成为敌人？！”

他伤心欲绝，转身上马，头也不回地离开。我呆呆地站立，领着队伍前行。转过山口抬头，忽然见高处屹立着一匹红马。

“黎穆，我知道送你任何东西你都不会收，我送你一首歌吧！”他大叫着。

风送来他的歌声，王者的歌声——

东山升起太阳
西山爬上月亮
两山之间是云烟
中间住着我心爱的姑娘
姑娘呀，我要披甲上战场
云烟呀，为我撒开一道光
让我看看她的脸

就一眼
哪怕我的尸骨落在地上
哪怕我的灵魂孤苦在这世间游荡

他跟我说过已经许久没有唱过歌，他也从未再想唱过歌。但今天，他开了口。

弗夜坚赞，赛玛噶说得不错，你有绝美的嗓子，你有绝代的才华，你可以是一个好牧人，一个好歌手，一个好情郎，但你是一个王。

第六章

哀鸣四起

在回穹隆银的路上，我病了。

庞大的队伍入城，赛玛噶被直接安置进了黑宫，依然像往常那样过着她的生活。我在土林的军营中昏昏沉沉，做着一场连着一场的噩梦。黎弥加看了我几次，心急如焚，却又忽然十余天不见踪影。

“将军，这次去逻萨，听说弗夜坚赞对你很好。”这一日，老帅热桑杰来看我，言辞吞吐，奇奇怪怪。

怎么了？

“没什么。”热桑杰尴尬地笑笑，“听说你明明可以射死他，却放他一马，你们两个人朝夕相处无话不谈，他还视你为朋友，还要把赛玛噶嫁给你……”

热桑杰，够了！

我愤怒地打断了他的话。

热桑杰目光闪烁：“这都是东罗木马孜说的，跟王上说的。如今穹隆银谣言满天飞，说你……”

说我什么？

“说你和弗夜坚赞达成密约，说你爱上了赛玛噶，说你要夺去王位……”

胡扯八道！

我支撑着坐起来，气得吐了一口血。

“将军！”热桑杰吓得够呛，急忙扶住我。

我比画着：还有什么谣言？

热桑杰的脸瞬间变得苍白起来："将军，你们去逻萨的路上，是不是遇到了刺杀？"

不错。

"对方到底是什么身份，你们弄清楚了没有？"

刺客皆死，死无对证。怎么了？

热桑杰呆坐着道："将军，东罗木马孜回禀王上，说这场刺杀是弗夜坚赞密谋的，他想杀了你，然后杀了她的妹妹嫁祸给出云，接着就可以占据道义的上风，赢得整个雪域的同情，出兵穹隆银。"

胡说！东罗木马孜胡说，昭日天汗不可能干这样的事！

"我也觉得蹊跷，但东罗木马孜说弗夜坚赞当然不可能自己去办这件事，他将此事交给了一个部落。"

苏毗人？

"不是。"热桑杰艰难道，"东罗木马孜说，这个部落是黄牛部！"

我瞬间明白了热桑杰的脸上为何会浮现如此沉痛的脸色！

黄牛部毗邻出云东南边陲，一直向出云朝贡纳税，是出云忠诚的臣子，也是热桑杰的家乡。黄牛部的军队是出云最英勇善战的军队之一，扼守昆蕃通往出云的必由之路，战功显赫。他们是我的部下。

"东罗木马孜说黄牛部已经密谋反叛，和弗夜坚赞已经达成了密约。"热桑杰悲痛道。

我冷笑：热桑杰，你信东罗木马孜的鬼话吗？

"我当然不信！我们黄牛部的人，从来不会干这种事情！我们对出云忠心耿耿！"

你不信，我同样不会信！这是东罗木马孜的鬼话！带我去见王上，我会告诉他真相。

"没用了。"热桑杰摇了摇头，"东罗木马孜从回来后一直就和王上待在一起，将你在逻萨的所作所为都添油加醋地说了，而且给王上呈上了证据。"

什么证据？

“射入你肩头的箭头。上面有黄牛部的独特标记。”

王上不会这么蠢吧？箭头是可以改换的。

“王上已经勃然大怒，对你更是很有意见，我想起码他现在有怀疑了，否则，这么多天为何不来看你？”

我沉默。

“八天前，王上召黄牛部的头人来问话，杀了三人，剩下的割掉了鼻子。”

什么？！

我眼前一黑。

“将军，你知道黄牛部人的性格，宁愿战死都不愿意被怀疑、被侮辱，所以活着的头人回去后，竖起了反旗。”热桑杰热泪盈眶，银牙咬碎。

东罗木马孜！这个浑蛋！这个小人！

我在内心疯狂地咒骂着，然后坐起来，命令热桑杰带我去见黎弥加！一场战争的阴影笼罩了穹隆银。我从未想过，我陪着赛玛噶去逻萨省亲，会引发这样的事。

热桑杰等人抬着我入城。

在王宫的走廊上，我遇到了几十位神情冷漠的将军。

“将军，王上暴怒，黄牛部要完了。”他们说这句话的时候，脸上带着一丝不忍。

千年前，出云一统雪域。后来雅隆的蕃人和苏毗相继崛起，高原三足鼎立。再后来，蕃人迅速壮大、扩张，弗夜坚赞征服了苏毗大部，也让出云处于极大的威胁之下。黄牛部原属苏毗，但在我父王的时候就已经归降，多年来忠心耿耿，被认为是出云最忠实的臣属，不管因为什么原因，他们竖起反旗，足以让黎弥加怒火中烧。

“逻萨人野心勃勃，弗夜坚赞早就想将整个雪域成为他的牧场，这些年已经有很多出云的附属纷纷倒戈。现在黄牛部愤怒地反叛，公然和王上对立，如果不制止，可能会有第二个第三个黄牛部。所以，这场战争恐怕必须要打。”热桑杰抬头看了一眼王宫上方那面飞扬的大鹏旗帜，叹了一口气道。

我问热桑杰，如果战争打响，身为黄牛部的你怎么办？

热桑杰走过来拍了拍我的肩膀，这个已经头发斑白的老人，温柔地看着我："孩子，我老了。我这一辈子，没娶妻，没生子，出云就是我的家，你和王上就是我的孩子。我，琼乃·热桑杰，生是出云的人，死也会成为出云的石头、泥土，灵魂也会守护这王国的每一寸土地！黄牛部虽是我的故乡，但如今它是出云的敌人。"

热桑杰笑了笑，转身朝王宫大殿走去。

他转身的瞬间，我看见两行混浊的老泪，自他那沧桑的面颊上潸然而落。他比任何人都明白，一旦开战等待黄牛部的将是什么样的命运。

有时候，人行走在世上，血肉撕裂，苟延残喘，心中最温暖的记忆，不会余下很多。就像可能发生过很多次恋爱，而留下刻骨铭心记忆的人，不会超过一两个，剩下的便永久归于荒芜。而热桑杰，如今却要亲手摧毁自己最宝贵的东西。为了出云。而这一切，不过是一个人的谗言！

我被抬到大殿门口，强撑着要站起来。

"将军，坐着进去吧，你太虚弱了。"热桑杰劝我。

不！我要站起来！把我的白柄刀给我！我强忍怒火，缓缓走进去。大殿里，气氛凝结得如同寒铁。众多将军、臣下、法师，一个不少。

黎弥加端坐在高大的王座上，脸上充斥着愤怒和决然。在他身边，我看到了赛玛噶。两年了，这是她第一次出现在这个地方，第一次出现在黎弥加的王座边。依然是淡淡的表情，她仿佛永远都是一个浑身沾满伤疤的沉默的人，冷眼面对着眼前的一切。直觉告诉我，将面临火焰的人，不仅仅只有热桑杰一个。

"穆，你怎么来了？"黎弥加看到我很诧异。

我比画着：我再不来，整个出云就要毁了！

黎弥加微微一笑："毁了？穆，你太危言耸听了，不过是一个小部落谋反而已？"

谋反吗？这分明是被逼无奈！出云任何一个部落都可以背叛，唯独黄牛部不会！

"将军，你错了。黄牛部与逻萨接壤，一直暗地里和他们眉来眼去，人心长在肚子里，你是看不穿的。王上英明，及时看清了他们的嘴脸……”东罗木马孜阴阳怪气地站出来。

我双目喷火，白柄刀寒光出鞘。

“王上救命！”东罗木马孜的高帽被我削掉，吓得面如死灰，转身就跑。

我杀了你这个祸国殃民的小人！手持长刀，喘着粗气，我追东罗木马孜。

“放肆！黎穆，这里是我的王宫！”黎弥加暴怒，“来人，下了他的刀！”

侍卫们上前拦住我，将刀夺去。看着黎弥加，我缓缓跪倒在地。

王上！哥哥！你被狐狸迷惑了双眼！你要对自己人下刀子，你要毁了出云的根基呀！

“我对自己人下刀子？我毁了出云的根基？！”黎弥加噌地一下站了起来，“我不蠢！我分得清是非黑白！你不是和弗夜坚赞相见如故吗？！他不是将你看成朋友、知己甚至是兄弟吗？他不是要将这个女人嫁给你吗？他不是要助你坐上这个王位吗？！”

黎弥加指着赛玛噶，指着他的宝座，咆哮。

“王上！”坐在一旁的婷夏见状面色苍白，急忙跪倒在地，“王上，穆是你唯一的弟弟，他对你……”

“别说了！你们是一个牛尾巴上的苍蝇！”黎弥加越发激动、愤怒起来，他高高在上，环顾着所有人，大笑，“你们是不是都觉得我这个王做得不好？！”

“不敢！”一帮文武纷纷跪倒在地。

我看着黎弥加，看着那张扭曲的脸，只觉得天昏地暗。

“王上，任何时候，愤怒都会冲昏头脑带来灾祸，暂且冷静一下。”关键时刻，白发苍苍身披法袍的穹布站了起来。

他瘦小的身躯并不起眼，但身上散发出来的无上威严，充斥着整个大殿。

穹布是出云最德高望重的存在，所以即便是黎弥加也必须对他礼让有加。

“国师，事情都已经明了，黄牛部已经举起反旗，这是不争的事实。”

黎弥加强忍怒气。

穹布看了看他，又看了看我："这是一桩祸事，但祸事也有化解的可能。出使逻萨，我也一同前往，黎穆的所作所为我都看在眼里。他不卑不亢，维护了出云的尊严。实际上，他和弗夜坚赞关系融洽，对于我们出云未必不是一件好事……"

"对我，恐怕不是一件好事吧！"黎弥加冷哼一声，斜着眼睛看着穹布，"国师，你是不是也觉得我的这个位子得让给我的弟弟？或者，让我现在就下旨，将这个逻萨女人赐给他，然后退位禅让？我知道，你一直看我不顺眼。"

"王上，这话从何说起……"穹布虽被冤枉，但依然保持着镇定，他指着我，"其他任何人你可以不相信，但你不能不相信你的弟弟。"

"我不是不相信他，我怕他会抵挡不了诱惑。"黎弥加冷笑道。

我知道，他已经听不进去任何话。我走上前去，比画着，告诉他黄牛部是我的部下，是出云最英勇善战的一支死士之军，若是发兵，等于自斩手臂。

"现在已经没有任何商量的可能，他们已经公然反叛，我若不铲平他们，出云四方那些心怀鬼胎的部落就会揭竿而起，到时候国将不国！"黎弥加双目瞪圆看着我，目光忽又变得柔和起来。

"穆，我从来没有不相信过你，但你太年轻了，我怕你走上邪路。现在，整个出云关于你的流言四起，你若是想证明你的清白，那就领兵前往平叛！"

我愣了。

黎弥加昂起下巴："怎么？你不愿意？是因为他们是你的部下，还是因为他们是你的同党？"

热桑杰听了这话，忍耐不住："王上！将军向来一心为国，哪有什么同党？"

黎弥加举起手，直接制止了热桑杰："好了，老帅，你是黄牛部人，在这件事情上，你恐怕不便发言！"

黎弥加猛然站起，环顾着众人，冷声道："那就这么定了！"

黎弥加的语气，冰冷得如同肃杀一切的长夜之雪。我看到他粗壮的手指，

转了一下拇指上的铁环。所有熟悉黎弥加的人，都明白这个动作代表了什么。那意味着决然，预示着血战。

“王上，热桑杰愿意领兵平息叛乱！”热桑杰双膝跪地，一颗白头重重磕在黎弥加脚下。

“热桑杰，我最忠诚的猎鹰，区区一个黄牛部，还用不到你。”黎弥加笑了，那声音却更像哭，他已经不信任热桑杰。

“东罗木马孜，你率领五万白甲禁卫去！穆呀，这一次，你带你的兽军，也去！东罗木马孜，别让我的弟弟受一点儿伤，否则我会用白柄刀一片片割下你的皮肉喂我的大鹏鸟！”黎弥加看了看我冷笑。

“王上圣明！”东罗木马孜谄媚地跪倒在地，然后对我笑道，“能与将军并肩战斗，真是荣幸。”

我的内心在颤抖，在滴血。

兽军？对付一个黄牛部，五万白甲禁卫足以，需要出动兽军吗？！那可是死神的象征，只死无生的象征！

“王上！兽军出动，五万白甲禁卫，那将是一个血海地狱呀！”热桑杰抬起头张大嘴巴，嘴唇颤抖。

“黄牛部既然做错了事情，就要付出代价。”黎弥加盯着我微笑着，几乎一字一顿，“一个活物不留！穆，听清楚了吗，一个活物都不留！”包括我在内，所有人都抬起了头，盯着黎弥加充满了震惊。而赛玛噶，昂脸看着身边的那个高大男人，纤细的手指握着座位上的扶手，因为用力关节发白。

一直在她内心端坐的那朵沉静莲花，这个时候我听到了花瓣颤抖的声音。

“王上！黄牛部头人做错了事，但几万妇孺无错！王上！”热桑杰哽咽着，以膝代步，抱住了黎弥加的双腿。

“难道我有错？！”黎弥加一脚踢开热桑杰，狮子一样咆哮着，“我想这么大开杀戒吗？！我想干出这样的事情吗？！这是他们自己的选择，是逻萨人！是逻萨宫殿里面的他们的那个王！是他逼我的！我没有选择！”

黎弥加昂着头，看着大殿的上方，神态绝望。这么多年，他从不会当众落泪，所有的艰难，只能一个人承受。

我知道，他自小讨厌杀戮，是个缺乏爱和温暖的人，渴望长久的幸福。这样的决定，他同样痛苦，却又执着且必须。

“王上……”赛玛噶清脆的声音响起，这是她第一次和黎弥加说话，“战争是男人之间的事，和老弱妇孺无关……”

“闭嘴！你给我闭嘴！”在周围人惊愕的视线中，黎弥加大声而粗暴地打断了赛玛噶的话，“没有人能和战争置身事外，包括孩子和老人。当然，还有你们女人！别告诉我你来到穹隆银是因为你发了情想找个男人！你和你哥哥的阴谋，你自己清楚！还有，告诉你的哥哥！让黄牛部成为焦土的人，不是我，是他！是他的野心！告诉他，我黎弥加不怕他，他要是想战，就让他带着他的脑袋来出云！我……”

“黎弥加！”

赛玛噶从座位上站起来，动作敏捷得如同豹子！她的声音尖锐地刺穿了整个大殿！

赛玛噶逼近黎弥加，一步一步！她像发怒的母狼，面对雪崩滚滚而下的一座山峰，没有任何的畏惧！

黎弥加呆了，彻底呆了。

在出云，“黎弥加”这三个字，没有任何人敢叫出声来，这是最高的王上的名讳。除了我。赛玛噶走到黎弥加跟前，那么近几乎是面对面。

这个在出云沉默了一年多的女子，昂着头倔强地看着这个男人，泪水自那双纯净的眸子中大颗落下。

“黎弥加……”她深吸了一口气，仿佛用尽了全身的力气，“我自愿来到出云，不是为了你们男人的战争，全是为你！”

黎弥加哑然失笑：“为了我？笑话！为什么为了我？”

“因为……因为我早已经爱上了你！”

大殿之上，众目睽睽面前，赛玛噶身体颤抖，哽咽着看着黎弥加大颗的泪珠滚落。

我的心疼极了。为了她的爱，为了她注定要碰壁的爱！外面大风呼啸。传来旗帆飞舞的声响。所有人的目光都集中到了他们身上，被赛玛噶这句突如其来仿佛炸雷一样的话语，震得彻底失去了所有的意识。

“爱我？哈哈哈哈，你这个逻萨女人疯了吗？这句话从你的嘴里说出来，真是让我感到恶心！你不光是内应，还是一个拙劣的骗子！哈哈哈哈哈。”黎弥加笑得腰都直不起来。

他在以一种异常直接粗暴的方式羞辱赛玛噶——脆弱的赛玛噶。

我伸出手，上前扯住赛玛噶，要带她离开。

她猛地甩开我的手，面对黎弥加：“黎弥加，难道这一年来，你一点儿都感觉不到吗？难道你对我一点点感觉都没有吗？”

“感觉？笑话！我为什么娶你，你自己都清楚！那只不过是场交易，你哥哥安排下的交易！而你只不过是个可怜又可悲的工具！”黎弥加咬牙切齿。

赛玛噶痛苦地闭上了眼睛，她的身躯如同寒风中的叶子在瑟瑟发抖。

“逻萨来的女人，听好了，我从来都没有喜欢过你！连一粒尘土一样的爱都没有！我对你只有厌恶！这一生，我只爱婷夏一个。俄摩隆仁上最尊贵的天神可以做证！而你，赛玛噶，弗夜坚赞的妹妹，连一头母羊都不如！”

他转脸看着我，对赛玛噶笑道：“不过，你的哥哥眼光不错，我的这个弟弟是出云最出色的男人。我可以满足你们的愿望将你赐给她，但让我喜欢上你绝不可能。”

“黎弥加！黎穆是个好男人，但喜欢和爱是两回事！”赛玛噶大声道。

“有区别吗？在我看来，你就是头见了男人就发情的妖精！”黎弥加讥讽道。

赛玛噶再想说什么，我一把握住她的手，把她扯在自己的身边。我看着她，用眼神告诉她，不管她说什么都已经于事无补。

黎弥加满意地拉着婷夏和我们擦肩而过。婷夏的眼睛，落在我紧紧握住赛玛噶的手上。她抬头看着我，目光沉痛，躲闪开去。

黎弥加大步离开，走到门口，忽而挺住脚步：“穆呀，把这个女人也带去，

带去黄牛部，带去战场，让她看一看，他的哥哥做了什么孽！”

“还有！”黎弥加看着那个背对他而立的孑然身影，看着赛玛噶，“逻萨来的女人，下次再问什么我爱不爱你这种令人厌恶的问题，我会杀了你！”

黎弥加的身影消失了，接着是一个个充满鄙夷地望着赛玛噶的臣下们。大殿空空荡荡，只剩下我和赛玛噶。

赛玛噶突然笑起来，放声大笑，泪水却仿佛融化的雪流，奔腾而下。这笑声，如同像深夜啼叫的夜隼，让人不寒而栗。我不知道这算不算是天神的戏弄，但我清楚，危险的恋情像是一道闪耀的剧烈闪电滚滚而下，带着巨大的杀伤力，只有撕裂，只有破坏，别无其他。而我能做的，只是静静地走上前，拂去这个女子的泪水。

赛玛噶再也无法坚持，扑在我的怀里，号啕大哭。

人在彻底了解另一个人之前，很难贴近他，如同这世界一般。太多的时间，我们留下的只有伤口，一层一层的伤口。而或许，正因为这些伤口，才证明了我们的存在。

赛玛噶，我想对你说的便是如此。

我送赛玛噶回黑宫。

怕她发生意外，我坐在一旁守着她，寸步不离。从大殿里出来，她就再也没说过一句话。她躺在雪白的毯子上，一双眼睛睁得很大，直直地盯着房顶，整个人像一块木头，没有任何的生气。

那只黑猫，偎依在她身旁，轻轻舔舐她眼角流下的泪水。

我想安慰她，告诉她黎弥加生来就是这么粗暴，他从来不会顾虑别人的感情；我想告诉她，黎弥加这辈子只喜欢婷夏，他固执得像一头牛；我想告诉她，桃花遇到大风就会谢去，但来年它们还会灼灼开放。

爱错了一个人并不是你的错。起码这爱情本身就很美好。但这些话，我只能放到肚子里。我只是个哑巴，无法表达得这么透彻，尤其是讨论爱情。

生，我们无法选择，何时生，生在哪里，我们无法控制。死，我们无法掌控，何时死，如何死，那是天神的事。至于爱，表面上看是我们的自由，但实际上，更多时候我们身不由己。

我能做的，就是这么静静地守着她，守着一株逐渐凋零的花。

在沉默得让我再也无法忍受的时候，她说："穆，自幼年开始，我看到的只有毁坏。生命就像是在黑暗的回环往复的山洞里行走，只能向前无法回头。这种感觉如同一场爱恋。而这爱和别人无关。"

我微微笑了一声。

她也笑，笑着笑着眼泪掉下来。

"自我十五岁开始，几乎所有人都知道昭日天汗有个倾城的妹妹。上门提亲的人连绵不绝，大部落的首领、异国的王子、贵族……他们中绝大部分看中的不是我，而是我身后的哥哥昭日天汗以及他手中强大的昆蕃。他们对我没有爱情，是预谋已久的占有，夹杂着太多不纯粹的东西。但他们每个人见到我的时候，都说爱我。这便是我遇到的爱，肮脏变质，虚空破碎。"

我静静听她说。她愿意倾诉，是件好事。

一个把秘密全部隐藏在内心的人，是个可怜的人，好像背负重物上山的行者，步履艰难，只有他自己承受那苦。

"我背后的那个胎记随时都能夺去我的生命。我所谓的美其实摇摇欲坠。我从很小就明白我的生命和别人不同，比起寻常的女子，我像过早成熟的果实，在瞬间用尽所有的花期，全力发出用生命透支而来的芳香，然后迅速坠落腐烂。我一直以为我的一生，便是如此。"

"直到我看到他。"

我比画着问赛玛噶：你来出云之前，看到过黎弥加？

她坐起来，朝着我点头。

巨大的疑问在我内心生起。之前她跟我说过，来出云，是因为爱上了一个人。但我从未想到过那个人是黎弥加。

黎弥加是王，常人本就难以见到，而她身为昭日天汗的妹妹，昆蕃的公主，更是自小生长在深宫之中，他们怎么会见面？

赛玛噶显然看出了我的疑问，她坐直了身子，托着下巴，看着外面的夜色。

“那一年，逻萨城中一片慌乱，军队集结，战马长嘶，尘土飞扬。空气中夹杂着烟火、牛粪、铁腥、血污的气味，仿佛无边恐惧、战栗的大海，将整个大城吞没。这种情景，我再熟悉不过。每次大战来临之前都是这样。但那一次格外不同。在我的记忆中昆蕃人一直在打仗，每一次都是士气高昂慷慨赴死地出去凯旋。我们失去了很多人，但从来没有惧怕过。逻萨人不怕死，我的哥哥也是如此。

“但那时，我第一次看到哥哥如此惊慌失措。他向来都是一个坚强的男子，臣民心目中无所不能的天神，运筹帷幄，胸有成竹。而那次，他把自己关在佛堂里昼夜诵经，祈求战事顺利，祈求能让昆蕃安全。他在里面待了三天三夜，异常虔诚。

“一天晚上，我偷偷过去找他。推开门，巨大的黑暗中只有他一个人。他靠在墙角蜷缩着，身体颤抖如同在做噩梦。战争对我来说已成常事，每一次都能听到哥哥凯旋响彻宫殿的嘹亮号角。那号角让我想起满树盛开的白色花朵，太旺盛，旺盛得随时都会凋零。

“开战的日子越来越近，我担心他，穿过幽暗的长廊去看他。房间里他一个人跪在黑暗里低声哭泣，不知已持续多久。我知道他在恐惧，更好奇是怎样的一个对手会令他如此。我问，他不说。只是把我搂在怀里，大颗眼泪掉下来打在我的脸上，如同午后落雨，冰凉而密集。

“那一晚，我做了一个梦。梦见一巨大的白鸟落在我的对面，落在宫殿高高的黑色檐角上，有着颀长的双翅和尖锐的喙。它不鸣叫只是优雅地踱步。看着我慢慢地笑了起来。黎穆，一只鸟，真的会笑，那笑容让我心安。它在云烟中飞走，消失在暮色天际，周围流动着大朵大朵变幻的云层，一边阴暗，一边明亮，优雅自如。醒来后，我突然觉得，自己这一生终于没了羁绊。可以随时出发，也可以随时停留。那白鸟被我用牦牛骨粉调和成的颜料画在了一卷孔雀蓝的麻布之上。带着那画，我去找哥哥，要求跟着去战场。那时我想，既然是一场决定昆蕃生死存亡的战争，我们兄妹就应该在一起，胜利了固然是好事。若是败了，我们就死在一块，起码灵魂也会有个伴。

“他静静听我说完那个梦，告诉我，那只白鸟名为大鹏，是出云人的

图腾，而他的对手，便是出云王黎弥加。”

我笑。

赛玛噶看着我，莞尔：“是不是很傻？”

我摇头。

赛玛噶，大鹏是出云的象征，但黎弥加从小就不喜欢，他从未养过大鹏鸟。至于白色的大鹏，属于异种，万中无一。一旦出现，便认为是天神之子，备受尊崇，常人绝难见到。出云唯一的一只白色大鹏，是鸟中之王，在土林的兽军中。有时间我带你去看。

赛玛噶睁大了眼睛：“原来，真的有！”

我点头，让她继续她的故事。

赛玛噶收敛了笑容：“哥哥起先并不同意，但经不住我的软磨硬泡，答应带我去了战场。那也是一个春天。积雪开始融化，冬季干涸裸露出鹅卵石和巨大岩块的宽阔溪沟水气升腾，原野上灌木蓬勃疯长，枝节盘错，碎花葱草铺展，偶有落雨，倏忽而至。雨散，虹挂自天幕垂下，大风呼啸，几乎吹透了人的灵魂。

“那是我第一次离开逻萨城，第一次上战场。穆，原来战场也可以很美。世界仿佛在安歇，时空停顿，仿佛幻觉。”

赛玛噶，我初阵的年纪，和你相仿。我看不到你说的美。披上冰凉的盔甲，提上沉重的白柄刀，我只是一个少年未经人事，怕得要死。在马上我吓得不停地打哆嗦，世界在我面前旋转，最终呕吐起来。

赛玛噶笑，脸色微微涨红。

“尽管我去过昆蕃军营，尽管我也曾和昆蕃军士混在一块，但我从未看过那么大的场面！那和我想象中的完全不同。7 万逻萨军队浩荡布阵，那是人的海洋，马的海洋！赤红色的盔甲、战衣延展成的火焰大海！大旗猎猎，战马嘶鸣，刀枪在日头下闪烁，宛如一片雪峰，长长的号角刺向高空，声声连绵响彻天地！逻萨人呐喊着、骚动着，如同兴奋的牛群。

“作为他们的首领，哥哥的战马屹立在最高处，雪山狮子的王旗下，那个坚毅的身影是整个军队的魂魄。他的身体沐浴在阳光下，铠甲发出耀眼的银光！我从未看到过哥哥这一面，那是男人最有魅力的一刻！我那时想，这世界上再也没有比哥哥更优秀的男人了！

“那可是战场呀！雄壮、恢宏、激烈、昂扬……那样的场景，任何一个词语都无法准确形容。我喘不过气来，几乎窒息。我无数次地想象过战争，但是远没有如此震撼过。

“我看了看对面，山岗之上，云雾朦胧，寂静无声，好像无人的幽谷，死寂一片，没有一个人。我在想，让哥哥那么惧怕的对手竟然是一片空荡。我们的 7 万人，呐喊着，舞动着，如同山崩地裂，难道还不会胜利吗？

“我的对面，遥远处只是寂静，与逻萨人的呐喊截然相反的寂静。而那寂静之中却又仿佛蕴藏着蓄势待发的力量，它正躲在暗处露出雪白阴森的牙齿，等待吞噬生命。”

说到这里，赛玛噶的声音，忽然开始颤抖。

“然后，云烟之中，出现一旗，一马，一人！一面硕大的绣有大鹏鸟的白色战旗，一匹纯白的不羁天马，一个白衣白甲满头红发的男人！一头火红色的长发在风中飞扬，马嘶，旗展，他一个人静静对峙着 7 万逻萨军队！而方才呐喊、激动、兴奋的逻萨军队在他出现时，骤然鸦雀无声！方才还沉静如水的哥哥在我面前打了个寒战。”

赛玛噶说到这儿时，我便知道那人是黎弥加！

“我看不清楚他的脸，但我知道，我想要的爱情似雪崩一样，轰然而至！穆，云烟之中，那人瞬间就征服了我，征服了我的灵魂，征服了我的心，让我战栗，让我发抖。”

赛玛噶，那场战争，你们输了。

“是的，我们输了。当无数白色大旗出现在黎弥加身后，当 10 万出云大军如同白色风暴席卷而来，当你的兽军，那些训练有素的嗜血战狼和遮天蔽日的大鹏鸟汹涌而下，当聒噪的逻萨人再也发不出任何声音的时候，我就知道我们输了。一战折损三万精锐，面对部下要求再战的请求，哥哥一声不响地返回他的佛堂。虽然逻萨还没有伤元气。可我清楚，在没有必胜把握的情况下，哥哥不可能再出手。他天生就是一头狼，擅长磨尖了利

齿和铁爪之后，蹲伏起来，瞅准机会，一击致命。他曾经战无不胜，但这一次，他败了！而这些，已和我无关，除了那个男人！”

赛玛噶幸福地笑了：“听起来，你是不是觉得我可笑？一个女人，自己的国家惨败而归，而她却幸福得内心欢呼雀跃，只因为一个男人！一个只看一眼就爱上的男人！”

赛玛噶，所以听到和出云联姻的消息，你就答应了？

“为什么不答应？穆，我知道我自己的结局，自从那肿块出现在我的身体之中我就已经知晓。很多的事情生来注定。我的身份，我的命运。我只是个女人，没有任何选择。但是，这爱属于我自己，这是我唯一能选择的事情。既然如此，那我为什么不去勇敢地爱呢？哪怕飞蛾扑火，哪怕灰飞烟灭。哪怕到头来，只不过是一场祭奠。黎穆，这是我唯一能选择的事情。”

但赛玛噶，他根本就不爱你。现在这爱，沉寂如死水，再无波澜。

“是的。这结果和我想象的不一样。我以为来出云，付出努力，付出真心，付出磨难，哪怕是付出我的生命，黎弥加就一定会爱上我。但我失败了，败得很惨。穆，我现在才明白，爱情和战争没有任何不同，不管谁胜谁负，最终留下的只有毁灭。这毁灭无人可以征服和占有。”

她昂头长声叹息笑，咯咯地笑，身体抖动，倒在我的怀里落泪。

“穆，我好想家，想哥哥。”

我拍着她的背。

她昂起脸，满脸是泪：“我生来就带着毁灭，到头来，连我自己也是如此。”

我伸出手，颤抖地比画着。我告诉她：赛玛噶，我清楚有些事情只会死亡，不会毁灭。赛玛噶，我们出云人相信，人在过完尘世的一生后，灵魂就会前往神山俄摩隆仁之上的云烟之中，那是我们的最终归宿。在那里，我们会和家人在一起，和朋友在一起，和爱人在一起，谁也无法分开。

“穆，你爱过一个人吗？”

爱过。

“那结果呢？”

我爱她。她也爱我。但我们注定无法在一起。

“为什么？难道两个相爱的人还不能在一起吗？”

因为她如今是我的嫂子。

我去找穹布。这么多年来，每当我心烦的时候，总会去找他。穹布住在穹隆银城的最高处。他的住所，是一个破旧的用泥土垒砌的小房子。这个出云最尊贵的人，一生就是一个巨大的迷。他和我们不同，早就超然于这世界之外，看清了所有的纷扰，拥有一个强大的深邃的内心世界。

我艰难地上行，看到穹布的法帽放在窗口，正对着神山俄摩隆仁的方向。

推开门，房间里昏暗浮动，皮鼓、法杖、黄金面具抑或是腿骨号杂乱地堆放着。它们中的每一件拿出去都价值连城，都可以放入任何一个大殿被高高供奉，而现在如同弃物一般被随意丢弃在地上。和出云的大多数法师一样，穹布的住所凿穴而居，房间很小，却小得可以装下整个世界。

在一堆毛皮之间，这位出云国师蜷缩而卧，状如婴儿。我看不清他的脸，不过我知道这个在人世走过 90 个年头的老人，已经走到了时间的尽头。他的一生，自孩童时便是修行者。没有财产，没有亲人，始终行走在路上，行走在人间和神界的交界，跨越悲欢生死。

“我一直在等你，知道你要来。”看到我他坐起来，打着哈欠流着口水。

在我面前他毫无尊贵、神圣可言，就是个糟老头。

我坐在他对面，告诉他我心里的烦恼。出云征讨黄牛部的事铁板钉钉，我几次去见黎弥加试图劝服他，但他根本不和我见面，直接让人将我拦了出去。黄牛部的灾难已经注定，无法更改。

还有赛玛噶。黎弥加命令我必须带她去，但我根本无法让她去战场，去眼睁睁地看着血海尸山，她的心是那么纯粹，容不得丝毫的污染。

我告诉穹布，我现在很难过，从未有过的难过。

“穆呀，还记得俄摩隆仁的云烟吗？”穹布抬起头。我扶着他站起来，穹布安静地看着窗外。外面落雨，草木在风中起伏，天地苍茫一色。

我点头。

远处就是神山俄摩隆仁。水晶一样的九叠山体在天地之中矗立，纯洁无瑕，高贵无比。山头升腾的云烟，变幻莫测，令人神往。

“多美的云烟呀，在草叶上生长升腾，在山巅游荡，以它的方式存在，自由汇聚、融合、分散，不留痕迹。”穹布把他那枯瘦的身体靠在我的甲胄上，嘴角露出微笑，仿佛睡着。

我告诉他，开往黄牛部的大军，午后启程。

“这事情如同雨水落下来，任何人都不能让它再回到天上。你是否内心觉得不忍？”穹布艰难地挪动了一下身体，打量着我，目光温和。

我高高举起想比画的双手，僵在他面前。我不知道说什么。

“人的生命就像在薄冰上爬行，每一个灵魂在这冰面上辗转碎裂，有着自己的定式，直至重生，没有人能够改变。这不是任何人的错。你能做的，是不说明，不争辩，把这世界放在身后。”穹布的喉咙里，发出花开的声音，那声响无比镇定淡然，好像夜中大河对岸的灯盏闪烁，明明灭灭。

我告诉他，我还没有到他的那个层次，没到他的境界。这世界和这人生我看不清楚，只能在里面挣扎，在里面沉沦。

“我给你的那个难题，有答案了吗？”

是他说的那个故事。瓶子里的鹅。我知道那是个预言，一个很高深的预言。和这世界有关，和这人生有关。

我摇头。

我告诉他，这是一个无解的题。世界坚固而窄小，每个人都是那只被卡在瓶子中的鹅，永远挣脱不了。

穹布，我们来到这世上，难道为的便是这煎熬吗？

“不，只是为了与它相认。为前世的一个约定。”穹布仿佛是在安慰自己。

什么约定？

“你把那只鹅放出来的时候就知道了。”穹布躺下，那双眼睛再次沉浸在昏暗里。

接下来的路，我该怎么走？

“你的问题我无法回答你。每个人都有每个人的路，每个人的路都和另外一个人截然不同。因为这独一无二才有了人生的美。不是吗？我知道

自己的路怎么走，而且是很幸福、很踏实地走，我看到了世界的尽头，看到尽头之后的真相，但这真相无法言说。每个人的路，只能他自己摸索。你只要坚持，咬牙坚持，一直往前走，不停地往前走，然后终会有一刻，你抬头就能看到光。”

我笑：穹布，但愿如同你所说。

“我活了这么多年，苟延残喘了这么多年，没什么成就。其实不管怎么走，我们最后的结局都一样，都要去那里。”穹布指着神山俄摩隆仁，指着上面的云烟。“我一生，最爱的就是那片云烟。年轻时修行，可以一直盯着，目不转睛，从早到晚。多么美的云烟呀！可惜现在我老了，已经无法再攀上神山的半山腰，去近距离地膜拜了。”

我再要说什么，这个糟老头哈欠连天地转身钻进了羊毛里。

“好好照顾赛玛噶，尽管她是昭日天汗的妹妹，但她是个好女孩。”

我笑，起身告辞。走出门的时候，我有种担心，不知道这是不是最后一面。

五万白甲禁卫，两万兽军，两支出云最为精锐的军队，在无数人的欢呼声中，浩浩荡荡开出穹隆银。在出云帝国千年的历史上，兽军和白甲禁卫任何一支的出现都意味着死神降临，它们很少同时出战，即便是有，也是关乎国家生死存亡的决战。但这一次，为了惩罚一个小小的黄牛部，为了给出云那些心怀鬼胎的附属部落立威，黎弥加执意如此。

每一个出云军人明白其中的含义，我更明白。但穹隆银山呼海啸。对于寻常百姓来说，他们想不到战争的后果，想不到战争的血腥。他们已经很久没有看到过这两支精锐同出的盛大场面了。他们欢欣鼓舞，他们热闹熙攘，他们觉得这是一场难得的盛会。

“王上英明，两军同出，民心振奋！出云振奋！哈哈！”东罗木马孜坐在他的矮马上，趾高气扬，摇头晃脑。

他现在已经替代了热桑杰，成为白甲禁卫的统领，政权、军权在握，是黎弥加最信任的人，也是出云最位高权重的人。

“将军，别理这个小人，他那一张狐狸脸就让我恶心！”我的副将赤

危愤怒道。

兽军怎样？我问他。

“一切都好。”赤危心情沉重，“将军，我打了四十年的仗，跟你也多年，每次兽军出动，我就开心得要死。可这一次……想起对手是黄牛部，是一直并肩拼杀的兄弟，我这一颗心……”

这位将军，终于说不下去，转过了脸。我只有叹息。

在城门口，我看见了赛玛噶。一身红衣的她，单骑立于狂欢一般的人群里，表情淡淡，与周围格格不入。

她走近我，说：“我在等你。”

她将长发盘起，露出纤细洁净的脖颈。脖颈上用红绳挂着一段古旧的兽骨环，斑斓五彩的披肩上绣着繁复的鸟兽和花朵，那些图案重叠堆积有着密集的美感。

她看着我，神态清空却又坚决硬实。我告诉他，如果她内心不愿，我可以去找黎弥加，让他收回那个命令。这是一场名副其实的屠杀，我不希望她亲眼目睹。她的生命原本就已经足够沉重，不应再添更多的痛处。

她笑笑，一如既往的倔强。

“我会无事，你不要牵挂。”

她转头看着远方，看着天地，看着更远处的空空荡荡的声音传过来——

“他要让我看那腥风血雨，看那生死沉浮，他要在心理上击垮我，想让我惧怕，我偏不。穆，我知道我会看到人间最残酷的事，若有机会，我会告诉他这尘世再残酷的事情我已经经历过，我不会怕。因为我是赛玛噶。”

十日之后，大军过玛垂湖越出云国界，进入黄牛部。

出云军士向来行军迅速，风驰电掣，往往让敌人毫无准备之时就突然出现在他们面前，恍如从天而降。这是千年以来，我们能够一直取胜的关键之一。

大军行军时，除了必要的物资之外，尽量轻装简从，往往昼夜疾驰。但这一次，我却想尽可能地让即将呈现面前的噩梦晚一点儿到来，为此东

罗木马孜对我十分不满意。

“将军，你的兽军如果疲惫，我的白甲禁卫可以先行，五万精锐，我有十足的把握一举击溃黄牛部，当然功劳还是你的，你是统帅。”他说。

我郑重地告诉他，正因为我是统帅，所以一切皆要听从于我，否则军法处置。东罗木马孜气得噘起胡子，骑着他的矮马喘着粗气离开了。

“这只狐狸，长久以来就想捞点儿战功，这一次急不可耐，真是可耻。”赤危怒道。

能有什么办法呢，该来的总会来。

夜来临，择大河一处河湾扎营，布置军阵，生火做饭。琐事我不插手，赤危打理得井井有条。吃完晚饭，我带拉杰出去放风，散步。

无风，有很好的月光。拉杰兴奋无比，跃出营帐，到外面撒欢儿，我跟在后面。

河面宽阔，静水漫流，新长出的水草，荡漾柔摆，水光中涌出云朵和大颗大颗的星斗。层林茂密，枝叶在风中摩擦，洁净花瓣自高处落下，落在怯怯的鸟鸣兽语上。

拉杰发现一只猫，全身漆黑，独眼，有着诡异的目光。在河滩的石堆中漫步，脚步轻盈。它丝毫不惧怕这头白色巨狼，与之周旋，厮磨。那是我送给赛玛噶的黑猫。

拉杰被惹得愤怒了，它是狼王，出云兽军的王者，身经百战，竟然丝毫拿那只猫没有任何办法。黑猫看见我冲过来，跳入我的怀里，撒着娇，然后转身冲拉杰嘶叫着。

这个狡猾的小东西。抚摸着它那柔软的皮毛，我笑。

赛玛噶和黑猫形影不离，黑猫在，她就在。我看了看周围，寂静无人。

这里距离营地很远，属于警戒的外围，她若是单身在此，有很大的危险。所以不敢怠慢，加快脚步寻找。

黑猫跳下来，在前面领路。穿过矮小的灌木，穿过树林，穿过齐膝的青草，在缓缓升起的白雾中，我有些心慌意乱。

月光在云朵中隐现，将树木的斑驳影子印在河面之上。花朵、草尖，

露水晶莹，雾气弥漫间生出一个私密空间。这是一个河湾。

白天我看过这条河，并不算大，水流缓慢，清澈见底。它在这里拐了一个弯，在一片开满鲜花的草地中。听见水响，声音极为细小但格外清晰。

有人入水的声音传过来，划破静谧的夜。

我吓了一跳，不知赛玛噶是不是落水，赶紧冲过去。接着，我双脚骤然停歇，不由得愣了。

赛玛噶慢慢地一件件褪去衣服，露出白皙完美的胴体。肩背、腰肢、臀部、手臂、腿脚，每一处，都让她像一头完美、华丽的精灵。

她侧对着我半身没于水中，与我不过几丈的距离。

我的脑袋"轰——"的一声炸裂开。自小到大，我从未见过一个女人的身体如此美妙。无尽的烈火在我身体里被点燃，在我的胸腔里迸发，在我的心底燃烧。

我身体颤抖，呼吸急促，口干舌燥，摇摇欲坠。而她，似乎早已感知我的存在，却没有羞涩惊慌状。她就站在水里，旁若无人地洗漱，所有的动作极其自然，毫无扭捏，也无任何的引诱。

这一刻，我在岸边，她在水中，拥有共同的一片寂静天地，可以随意对话。

"穆，你怎么会来这儿？"她湿漉漉地在水里笑，转了个身面向我。

我急忙转开脸。这个动作，被她敏锐地捕捉到。她笑。

是你的黑猫带我来的。我怕你有危险，所以……

她用手掌掬水，泼那只黑猫，黑猫叫了一声躲在我的后面。

"这个小东西。它对我身边的所有人都视若仇敌，不允许任何人靠近，只有你例外。"她说。

你不应该深夜离开军营到这片偏僻的地方来。我警告她。

"怕像上次一样有刺客？"

我点头。

"我不怕。我宁愿死掉也不能不洗澡。你看，脏死了身上。"

我哪里敢看，右手紧紧握住白柄刀，坐在石头上。

"你的刀杀过多少人？"

记不清了。我杀人的时候，从不看对方的脸，更不会记下来杀多少。赛玛噶，杀人并不是一件很好的事。没有人喜欢杀人，就像没有人喜欢被杀一样。刀出鞘，是因为无奈，是因为你不得不杀。

“就像我不得不洗澡。”她咯咯笑。

我无奈摇头。

“你从来没有看过女人洗澡？”

是的。

“从来没有？”

从来没有。

她的声音伴随着哗啦的水声飘过来：“在我们昆蕃，这是再正常不过的事，我们经常男女老少一起泡温泉，赤裸相见，没有人会觉得不好意思。我们生来就是不着一物，赤裸裸地面对天地，不是吗？”

我说不过她。

“人幼时，单纯无瑕，没有那么多复杂的想法，水晶一样。反而是在尘世待的时间长了被污染了。有了男女之分，有了身份地位之别，有了野心，有了名利，有了杀戮。若彼此都这般赤裸相对，心地纯洁多好。”

我告诉她，这显然不可能。

“我知道不可能。”她笑，“黎穆，你有喜爱的动物吗？”

我被她的这个问题问得摸不着头脑。

有。

“哦，你喜欢什么？”

狼。

她似乎有些意外：“为什么不是大鹏鸟？它不是你们出云人的图腾吗？”

大鹏只属于天空和神界。狼不同，它存于世间，安静存活，忍耐，清冷，自由。它总在白昼在夜霭之中，看着微不足道的人在命运的旷野中做一场永无安宁的游戏。它什么都看得见，什么都看得清。它在森林中漫步，独自承受着风雨，永不屈服。赛玛噶，我常常能从它身上看到我自己。

“那你知道我喜欢什么？”赛玛噶昂起她那张美得令人窒息的脸。

猫？或者是牦牛。

她摇头：“不是，都不是。我最喜欢白唇鹿。”

白唇鹿？我从未见过，似乎是一种栖息在昆蕃丛林中的小动物。

“它们是我们昆蕃人的圣物，雪域的精灵。敏感、美丽、纯净、安宁、仁慈，可以包容一切。它们隐匿在云雾笼罩的密林深处，行走在极幽之地，承受着常人难以想象的痛苦，却轻易不为人所见。没人知道它们从哪里来要到哪里去，仿佛它们的存在只是为了在世间留下纯粹的美好。这美好任何人都抓捕不到。它们那样美。”

我知道，她说的是她自己。

“穆，我曾经拥有过一只。”她的声音很柔软，“那一年，哥哥带我去狩猎，在高山和密林的最深处，一群凶暴的猎狗咬死了一头母鹿。你知道吗，白唇鹿死的时候会流泪。它们的眸子很大很美，睫毛很长。即便是被咬死，它的眼神也没有任何的仇恨，干净得如同湖水。它就静静地看着我，大颗大颗眼泪落下来，然后发出悠长的低低的鸣叫才死去。

“她的身下，躲着一头幼崽。躲在母亲的尾巴下蜷成一个圆球，一直在瑟瑟发抖。我把它带回去，用羊奶喂它，晚上抱着它睡觉。它偎依着我，如同亲人。

“它很快长大，健壮、跳跃、顽皮，然后成年，它生出两只美丽的颀长的白色鹿角，和它母亲一模一样。它很快乐地陪伴我，但经常会看天上的云，看月亮，看山川林影。它的眸子变得格外幽怨，吃食也一点点减少憔悴。我知道，宫殿之中不是它的栖身之地，它想家了，它属于那片山林。”

我静静地听她的故事。

“有天早晨我醒来，再也找不到它。哥哥派人将整个逻萨城翻了个遍，它踪影全无。没人知道它去了哪里，没人知道它怎样翻过深宫大院，它就那么消失了。那时我很难过，但哭过后，我为它开心。在那与世隔绝人所不能染指的高山密林里，它可以自由漫步。

“黎穆，你说得对，我们活在世间，不可避免要沾染上种种污秽。我们不是白唇鹿，无法逃避，只能面对。”

她面向我，双目干净得仿佛雪山。

赛玛噶，你不该来，不该让杀戮弄脏了你雪水一样的眸子。

“草必枯干，花必凋零。黎穆，我来不是为了看见杀戮，我只是见证。见证这世界所能见的一切，然后转身离去。”

赛玛噶站在我面前微笑。风吹过来，满林的花朵簌簌飘落，如同一场大雨。

我看着她后背上的那个肿块。我突然觉得那不是恶灵的杰作，而是潜伏在她身体里的美丽蝴蝶，时候到了她便会破茧飞去，五彩绚烂。

第七章

血染沙场

出云军和黄牛部的战场是一片极为茂盛繁美的草原。

清晨，空气清新凛冽，水雾中夹杂着香草和牛粪的气味。巨大的白骨号角，一声声回荡，低沉悠长，然后慢慢静寂，只听见余音低微震动。

五万出云白甲禁卫排列成五个巨大的方阵，步兵、重步兵、长枪锐士在前，弓箭手、藤甲兵在中，帅营在后，铁骑护翼两侧，白柄刀折射出来的白光投射到对面，成为一片光亮大湖！

白色的旗，白色的甲，映衬出蓝天上的白色云烟，肃杀，死寂。

“将军，我认为你这种作战完全就是胡闹！”东罗木马孜极为愤怒。

“别废话！将军在战阵中穿梭的时候，你还不知道在什么地方歌舞升平呢。”赤危大声道。

我制止他，然后问东罗木马孜我的战法错在何处。

“不是说你错，而是十分不明智！”东罗木马孜昂起下巴。

那我讨教，如果是你，你怎么打？

“我不会打！”东罗木马孜眯起眼睛，微微一笑，“我会在深夜率领大军出动，在他们全部进入梦乡的时候，将他们团团包围，然后发动突然袭击，一个不留！”

东罗木马孜，你这的确是一个很好的战法，但我不会这么做。

“为什么？这最省时省力，而且我们的损失也最小。”东罗木马孜很不服气。

东罗木马孜，你从未上过战场，你永远理解不了一个军人如何向他的对手表达他内心的敬佩。黄牛部从来就不是我的敌人，他们是我麾下最英勇善战、最不怕死的队伍。

“可现在他们就是我们的敌人！”东罗木马孜打断我的话。

他们现在站在了我的对立面，但即便如此他们也是我最敬佩的对手。东罗木马孜，对于这样的对手，你的奇袭是在侮辱他们。

“那你这样就是对他们的敬佩？”

不错。即便是成为对手，我也要让他们，让那些真正的军人死在战场上。那样他们的灵魂就会毫无遗憾地前往俄摩隆仁的云烟之中。

东罗木马孜冷哼一声：“到头来都是死，我看不出有什么区别。”

死有不同的死法，东罗木马孜，你或许永远理解不了。

他不再反驳我，骑在矮马上不停地直起身看着对面的山峦。

“将军，你对他们表达着敬佩，但他们不一定如你所想。你看他们到现在还没有出现，在我看来就是一帮胆小鬼。”他笑。

我没有搭理他。黄牛部的人我了解，他们一定会来。

就在东罗木马孜快要失去最后的耐心时，对面山坡的后方响起了一声长长的、深沉的号角声。那是巨大的黑牛号角所发，是黄牛部每次冲锋的象征。

他们来了。大风之中，阴云之下，山坡上慢慢出现了一杆大旗，黑色的大旗上绘黄色的牛头。一个，两个，三个……当他们出现在我的视线之内时，我的心在颤抖。

我们前来的消息，在出穹隆银城时我就曾派赤危给他们送信，作为曾经的战友，黄牛部知道这场战争他们没有任何胜利的可能。但这个人口不到四万却以彪悍、坚韧著称雪域的部落依然在对面摆开了阵势。即便是死亡和毁灭，也不会使他们感到惧怕。

不到一万的军阵，一字长蛇，黑衣如墨。他们大多盔甲残破，甚至赤身裸体，手中的武器杂乱不一，披散着长发迎风而立。他们中间，有成年战士，但更多的却是老人和少年。我仔细凝视着。那些脸很多我都熟悉，其中的一些自我上阵便一直跟着我。他们曾经是我的部下，是我的战友，是我的兄弟。而如今我们却刀兵相向。

“将军，开始吧！”东罗木马孜兴奋得双目充血，拔出华丽的佩刀，端坐在马上打着饱嗝儿，指了指对面，“是用我的白甲禁卫还是用你的兽军？”

“这样的一场仗，哪里劳烦将军的兽军出动，黄牛部的灵魂只会脏了大鹏和战狼的利爪和铁齿！”他的手下有人笑了起来。

我没有搭理东罗木马孜，而是转过脸去，对我的旗兵点了点头。

一面巨大的白色战旗被竖立在最高处的土坡之上，绣于其上的张着血盆大嘴的黑色狼头随风招展！

“呕吼！呕吼！呕吼！”见到这面大旗，出云大军炸雷般的呐喊声，升腾于天，连绵不绝。

刚刚还视死如归的黄牛部开始骚动了。

他们的战阵开始混乱，惊呼声、哭喊声隐约传来，已经有人开始掉头逃跑，被压阵的卫队赶上斩杀制止，可依然无法平息。

“哈哈哈。”东罗木马孜大笑，“将军，你说他们是最勇猛的战士，可我只看到一群胆小鬼，仗还没打，他们就被白甲禁卫吓破了胆。”

“他们怕的不是你的白甲禁卫！”赤危愤怒道。

“那他们怕什么？”东罗木马孜趾高气扬。

老将赤危恨不得一刀劈了东罗木马孜，“总管大人，他们不怕你的白甲禁卫，他们怕的是兽军！当他们知道面对的是整个雪域最为恐怖的一支军队，当他们知道自己的灵魂将在战狼和大鹏的铁爪利齿下永坠黑暗深渊的时候，恐惧便如同瘟疫一样扩散无法收拾。”

“反正他们现在害怕了！”东罗木马孜细小的眼睛睁开，贪婪地舔着嘴唇，“将军，这是我们的好机会！冲过去，一个不留！”

叫过传令兵，我比画着，让他告诉对面的黄牛部：要他们投降，发下永不背叛出云的誓言，我可以向黎弥加求情，饶他们不死。

“让他们投降？！将军，一个不留是可是王上的意思，你这是在抗旨，如同背叛……”东罗木马孜又惊又怒。

我唧唧一声抽出白柄刀，然后狠狠地瞪了他一眼，东罗木马孜缩了缩

脖子，把下面的话咽在了肚子里。

传令兵立刻离去，很快黄牛部中一人纵马来到两军阵前翻身而下。那是黄牛部的头人普布曲桑，曾经是我最勇猛的前锋将军。

“黄牛部感谢将军仁慈！”众目睽睽之下，普布曲桑面对着我轰然一跪。

他的身后，黄牛部军阵同样如同倒伏的青稞纷纷跪倒在阳光之下。

“这一跪，感谢将军多年对黄牛部的眷顾！”普布曲桑站起来，野牦牛一样的庞大身躯巍峨而立，“将军，你比任何人都清楚，黄牛部世代对出云忠心耿耿，即便是在最艰难的日子，只要穹隆银传旨，我们也会把自己的男人送去战场！

“将军，多年来你对黄牛部恩泽深厚，但这一次，我们恐怕要拒绝你的好意。你的哥哥黎弥加，他的胸怀和信任无法与你相比，他割掉了我们头人的鼻子，对我们黄牛部施加了最难以忍受的侮辱！

“将军，你知道，我们黄牛部的人说出去的话、做过的事，就像落下来的雪，永远不可能再回到云里！我们既然举起了反旗，就做好了承担的准备。只有没了脑袋的黄牛部鬼，没有被套在锁链里狗一样哀求的黄牛部人！将军，保重！曲桑下辈子还会跟着你！而今天就让我们像以前面对敌人一样做最后奋力一战吧！”

普布曲桑，这个曾经身中十余箭、箭箭入骨都没有流泪的汉子，在我面前号啕大哭。

“他竟敢侮辱王上！将军，开战！马上开战，让这群不知天高地厚的家伙见识出云的千年威严！”东罗木马孜狂叫。

所有人都转过脸，静静地看着我，等待命令。我深吸一口气，闭上眼睛，昂起头，任由泪水滚落。

“白甲禁卫！列车轮大阵！”一直忍耐的东罗木马孜再也等待不了，大声吼叫。

沉重的牛角号沉沉地响了起来，呜咽一般。五万白甲禁卫，同时向前迈出了一步！山，动了！

车轮大阵，是出云白甲禁卫的成名战阵。五万白甲，一部居中，四部延

展于外，层层布置，长枪兵、步兵、重甲锐士在前，弓箭手居中，骑兵居后，外有若干机动游军。攻击时于同一方向旋转向前，轮流攻击敌阵，如同旋转的车轮一样，以不断得到休整，敌阵却毫无任何喘息的机会，一旦开动，就如同巨大的旋转刀轮撕裂、吞噬、搅碎面前的任何对手，直到对方彻底崩溃。

千年以来，出云的车轮大阵从未有过败绩，不在关键时刻更是罕有出手。现在，它轰然而动！

起风了！

剧烈的大风，席卷而来，那尖锐的呼啸仿佛无数幽灵在哭泣，让此时此地骤然变成世界的尽头，生命的帘幕被拉上，一切即将埋葬，永远沉沦在黑暗之中。

对面，黄牛部开始奔跑。迎着那万余猛士，大风之中，旋转的车轮大阵骤然开启飞速向前，掀起层层怒浪！一杆杆两人多高的长枪齐齐放下，一把把锐利冰冷的白柄刀荡起巨大的死亡涟漪！强弓开合，箭在空中形成一片黑色云朵，朝着黄牛部嘶叫，重重落下！

黄牛部的前方战阵，几乎瞬间之中分崩离析，惨叫、呻吟之声充斥天地！

呜呜呜！长号起伏！

黄牛部后军，一面硕大的牛头旗飞舞向前，唯一的骑兵对着大阵，一头撞了过来！最前方擎起大旗的正是普布曲桑。

“这个时候，他们要冲锋？疯了吗？”始终平淡如水的赛玛噶惊呼起来。

我却笑了，泪水顺着脸颊滑落。这就是我认识的黄牛部。百折不回、固执顽强的黄牛部。即便知晓只有死路一条，也会向对手展现他们的热血和骨头！

牛头战旗的指引之下，整个黄牛部的军队放弃了防守，悉数冲锋。这是不折不扣的死亡撞击！两支同样向前绝无后路的军阵，咆哮着以急速朝着对方奔驰，好似两头低头露出尖角的公牛。

“咣——”狠狠地撞击之下，交锋之处飞扬起一阵浓厚血舞！大风飞涌，飘散成一片巨大赤色云烟！被刺穿身体的战马轰然倒下，断臂残肢横飞！黄牛部的死亡冲撞被结结实实地阻挡，而一往无前的车轮大阵在短暂的停

顿之后，再次旋转！整齐划一的斩杀动作，长枪、利刃和弓箭密不透风的娴熟配合绞动、切割、碾磨！接下来的便是彻头彻尾的屠杀！哭喊声，兵器碰撞声，利刃切割身体时发出的闷响……汇聚成一首血肉悲歌！

一只手伸过来，死死地抓住我的胳膊，尖锐的指甲深深地刺入了我的皮肉之中。赛玛噶痛苦地闭上眼睛，泪如雨下。

被彻底吞噬在大阵之中毫无退路的黄牛部，如同一只闯入了狼群的羔羊，勇士一排排地倒下！

——

俄摩隆仁的云烟呀，苍茫没有尽头！
苦海中沉沦的性命呀，磨难没有尽头！
飞翔的云雀呀，张开你的翅膀，
带着我那灵魂去天地之间游一游！
……

普布曲桑的牛头旗依然高高飘扬，浑身是血的他远远地看着我，大声哼唱着那首每次出征他都会在我面前高吟的战歌。

每一个存活的黄牛部人迅速加入，高唱着、大笑着，接着轰然倒下！

勒马，出阵，迎着这歌声，我缓缓走到两军阵前，走到那呼啸的大风之中。车轮大阵，蓦地停止，屠杀骤歇，露出阵中死伤遍地的黄牛部人。所有人都看着我，看着我慢慢举起的右臂，等待着。这个动作，我不知道以往重复过多少次，但是这一次，一个简单的动作，却是如此的漫长，漫长得仿佛一生。

手举过头，对着太阳的方向，伸展出五指，然后紧紧收缩为一个拳头！

“嗷——”土坡之上，那面孤零零的狼头大旗之下，牦牛犊般大小的白色巨狼拉杰，引颈长啸，响彻苍穹！它的身后，尘土飞扬，一片延绵直到天际的黑色风暴，带着血腥之气滔滔而来！无数奔跑的巨狼，在驯兽师的高声呐喊声中，汇成一片死亡风暴！与此同时，几乎遮住阳光的金色云层从平地升起。尖唳阵阵，展开羽翼有两人之长的大鹏鸟，伸出足可斩铁断金的尖爪和巨喙，俯冲而下！

兽军！出云帝国千年的不败军魂，会彻底把这里变成血海地狱。

战狼之中，大鹏鸟之下，我慢慢地转过脸去，背对着战场而立，昂起头让那泪水恣意奔流。

——

俄摩隆仁的云烟呀，温暖如家乡，

长夜里赶路的我呀，便是倒下头也要对着圣山的方向。

飞翔的云雀呀，张开你的翅膀，

带我那灵魂，回那魂牵梦绕的家乡！

……

黄牛部最后的长歌，如同我见过的那些深夜盛开的白色花朵，簌簌绽放，又迅速戛然而止。然后，世界彻底安静下来，仿佛经历了一次清洗和终结。大风终于停息。高天垂地，云烟苍茫，遥远处，俄摩隆仁的雪峰在阳光的映照之下闪烁出圣洁的光芒。

千百年来，它就是如此默默注视着日升日落，注视着这世界的血雨腥风，注视着人的沉沦和挣扎。

它最终是一种洞悉，一种超越，一种温暖，一种包容，如同故乡。

这个时节是不会下雪的。但现在雪花落下，翩跹轻灵，好似一群群飞舞的凤尾大蝶，忽闪落下，亲吻土地和人畜的睫毛、额头。

我向来喜欢雪，因为它对于我来说是暖的象征，温柔如母亲之手，轻轻将世界覆盖，有着一个无比完整丰盛的内心，然后融化，预示着新生。而现在，我的面前漫天飞舞的雪花竟然皆是赤红色！它们涌动着，覆盖在升腾而起的浓烟之上，覆盖在烈火中轰然倒塌的房舍之上，覆盖在层层叠叠的尸体之上。

黄牛部被灭族了。

三四万部众包括牛马牲畜在内，被屠戮殆尽。

东罗木马孜严格地执行着黎弥加的旨意——一个不留！

战争结束后，他派人仔细搜索战场，将所有的尸体堆积在一起，纵火焚烧。然后，在他的强令之下，白甲禁卫将黄牛部的驻地团团包围，不断缩小包围圈，一路屠杀。男人、女人，老人、孩子，凡是活物尽皆抹去。

一个被生硬抹去的部落，它的消失如同一场梦魇。这梦魇像是地脉深处喷薄而出的岩浆，将整个世界吞噬，发出巨大的爆裂声，灼热而窒息……

“将军，这世上，从此之后再也没有黄牛部了，都死了！”赤危哭道。

赤危，他们没有死，他们在我们的心里还活着。他们将借着阳光和云烟，前往俄摩隆仁的峰顶，我们迟早会见到他们。那时我们依然亲如兄弟。

我累了，身心俱疲。

我曾经几个月合甲而眠，几日几夜不睡，都没有这么疲惫。我转身离开这片赤雪覆盖的地方，远远走开，坐在一处小山坡上独自静处。然后，我看到赤危领着一支队伍急匆匆赶来，他们的身后跟着一群人，一群蓬头垢面，脸上失去生气的人群，像是被世界遗忘。那是最后剩下的黄牛部人。

两个孩子被带到我的面前。

“我们在后山的岩洞里搜出了他们，这是最后一拨。”赤危不忍心地道，“将军，如何处置，请你定夺。”

他没有将这些人交给东罗木马孜而是交给我。我看着那两个孩子，看着他们身后的神山俄摩隆仁。

这时，月亮爬上来。满天繁星，闪烁着，却又倏忽隐没在浮云之中，摇摇欲坠。尽头是俄摩隆仁的主峰，一半隐没在谜一样的云层之中。一座始终能够保持平衡、容纳和圣洁的山峰，超越于任何事物之上，旷日持久。这或许是它能够成为圣山的原因。

我蹲下身来，问他们叫什么名字。

“我叫次仁，他叫加布。”年纪稍大的孩子倔强地昂起头。

你们知道我是谁吗？

“知道，你是黎穆将军。头领说，你是我们黄牛部的恩人，是他最佩服的兄弟。”次仁道。

但我今天领兵屠了你们的部落，你们难道不恨我吗？

“不恨。头领说了，这是天神的决定，和你无关。”

我不知如何和他们交流。两个七八岁的孩子，穿着破烂不堪的羊羔皮，瘦小的身体在夜风中瑟瑟发抖，双手被反绑在身后，满脸的灰土，即便是面对周围明晃晃的刀枪，表情也极为平静。他们的身后是三四百黄牛部的族人，大多都是老弱妇孺。黄牛部最后的仅存的骨血。

马蹄声响，东罗木马孜带着卫兵飞过来。

“这应该是最后的一群了吧？”他跳下马，满意地看着这群人，挥挥手，示意让卫兵将其带走。

“总管大人，这是我捕获的，按照规矩是我的战果，你无权带走。”赤危拦住他们，然后笑道，“只有将军才能定夺。”

“一群没用的无赖！这种事情还须将军操心吗？王上说过黄牛部不留活物，斩了！”东罗木马孜裹着厚厚的雪豹皮衣，毫不客气地说道。

他搬出了黎弥加的旨意，周围一片寂静。没有人会挑战黎弥加的权威。

东罗木马孜得意地笑了：“王上要一个不留，那就要一个不留！”

“慢着！”赤危走到次仁和加布跟前，护住了他们。

“赤危，难道你想造反吗？”东罗木马孜威胁道。

赤危笑了笑：“王上的话，我自然会听，但王妃的话，我也要听。这是王妃让我们带过来的。”

赛玛噶？

我微微睁开了一下眼睛，看着赤危。

赤危朝我点了点头。

她在哪里？

赤危指了指对面，在那边的山岗上，在熊熊光焰的映照下，我看到了面对黄牛部废墟跪倒拨动念珠的赛玛噶。她大声地口诵经文，用她自己的方式，在为那些亡灵超度，引着他们走向另一个世界。

“放肆！你们眼里难道只有一个逻萨女人而没有王上吗？！”东罗木

马孜愤怒地踹翻了赤危，抽出了白柄刀，大步来到那两个孩子跟前。

几乎出于本能的，身为次仁的哥哥把弟弟加布护在了自己的身后，而加布却固执地推开了哥哥，对着那白柄刀昂起了头。

“小狼崽子！”东罗木马孜的刀锋高高扬起，在即将落下的时候，被我架住。

“将军！”他瞪着我，却在我的愤怒凝视之下，低下了脑袋。

两个孩子明亮的眸子盯着我，有着超乎年龄的平静。他们的面容很相似，额头高而开阔，脸庞皴裂，青黄饥瘦，皮肤粗糙，枯黄的辫子盘在头上。

他们知道，今日恐怕难免一死。次仁解开自己的辫子跪下，向我低头，露出细细的脖颈。这个动作我很熟悉，是黄牛部人请死的动作。

“有玛垂大湖一般博爱胸怀的将军，我知道我们死路一条。请斩杀我，只求饶了我的弟弟。”次仁将自己的额头磕在了我的皮靴上。

“不，将军，我们自幼无父无母，哥哥将我养大，愿斩我，留哥哥一命！”加布以膝代步，匍匐在火光之中。他们不是讨饶，而是宁愿为对方而死。他们交给了我一个选择。这选择，让我无地自容。

看着脚下两颗幼小的头颅，我忽然觉得，跪在面前的这对兄弟，便是黎弥加和我。曾经的我们，也是如此。

宇宙这么大，星辰斗转，一切都如云烟般运动，有着独特的轨迹。时间，空间，都在虚幻变形，相对独立却又相互融合。在这纠葛之中，谁又能说这两个孩子，不是另一个世界中的黎弥加和我呢。

我们最终面对的将是一个怎样的世界，又将去往一个怎样的世界？

我命令周围的人，将黄牛部最后的这几百老弱妇孺悉数释放。

我搂着次仁和加布，告诉他们：离开这里，走得远远的，永远不要回来，寻找一个没有战争、没有杀戮、没有痛苦的地方活着，看着日升日落，生子，死去。这便是我对这两兄弟唯一的要求。

赤危终于笑了。

东罗木马孜愤怒地看着我，但他知道凭他的力量是不可能阻止我。捆绑在次仁和加布身上的绳子被割断，还有他们的那些族人。这群人纷纷跪倒在地向我磕头，然后扶老携幼离开。

他们每走几步就要回头看一看。那是他们世代居住的地方，此刻已经成为一片火海，他们亲人的尸体在大火中化为灰烬，赤红色的雪花一层层覆盖在他们身后……

死的人已经死去了，你们还活着，保重。我在心里对他们说。

“你不怕你的哥哥会怪罪吗？毕竟你公然违背了他的王命。”赛玛噶和我并肩站在土坡上目送这群人消失在夜雾里。

我笑。

怕。赛玛噶，我怎么会不怕呢？

不过如果那两个孩子换成黎弥加和我，我们也会做出同样的举动，愿意以自己的死，换取对方生存下去的机会。

赛玛噶，我们无法掌控现在，也无法掌控未来，更多的时候我们无言以对。起码我不会为此后悔。

黄牛部被灭族的消息如同高空上飞过的灰头雁，瞬间传遍了整个雪域。原本三心二意的附属部落迅速改变了立场，纷纷派出使者来到穹窿银，发下毒誓永无二心。穹窿银灯火通明，狂欢达旦。

回来之后，我就再也没去见黎弥加，甚至连盛大的庆功宴都没有出席。我只是回到我的屋子里，关上门，躺下来闭上眼睛，试图可以安睡。有些人不想再见，就如同某些地方不想再去。

我知道裂缝已经出现在我和黎弥加之间，并且开始慢慢延伸、扩大，或许最后会成为一个终结的印记。但是我希望那是在我或者他离开这个世界之后。

和兴高采烈的出云人不同，从热桑杰那里得知，黎弥加对于这次胜利并没有太多的高兴或是称赞。他把自己关进王宫里，有时愧疚、有时消沉、有时愤怒、反复无常。

我熟悉这个哥哥。这次战争，他不在乎所有人的想法，唯一希望得到的是来自逻萨的消息，来自那个自己最为强大的对手——弗夜坚赞的反应。

他以雷霆般的血腥手段灭了黄牛部一族，在他看来如同狠狠打了弗夜坚赞一个耳光，毕竟他坚信黄牛部的反叛和昭日天汗脱不了干系。

他觉得这一次狠狠羞辱了对手，他渴望弗夜坚赞暴跳如雷或者战战兢兢，他渴望看到逻萨城派来使者，胆战心惊地跪在他脚下示弱。但自始至终，逻萨人没有任何的举动，仿佛这事情根本没有发生一般。这让黎弥加感到了羞辱。

他瞬间变得怒不可遏，将怒火发泄到臣下身上，搞得身边人整日心惊肉跳。他就是这样的一个人，丝毫不会掩饰自己的内心，直接单纯，赤裸裸。他和我，某种程度上说，在性格上是两个截然相反的极致。

我想起十五岁那年，我和黎弥加一起在神山俄摩隆仁下修行。那是每个出云王室的男子在即将成年之前必须要做的功课。严寒的冬季，在冰冷寂寞的山洞里，面对苍茫天地，面对高天远山，磨炼自己的意志，看清楚自己该如何存活。

那个洞窟有着悠久的历史，相传是祖师辛绕修行的地方，其后世代出云王室成员都在其中度过了一个个漫长的冬季。

洞穴的墙壁上有幅古老的壁画。刻着一枚开在雪中的并蒂雪莲，同一根茎上生出两个硕大花朵，一个灿然怒放，另一个却隐匿其后。历经千年，两朵花就开在岩壁之上，肃穆庄严。我和黎弥加常常并肩而立，长久地凝视着那两朵花。

“这盛放的一朵，太过灿烂，太过刚硬，注定会迅速凋零，如同我。而这隐匿的一朵，内敛敏感，有着庞大的内心世界，便是你。”他昂脸看着，神情认真。

黎弥加说过的话，很久之后我才明白。他像一把坚利的战刀，从来不懂得任何妥协，随意前刺，所以最大的可能便是砰然折断。而这是我最为担心的。

但我知道，我的话已经不像以前，他根本不会听进去。我很少踏足穹隆银城，即便是去，也是去黑宫。

偶尔我会去看赛玛噶，看她种植她的花木，看她和那只黑猫嬉戏，看

着她赤着双足熟睡，一边闪动着长长的睫毛一边喃喃呓语，或者看她对着佛像双膝跪地轻声吟诵经文。在她那里会让我的世界变得格外静谧。

这一日，我经过草海。草甸上，野花开得姹紫嫣红，雪域上的花并不硕大，甚至有些零零散散，但或许因为环境恶劣，遇到好时节便格外卖力，开得粲若云霞。没有女人不喜欢花，赛玛噶也是如此。我采上大大的一束去看她。

走到黑宫门前，眼前的景象让我微微一愣。门口有很多人，侍女、侍卫堆簇着，阵势浩大。

“将军。”见是我，他们躬身施礼。我认得这些人，是婷夏的随从。

她来这里干什么？带着巨大的疑问和不安，我快步进入院落。却见一片花木里，两个女人坐着喝茶，面带微笑，见我来皆是一愣。

许久不见，婷夏依然是那般模样，不过明显清瘦了许多。她站起来，看着我，看着我手中的那束花微微一笑。

“这花好美，给我的吧？”赛玛噶跳跃着来到我跟前，背着双手，微微晃动着身体，目光闪动调皮地笑。

我点头。

“我拿进去，王后今日送我一个花瓶正好用上。”她接过花，像一只麻雀飞进寝宫。

婷夏的脸色瞬间变得苍白。

“你还好？”她道。

好。你呢？

“我也好。”

我尴尬地笑，转脸看着赛玛噶的方向。

“花很好看。”她说。

我点头。

“像你以前采来送给我的那些。”她说。

我转移话题：你怎么会来这里？

她笑：“我怎么就不能来这里？你害怕我会为难她？”

不是，你不是那样的人。

她看了一眼寝宫的窗口，赛玛噶小心翼翼地在花瓶中灌水，将那些花儿插进去。黑色的墙，黑色的窗，因为有了那束花，终于变得不再沉重，多了一丝生气。

她很苦。我如此告诉婷夏。

“难道我就不苦吗？”她昂起头看着我，目光湿润。

王嫂，王兄最近如何？

“你尽可以自己去问他。”婷夏呆呆地看着赛玛噶，看着因为一束花笑容灿烂的赛玛噶，喃喃道，“她是个好姑娘。”

我点头。

“她说她喜欢你。”她转脸看我。

我想告诉她，喜欢和爱不是两回事儿，但终没说出口。

“你……你爱她吗？”她终于艰难地问了这个问题，目光盯着我。

我不忍看，昂头看天，看天上的流云。

然后，我点头。

婷夏的身躯剧烈晃了晃，脸色蜡白如纸，终于落下泪来。

“我……知道了。”

照顾好王兄，他只爱你一个人。现在是他最艰难的时候，他的路远比我要凶险。我如此告诉婷夏。

“那是我的事，与你无关。”她转身，从我面前走掉。

我看着那背影，突然失魂落魄，仿佛内心的世界骤然空出巨大的一块来。

“王后怎么走了？”赛玛噶出来，疑惑地问我。

她有事。我转过脸，对着赛玛噶挤出笑容。

赛玛噶意味深长地看着我：“她似乎很伤心。”

赛玛噶，伤心只是短暂的。两个人伤心，总比三人好。

她没说话，拉着我坐下来，给我倒上茶。

我们就这么面对面呆坐着。

“你知道吗，刚才我拜托了王后一件事。”她昂起头。

什么事。

“我想搬出黑宫，在穹隆银城下的草海里扎下大帐。”她笑道。

黎弥加不会同意的。

“所以我拜托王后呀。”她笑着，神情骤然又低落起来，垂着头道，“王上心里只有她。”

我笑：看来这院落里，伤心的不止我一个人。

她爱黎弥加的影和光，也领教了这个男人的不驯和无情。她曾经幻想过一个崭新的生活，所以无比坚持，竭力争取，但最终在黄牛部的烈火中被灼烧得面目全非。

爱情常常和幸福无关，和浪漫无关，更多的时候它仿佛是饥饿的兽，露出森森的长牙，将两个人撕得血肉模糊。这痛苦或将延绵一生，无有终止。

土林。高大的白树长出花朵，红色的花瓣层层叠叠，簇拥成海，繁复艳丽。绿色的蔓藤仿佛地下涌出的绿色泉水，肆意占领覆盖枯木、动物的骨头和石块。溪水从山上流下，遍布新生水草，偶尔有褐色的雄壮公鹿自溪上一跃而过，诡异而美丽的长角，划过一道优美的弧线。

寒冬过去，被压抑已久的世界终于要释放出令人惊畏的生命力。

赛玛噶的红色大帐就扎在花海水流之间，安宁而荒凉。赛玛噶搬出黑宫的请求，被黎弥加一口拒绝，但因为是婷夏的请求，他最后还是答应。

消息传来，赛玛噶高兴又落寞。

第二日她就搬出了穹隆银，栖身在这草海。她时常坐在山坡上，呆呆地看着面前的花，看着穹隆银城，看着最高处的那间宫殿——黎弥加的居所。

我知道，她的内心和我一样，也空了一块。但花开草长，终究是件好事。

我们所有人，喜欢看某些风景，更多的时候只不过是因为对那时看风景的心情念念不忘。就像我们喜欢过的食物，常常是小时候吃过的东西。

赛玛噶的大帐立起来后，我经常去看她。带她去草海的深处，去看那些密密麻麻的花，那些微不足道但让人感到异常温暖的花。我们常常并排躺倒在花海里看着天空，相互谈着自己心底的事。有些事，除了彼此之外，我们从未对别人说过。

她说："我幼时看见过养在窗口的一种花。栽在小小的盆里，有着细细的叶片，瘦微脆弱，好像随时都可能折断。

"那时我还是个女孩，喜欢所有芳香的东西。哥哥命人在楼下的花园里种满了繁花。那些花来自各地，盛开得秩序井然，昌盛有余。那盆花却是唯一让我挂念的。它没有香，也不美，寂静骄矜，与世隔绝让人内心晴朗。

"我每日清晨早起，浇上雪水，夜晚看护，常常在旁边睡着。梦见它开出无数巨大的白色花朵，风吹，片片落下，缤纷如雨。我在花雨里走，看见前方一个身影，面目不清，却不知是谁，但能够感到安全。我跟随他不说话，可他发现我后让我原地等待，手势强硬，甚至愤怒。我站在那里，看见他一点点走进花雨里，身影很快消失不见。

"那个梦中的男子，我从未看清过他的脸，但他的身影，在花雨中让我觉得安全。他好像是一个引路者带着我，却又不许我靠近。我想如果我追上他，肯定会爱上他。即便是在梦里。

"哥哥说，那花与其他花截然不同，它只开在高山雪海之中，从来不会在盆中存活。它不属于这个世界。我固执地守护，一如既往，不断做着那个梦，内心欢喜。直到有一天清晨醒来，闻见淡淡的清香。盆中的植物，微小的身躯绽放出硕大的两个花朵来，圣洁沉默。窗外开始下雪，天地苍茫一片模糊不清。

"那花叫雪莲！"

她枕着双臂，笑容灿烂。

赛玛噶，在我们出云人看来，雪莲花开是个好兆头，预示着圆满，预示着爱。

"我没有那么多的讲究，我只是喜欢。不会问清原因。"她转过身，侧躺着看着我。我们距离很近，几乎面对面，可以感受到对方的呼吸。

"穆，哥哥前两日派人来。"她说。

我的心骤然一惊，翻身坐起。

她笑："你别慌张，没有什么阴谋诡计。哥哥这次派人送来信，只有一句话，让我和黎弥加生儿育女。他说这是他的命令。"

我苦笑。

赛玛噶，这是无能为力的事，黎弥加只想和婷夏生下属于他们的孩子。

赛玛噶点头：“你知道我爱这个男人，却不晓得如何共处。美好的东西，珍贵的东西大多都是脆弱的，碰一碰就碎掉。这不是我一个人的事情。亦不是任何人的错。就像你说的那个寓言，我们每一个人都是卡在瓶子里的鹅，被卡死在时光的缝隙之中永远无法出来。这处境，我已看清，只能承担。如同我背后的这个随时可以夺去性命的肿块一般，不断膨胀，终有一天会飞出蝴蝶。但是，穆，女人的爱向来比男人固执。即便知道面前是场雪崩，也会静静留下来坐以待毙。这就是我的爱。”

我比画着告诉她：黎弥加不可能和你有更深的发展，他的性格我很了解。

她笑，深吸一口气：“穆，我不会和黎弥加生儿育女即便是他愿意。我爱他，现在已变成我一人的事情。以前我是昆蕃公主，如今是出云王妃，是一个维系两个王国关系的工具。但最终我只是一个过客。这是确定无疑的事情。”

我被她说得内心剧痛，不知该如何安慰她。

赛玛噶，我想知道那盆雪莲最后的结果。

“死掉了。开出花朵之后，它就耗尽了全部的力量，迅速枯萎死掉。我把它埋在窗下，再也没有梦见那个花雨中的背影。穆，偶尔我会想念那个梦里从来看不清楚面容的男人。”

赛玛噶，其实有段时间，我也经常梦到花。不是这些小的野花，是成片成片的花树。生长在幽谷中的花树，铺展着散发着蓬勃生机。在梦里，只有我一个人。一个人面对着充斥天地的花，面对着死寂的世界，面对着升腾起的云烟。置身其中，我能看到那些花在头顶绽放，发出清脆的声响。我听到有人在哭，有人在笑，有人在我耳边说着我听不懂的话。在梦里，我恐慌惧怕，夺路而逃，就像一只仓皇的迷路的小兽。

醒来，衣衫常常被冷汗浸湿。阔大的寝宫里只有我一个人。我缩在角落，抱着白狼拉杰哭。后来，我把这个梦讲给穹布听，穹布告诉我那不是梦，那就是我的人生。

赛玛噶，穹布的那个语言说得没错，这世界不过是放大了的瓶子，我们每个人都是卡在里面的鹅。我找不到放那鹅出来却又不打碎瓶子的办法。

“那我们就一直行走！”赛玛噶笑，“不停歇，穿过那些花林，穿过那幽谷，爬上那些高峰，然后我们就会看清楚这个世界。”

我笑。

赛玛噶，你有没有想过，即便是我们身心疲惫、褴褛不堪地穿过花林、幽谷，爬上高峰，展现在我们眼前的会不会依然是另一片花林、幽谷和更高的山峰？

赛玛噶不再说话。

她咬紧嘴唇倔强地道：“那我依然会走下去，在梦里跟着那个看不清面容的男人走下去，直到我追上他。”

你梦里的那个男人说不定只不过是个幻影。

“但在梦里他就是我的世界。”她笑，“就像在这里的黎弥加。”

我突然想问她一个自己很久想问的问题。

赛玛噶，如果有一天，出云和昆蕃两军对垒一决雌雄，黎弥加和你的哥哥以死相搏，两者只有一个能够活下来，你会站到哪一边？

她沉默，神情黯然。

这个问题，我想在她的内心是个禁忌地带，也是她无法想象、无法抉择的难题。

她看着我，嘴巴微张，开始呆坐起来。

我有些不好意思，觉得让她为难。赛玛噶，你可以不回答。

“不！”她摇头，“实际上从我在来穹隆银的路上，我一直在想这个问题。穆，这是你关心的问题，也是我纠结的问题。我一直回避它，但今天我想可以告诉你。”

我昂起头，全神贯注听着，生怕遗漏她说的每一个字。

“我是昭日天汗唯一的妹妹，昆蕃是我的家，是我的国；黎弥加，是我的夫君，出云是我的家，亦是我的国。穆，我们女人和你们男人不同，你们男人自打生下来家国便已经注定。我的骨子里流着昆蕃的血，但我现在是出云王的女人，亦是出云人。倘若真有你说的那一天，有你说的那一刻，我会站在黎弥加的身后，为他流尽我的血。除非……”说到这里，她转脸看了看穹隆银的高处。

我的心猛烈一抖。

赛玛噶，除非什么？

她闭上眼睛：“除非他彻底摧毁我的内心，摧毁我的爱，摧毁我作为出云人的资格！”

日头出来了，月亮还没落下，清光熠熠，呈现出一个纯净的世界。

林莽无声，花枝烂漫。金色的凤毛菊和香青散落、簇拥在高及人腰的橐吾丛中，瓣朵打开，轻微颤抖；雪白的托着长尾的白马鸡躲闪着漫步，这是一种从来不和人亲近的动物，敏感而脆弱；高达三十个牦牛尾的巨树，浓密的树冠挨挤着，遮挡住阳光，从枝丫间依稀可看见枝端结出的红色果穗；倪藤、省藤、小果紫薇盘折曲绕，挂满了丛丛的蕨苔和附生兰草，遮盖了所有的去路；叶大若扇的麒麟叶遮盖花冠红艳的苦苣苔，苍翠的高山栎树上，厚厚的苔藓储满雨水，吐纳出雾气；黄绿色的长松萝上，白色的蝶群游荡，转眼就消失不见。隐约有兽鸣传来，欢乐，愤怒，奔腾。生命在这里自成体系，和人无关。

这就是土林。我诞生在这里，诞生在这林莽之中，对这地方，天生就有接纳感。我的一生，如同这些植物，静默生长，有着自在的内里，笃定镇静，不为人知，也不愿人知。黎弥加和我不同。他生在高大温暖的寝殿中，生在象牙和黄金镶嵌的大床之上，不懂得世界的敏感和生命的细微处。他向来高高在上，习惯掌控，肆意而固执。

拉杰匍匐在地上，腹部雪白的皮毛在绿色的苔藓上一起一伏，它的安睡状如婴孩。它出生在出云血统最为纯正的巨狼之家，亦出生在这土林中，高贵和俗沉并存。它身上有我和黎弥加都不具备的品质。近乎完美。

“呜——”低沉哀长的法号声忽然响起，自穹窿银城远远传来，惊起林中飞鸟聒噪飞去。拉杰警觉地跳起，面对穹窿银方向低声咆哮着，骚动不安。

这声音，让我的一颗心蓦地一沉。

法号声响，不是出征，便是行刑。黄牛部的讨伐结束后，短期之内不可能有战争。若是行刑，如此多的法号齐鸣，那将是怎样的一场斩杀？！

我急忙上马，奔腾而去。路上遇到老帅热桑杰，问他也摇头不知，一脸茫然。

“将军，虽不知为何，但看样子是出大事了。这么多的法号，行刑的人数一定不少！”热桑杰颤抖道。

黎弥加要杀人，而且要杀这么多的人，为何我一点儿都不知道？

“将军，我们赶紧去看个究竟，再晚恐怕就来不及了。”热桑杰急道，“你我都不知晓，看来王上是不愿意让我们看到。”

穹窿银刑场，此刻已经成为一片肃杀之地。天空阴沉，厚厚的黑云涌动，其中隐隐有雷声轰隆隆传来。

高高的石山之上，无数秃鹫在空中嘶唳欢叫，等待一场丰盛之宴。黎弥加的大鹏鸟王旗迎风招展，白甲禁卫几乎布满山头。

我和热桑杰飞奔闯入，跳下战马，跑入刑场。但见里面出云的将军、法师、各部落头人云集，气氛压抑而紧张。

黎弥加高居王座，脸色沉凝，令我吃惊的是在他的王座旁，我看见了赛玛噶和逻萨的使者噶尔金赞，他们脸上同样带着疑惑的神情。

我出现在大帐之下，所有人都看着我，目光复杂。这让我迅速意识到这场行刑，极有可能和我有关。

黎弥加看到我，有些意外。

“他怎么回来？不是告诉你们，不要通知他的吗？”黎弥加指着我，对身边的侍卫道。

“王上，我们没有通知将军，至于他……”侍卫紧张地满头大汗。

我走上前告诉黎弥加，这不关别人的事。

“穆，你回去吧。我不想让你看到接下来的事。”他凑过来，低声而愤怒地在我耳边道：“你让我很失望。”

我愣住，问黎弥加到底怎么回事。

黎弥加没有理我，冷冷地看着我，又看了看赛玛噶和逻萨使者，站起身，冲着外面大喝了一声：“带进来！”

甲胄声响，哀号声起，几百名身着红衣戴着恶鬼面具的侩子手走进来，每个人一手拎着鬼头弯刀，一手推搡着一名人犯，鱼贯而入。

几百名人犯，反绑双手，被踹倒在沙尘之中。最前方跪着的两个孩童，垂着头默然无语。那是次仁和加布！

愤怒之火腾然而起，我恶狠狠地瞪着黎弥加身旁的东罗木马孜，这事情若不是他告发，黎弥加不会知道。

“将军，我……”东罗木马孜眯着他的小眼睛，讪笑着走过来，欲要争辩，被我一拳打翻在地。

“够了！”黎弥加揪住我的衣领，一把将我拽了过来。

我们离得极近，几乎贴面而立，他脸上的肌肉在颤抖，双目喷火。

“这是你的错！”黎弥加低低地如同恶狼一样咆哮。

我告诉他，我没错！

“你想让我怎么做？！我能怎么做？！”黎弥加在笑，那笑容却让人不寒而栗，“黄牛部必须灭族，方可换来出云安宁！而你，我最爱的弟弟，竟公然违背出云王的命令！你私放这些人，让千千万万出云人怎么看我？！你让那些逻萨人怎么看我？！”

黎弥加瞄了一眼赛玛噶和逻萨使者，双手传来的力量，几乎让我窒息。

我明白他内心的痛苦，最亲爱、最信任的弟弟背叛他的痛苦，所以他才会在这样的场合，当着逻萨人和出云人的面，斩杀黄牛部最后的根血，以保住他的尊严，保住出云的尊严！

黎弥加，你有你的选择，我有我的选择。

我推开黎弥加，走到次仁和加布跟前，搂着这两个孩子，泪水夺眶而出。

黎弥加！还记得寒冷的岩洞中两个相依为命的孩子吗？！还记得多年来生死与共的那对兄弟吗？！记得我们在逃亡、追杀之中，宁愿自己死去也要让对方存活的举动吗？如今，那时的你我就站在你的面前！这一对兄弟，为了对方活下去，甘心牺牲自己的性命，这和曾经的我们没有任何不同！

黄牛部死了几万人已经够了！今天你若斩杀了他们，就斩断了我们之间的所有亲情！而我永远不会原谅你！

当着所有人的面，我一边哭一边愤怒地比画着。至于黎弥加，他看着我，咬牙切齿，脸色苍白，热泪倏然而下。

“穆，我没得选择！”他深吸一口气，昂起了头。

他决心已下，不容更改。我看到了他说这句话的时候，转动了他手指上的那枚铁环。这么多年来，他一旦决定的事情，不管何人劝阻，他都会去做。但我依然想做最后一搏，做最后的努力！

为了那几百条人命，为了一个部落最后的根血，为了我和黎弥加内心深处最紧密的不可割舍的那份情感！

面对黎弥加，我双膝跪地！接着缓缓地将头盔取下，同时双手奉上了自己的白柄刀。

“将军！”周围一片惊呼，热桑杰扑上来，想要拉起我，被我推开。因为所有人都知道，这是出云标准的死谏礼仪。

所谓的死谏一旦采纳，自然万事皆好，但如遭拒绝，谏者只有死。因为面对王上取下自己的头盔，奉上自己的战刀，是对君者的侮辱，更是对出云的亵渎。

“好！我最爱的弟弟竟然向我死谏！”黎弥加大笑，一边笑一面抹去脸上的泪水。他伤心欲绝。

自他登上王位，死谏的人并不多，这种形式只能表示做王上的昏庸和无能。如今在众目睽睽之下，尤其是在逻萨使者的面前，他唯一的弟弟，竟然以这种形式来对待他，在他看来是最大的羞辱。

他愤怒着大步走过来，一脚踢飞了我的白柄刀：“你的死谏，我不接受！这些人必须死！因为他们是背叛者！来人，把他给我拿下关起来！”

白甲禁卫冲上，将我拧翻在地。

“王上！”热桑杰等一帮朝臣，呼啦啦跪倒一地。

“王上，使不得呀！不能关押将军呀！老臣愿以自己的脑袋，为将军，为这几百条人命赎罪！王上，这些都是老弱妇孺呀！”热桑杰摘掉盔甲，

须发皆白的脑袋在石头上磕得鲜血直流。

“够了！都给我住嘴！”黎弥加一声厉呼，四周一片死寂，只能听到哗啦啦的风声。静默中，黎弥加决然转过身去，对着刽子手，缓缓举起了手臂。

同时举起的还有那几百把鬼头刀！

“黎弥加！”赛玛噶像母豹一样站起来，站在一群男人面前。

我想阻止她，但脸面被摁在尘土之中，双手被拧住无法表达。

笨女人呀！这样的场合顶撞他，你知道后果吗？

“黎弥加，战争是你们男人的事情，和女人老人无关，和孩子更无关系。你面前的是一对生死相依的兄弟，是几百条性命！他们没有任何过错！我知道你这样做是给我哥哥看，但你若是个男人，就不应该对着手无寸铁的妇孺动刀子，你可以带着你的大军，踏平逻萨，砍了我哥哥的脑袋！”赛玛噶毫无惧色，她知道面对的是毁灭烈焰，可依然阔步向前。

“黎弥加，很多年前，在战场上看到你的第一眼，我就知晓自己已经无可救药！在我眼里你是个英雄，我爱你的勇猛，爱你的雄浑！这爱，折磨我，吞噬我，可我无可奈何！谁让我爱上了你！但我决不爱你的莽撞，不爱你的嗜杀！现在我不是昭日天汗的妹妹，也不是你的王妃，我就是一个女人，我向你哀求，我求你，放过这些无辜的人！”

生性倔强独立的赛玛噶，说完这些话弯曲她的身体，重重跪下！没有人比我更清楚这一跪对于言行寡淡的赛玛噶来说意味着什么。

在一个对自己丝毫没有情感的挚爱面前，在所有出云人面前，在逻萨使者面前，她放弃了自己的所有尊严，将自己仅有的一点儿可怜的自尊碾碎在无数人的目光之下。对于她来说，这比杀了她还难受。但，那么倔强的她竟然就这么跪下了。

我相信，她从未求过人！

我的心在痛！仿佛有无数利爪撕扯我的五脏六腑，我喘不过气来。

刑场鸦雀无声，所有人看着黎弥加铁铸一样岿然不动的背影，看着那只高高举起的手臂。

“免除黎穆兽军统领将军一职，关入天牢！免去赛玛噶王妃尊号贬为

庶人，赶出穹隆银地界！”黎弥加冷冷地说出这句话后，那只高昂的手臂骤然落下！

噗——

几百把鬼头刀，整齐利索地在空中划出一道道弧线，几百颗人头落地，鲜血飞溅，一切归于寂静！高空盘旋已久的秃鹫，快乐地鸣叫着，急速坠下，享受着他们的血肉盛宴。

看着那几百具分离的尸体，看着那两个倒在血泊中的孩子，我瘫坐在地。

“黎弥加！我诅咒你，我诅咒你的帝国，我诅咒你们所有人！即便我成了鬼！”赛玛噶跌跌撞撞地扑向黎弥加，她撕心裂肺的声音在我耳中迅速消失不见，周围一切归于死一般的沉寂。

接着我便失去知觉。

第八章

相伴红尘

梦里，我赤身裸体走过一片寂静森林。两旁的火树开出红花，没有鸟鸣，没有兽语，云烟笼罩，看不清前路，也看不清归途。霰雪自高空落下，絮如白羽，覆盖在脚印，遂成一个死寥的秘境。

忽而有法号声传来，隐约沉重，月亮升起，月亮落下，不知岁月流转，不知生死。

刀子一样的冷风剐过身体，身体奇寒，忽而又落雨。我在大雨中奔跑，看见萤火点点。荧光落在地上，燃起星星火苗，那火苗迅速成长，满林的花朵褪去，整个森林遂被火焰吞没，灰烬飞扬。火焰如同大海波涛一样汹涌而至，听见身体毛发烧焦的声响，听见骨头碎裂的声响，方才的奇寒转为酷热，痛不欲生。

父王的黄金王冠在火中融为金水。大蛇盘踞其上，吐起长信，双目赤红。有白鸟落下，生着颀长的翅膀和玉石一样的喙，它在火焰中飞舞，鸣叫，和那大蛇争斗，旋又飞去。

其后所有幻象皆消失不见，大火之中，留下一只大瓶，里面空空荡荡，毫无一物。

我听见有人唤我的名字，那声音变形，扭曲，遥远，起起伏伏，缥缈不定。

我醒来时，眼前黑暗如墨，感觉有人坐在旁边，粗壮的手臂死死地搂着我。缭乱粗密的长发，仿佛蔓藤一般垂落下来，盖住了我的脸，从中散发出太阳的味道。有泪水滴落下，打在我的手上，些许温柔。

那人发现我醒来，轻轻放我躺下，起身离开。铁门打开时发出尖锐的生锈金属声响。他在门口停了停，发出一声长叹，慢慢走远。

我知道，那是黎弥加。

出云天牢，位于穹窿银城最高处的悬崖峭壁之上，终年被云雾浸没，潮湿，寒冷，黑暗，进去的人很难再出来。

我不知道自己在此昏迷了多久，也不知晓黎弥加守护了我多少日夜，所慰藉的是这黑暗反而让我感到异常平静。

这囚禁如同一次殊遇，让我进入一个没有任何束缚的境遇之中。每日在暗中听着水溅冷石，听着蛇鼠扭缠，听着风声回转，整个世界只有我一人，感觉妙不可言。

黑暗中，我觉得自己好似一艘渡船，从此地驶向彼岸，望见锐利的闪电撕裂夜空，眼前豁然开朗。我知道自己的一颗心死了。

热桑杰来看我，他的老脸在火把中闪烁，头发竟已全白。

老帅，你怎么来了，你不该来。

热桑杰笑着摇头："我现在不是什么老帅了，我被王上连降三级，不过是个普通的将军。现在整个出云的军政大权，皆由东罗木马孜那个双头狐狸掌管，他的手下不仅贴身伺候着王上，他的爪牙更是深入到了出云的所有军中。"

看着热桑杰那张苍老憔悴的脸，我不知该如何安慰他。

老帅，告诉我外面的事吧。

热桑杰长叹一声，点了点头。

两个多月来，我第一次知晓外界的纷扰——我竟然在此两个月了！

那场行刑之后，黎弥加命人将几百颗人头交给逻萨使者送给弗夜坚赞。他以这种方式赤裸裸地表达着对雪域雄狮的示威和挑衅。与此同时，黎弥加调集 60 万大军集结于两国交界。

出云人厉兵秣马，等待着和逻萨人的决战，大军集结，白衣如雪。整个高原风声鹤唳，战云密布。出云附属各部落人心惶惶，惴惴不安，逻萨人朝野震动，不论是百姓还是朝臣，愤怒地要求他们的昭日天汗开战，消

灭黎弥加这个暴君的呼声遍布朝野。而逻萨王城，始终没有任何的过激举动。弗夜坚赞只是命人将那几百颗人头隆重埋葬，亲自主持举办了一个庄严浩大的葬礼祭奠，之后便再无音信。

他一向坚毅、刚正，拥有着强烈的自尊心，被黎弥加这般公然羞辱，却能够一忍再忍。面对朝野的呼声，面对全体逻萨人的拥护，面对整个雪域各部族的道义上的支持，他竟然纹丝不动！没有人能够理解他，他始终是一个谜，笼罩在云雾之中。

只有我清楚，弗夜坚赞，有着极大的忍耐和冷静，没有必胜的把握，他绝对不会出手，他在磨砺牙齿，他在等待时机。

黎弥加，就如同一只愚蠢的熊，亮出他的肌肉，摧毁林木，向着对手高声怒吼，得到的却是弗夜坚赞的蔑视！他灭掉黄牛部，杀掉黄牛部最后的骨血，没有激怒弗夜坚赞和他决战，反而是将自己推到了道义的对立面，让弗夜坚赞赢得了人心。

和我的判断一样，黎弥加精心准备与昆蕃人之间的大战并没有爆发，原本斗志昂扬的出云军队在苦苦等待了一个月之后，偃旗息鼓，雪域平息。风尘吹去刑场上的污血，一切归于虚空。

出云军队的无功而返，显然让黎弥加感到受到了羞辱。在和昭日天汗的较量中，他是个失败者。

“穆，你是王上唯一的弟弟，也是出云人心目中仁慈坚毅的将军。两个多月的天牢，惩罚已足够。”热桑杰抚摸着我的脸，露出大颗的洁白的牙齿，“实际上，王上这两个月来一直都很痛苦，他担心你，心底依然记挂着你。从战场上回来没日没夜地守着你！

“我想这段时间以来王上也会慢慢平息怒火，一个人静静想想这件事。我猜他似乎也意识到了自己的错误，所以才会派我来。人人都说黎弥加和黎穆是出云的并蒂雪莲，一旦分开了，就会枯萎。恶狼还在，出云却像我一样已经衰老，再也不能失去保命的手脚。”

我问热桑杰，赛玛噶怎么了。

“王上废除了她的王妃尊号，贬为庶人，赶出穹隆银地界，并在土林外

划地，让她在那里悔过。不过赛玛噶提出自己愿往玛垂湖畔立帐，远离王都。”热桑杰长叹一口气，“可怜的女人，她无过错，只错在生于昆蕃人家，错在她是弗夜坚赞的妹妹。”

我笑了。这就是赛玛噶，她注定不属于出云，穹窿银对她来说，是一个用爱打造而成的巨大囚笼。如今，她终可以冲破一切，放下，像格桑花一样在野外自由绽放。

不管她对于黎弥加的爱成为仇恨还是诅咒。她已经在路上。

“穆，王上希望你能写下悔过书，承认失行，就可重回王宫。你终究是他的弟弟，是他内心的依靠。出云离不开你。”热桑杰诚挚地笑。

我告诉热桑杰，在刑场之上，当那几百条人命逝去，当那一对如同当年我与黎弥加一般的兄弟被他斩杀，黎弥加失去的不仅仅是一个爱他的女人，还有他的弟弟。热桑杰，黎弥加斩断了我和他内心深处最亲密的联系，斩断了我们之间的最血肉相连的感情。我不会写下悔过书，我现在不是出云王的弟弟，不是出云的将军。如果王上还能善待我，那么就放我出穹窿银，让我成为一个修行者，或者是普通的牧羊人。这，算是我最后的请求。

热桑杰不敢相信我的这些话。但他知道我决心已下，无法劝服我，只能转身离去。热桑杰走后，我大颗大颗的泪珠从脸颊滚下，心如刀绞。

黎弥加，我们总是在经历很多事情之后，才会发现内心真正需要的东西。这一刻，我听到一朵莲花在灵魂深处绽放的声响，那声响纯粹且美好。

它是我内心的真相。

三日后，婷夏来。

除了带来精致的食物，她还带来了洁白的山茶。

我知道她为什么会来。黎弥加知道，我不会不听婷夏的话。这是他最后的王牌了。但婷夏的话，却出乎我的意料。

“和他无关，他是绝对不可能抛下自尊让我来劝你的。我来是自己的意愿。”她坐在我对面，坐在昏暗的灯光下淡淡一笑。

“穆，我们三个人，终于越走越远。”她说。

我沉默。

“这些日子他并不好过。我从未见过他这般仓皇无措，尤其是当热桑杰将你的要求回禀给他之后，他像孩子一样躲在自己的房间里哭。别人眼里他是王上，实际上他的内心脆弱如同这山茶，一场冰霜就会凋零。”

我转过脸。

“你真的决定做个牧羊人，离开穹隆银吗？”

是。我已经决定。

婷夏点头：“我不会劝你。你向来清醒自己的内心需要什么。你决定的事便去做，我支持。”

我看着她，皱起眉头。

她笑：“不要担心他。你走后还有我，我会全心全意照顾他。”

我愕然。

婷夏站起身，低头嗅那山茶：“我们三个人自小便纠缠在一起，其实早应该有个结果。这些年因为我，害得彼此都很痛苦。你说得没错，尽管我爱你，但我现在是黎弥加的王后，是出云的王后，我们之间终无可能。

“他是我的丈夫，一直爱着我，守护着我，竭尽全力。而长久以来，我的感情近乎自私。所以现在该我来守护他了。你可以放心离开。”她说完，转身离去。

在牢门时，她轻声道：“那个女子现在一定很苦，你去找她我也可放心。”

铁门被沉沉关上。

不知为何，我的心蓦地有些释然。内心深处多年的羁绊和心结这一刻好像迅速消去，尽管不是去解而是快刀斩断。

我知道婷夏会尽她所有的可能去说服黎弥加。但我不知道，黎弥加看到她的时候，会不会再一次落下泪来。

黎弥加一生唯一的女人是婷夏。对于她的要求，黎弥加几乎百依百顺，但和我相关的除外。这么多年来，凡是关于我的事，只要婷夏出口为我说话，他很少会答应。这个表面看上去勇猛的男人，其实是个小心眼。他不愿看到自己深爱的女人为另一个男人说话，尽管我是他的弟弟。这一次，我想

也不例外。

我去意已决。我的内心，便如同寒霜下的荒原，毫无生气，亦毫无留恋。

我做着一个又一个相同的梦。我梦见那两个被斩首的孩子，站在云烟里对我哭。那么伤心，那么绝望。他们的身后，站着整个黄牛部的族人，浑身是血。

对于黎弥加来说，那不过是一个背叛了的可耻部落，斩杀他们是为了维护出云的尊严，但于我而言，他斩断了我内心深处对他的最根本的情感维系。

我不知道黎弥加最后会不会放我走，但我明白即便是留我在这穹隆银，自己也不过是一具行尸走肉。

黎弥加来了。

他在外面咆哮的声音将我从梦中吵醒。沉重的牢门被野蛮地推开，明亮的火把将牢狱照得如同白昼。

他披头散发，一身酒气地站在我面前，双目圆整，喷着怒火。

我被吓了一跳。

我从来没有见过他如此愤怒的模样，好像要吃人。

“摘掉他的锁铐，让他滚！滚得越远越好！”他大叫道。

禁卫们冲过来摘去我的锁链。

我呆呆地站起来看着他，不知道发生了什么事情。以我对于他的了解，他绝对不可能就这么放了我。

“把他身上的这些东西扒了！他要做个牧羊人，那就让他做！这身上的软甲、战袍，属于我们出云的将军，不是一个卑微的牧羊人！”他指着我，命令士兵将我身上的衣物全部脱掉，然后扔给我一件破旧的羊皮袄。

我对着他，比画着：你真的放我走？

“滚！赶紧滚！我一刻也不想看到你，一刻也不想看到你那张脸！”

我苦笑。

看来，你还是最终听了婷夏的劝告。

看着我的手势，黎弥加突然暴怒冲过来，一把捏住我的脖子，让我几乎窒息。

因为愤怒，他脖子上、额头上的血管条条涨起，五官扭曲：“不要跟我提那个女人！不要提她的名字！贱人！可恨！可恶！”

黎弥加从来没有这么骂过婷夏，我心里蓦地一惊。

怎么了？我问他。

“怎么了？你竟然问我怎么了？你难道不知道吗？她难道没有告诉过你？！”

我不明白你说的是什么。

“好！那我就告诉你！”黎弥加挥了挥手，周围的闲杂人等全部退去，偌大的牢房，只剩下我们两个。

“一直以来，我最大的愿望就是能和她有自己的孩子，不管是男孩还是女孩！我要让他成为出云的王！”他低着头，脸上似哭还笑。

我点头。这个我知道。

“你知道个屁！”他狠狠地瞪着我，“我们婚后这么多年，我没日没夜地在她身上折腾，可她的肚子却如同寒冬里的冻土一样，没有任何的消息，你难道不知道为什么吗？！”

黎弥加，这是你们的事，和我无关！我怒道。

他突然笑了，伤心地笑:“怎么可能和你没关系！她求我放你走，为此事，我们争吵起来，终于她告诉了我！”

“这么些年，我们没有孩子，不是因为我或者她的身体有问题，而是……而是她一直偷偷喝下禁药，不愿怀孕，不愿为我生下孩子！这个你知道吗？！”

我呆若木鸡。

这……怎么可能？

“这是事实！她亲口说的！不要说这事与你无关，她这么做完全是因为她爱你！”

黎弥加慢慢蹲下身来，抱着头号啕大哭：“我一生最大的依靠便是你们俩！可结果呢，我深爱的女人，竟然干出如此勾当！我唯一的弟弟竟然背叛我！这都是报应！”

我走过去，要拉起他，想要安慰他，却被他一把推开。

他指着牢门，疯子一样：“滚！滚出穹隆银，做你的牧羊人去！出云离开你，还是出云，我黎弥加离开你依然是黎弥加！滚！”

我站在原地目瞪口呆，手足无措。

黎弥加大呼一声，侍卫们冲进来，押着我出去。

我转过脸，看见黎弥加跌坐在地上，背对着我哭得万分伤心，背影透着绝望。我知道，这地方，我再也无法待下去，即便是我想留下来。

……

离开穹窿银城之前，我去见穹布。

我已经失去了黎弥加，失去了婷夏。穹布是这个大城中我最后的牵挂。人的一生如同荒野上的牧人，牵挂的是身后的牧群，常常要在长途跋涉之后才发现，跟随身后的羊马已寥寥无几。牵挂的人亦是如此。

我在穹窿银从一个婴孩长成一个男子，它仿佛一个巨大的容器，储存了我所有的时光和记忆，也同时将我牢牢囚禁其中。

黎弥加答应我以一个普通的出云人的身份离开，并且亲自写了诏书。诏书下来之后，他再也没有见我一面。

我一直固执而坚定地走着我的路，前行默言。现在终于走到路的尽头，尽管是一种我无法接受的方式。不管我还是黎弥加，再无法像从前那样面对。我们都已无路可退。

摇摇晃晃地走上通往山巅的那条曲折难登的路，一路上，我泪水不断。当那件土房子出现在眼前的时候，我已经没有任何的力气。

窗口上，穹布的法帽落满了尘土，谁也不会认出这会是出云帝国国师无比尊贵身份的象征。而在这破损的法帽旁边，一枚土罐中，一簇瘦小的野株却绽放出艳红的花朵来。花不大，也不绚烂，昭示着新生和安定。

穹布躺在羊皮袄里，剧烈喘息着，脸色苍白，消瘦得好似骷髅。他的生命，到了岌岌可危的地步，如同耗尽的灯盏，随时都可能在风中熄灭。

我告诉他我要离开，离开穹隆银，也许再也不会回来。

“你要离开？”穹布靠在我的身上，气喘吁吁，十分惊讶。

我点头。

“为什么？”

我将与此相关的事简单告诉他。

“难怪了。”他叹了口气，“以王上的性格，做出这样的决定很正常。婷夏这个傻丫头，为什么要告诉他这样的事！不过，穆，现在你不该离开。”

他拍着我的肩膀，双目善良：“现在这是出云的多事之秋呀，你在出云这座屹立千年的大殿，始终都有一根撑起它的巨大梁柱，你走了，这梁柱……”

穹布，不是还有你吗？你德高望重，黎弥加会听你的。

穹布笑：“他的确多少还会听我的，谁让我是条熬过无数年月的老狗呢。但阿穆，我这条老狗也快走完我的路了。我的时间已所剩无多。”

你已经过了90，但能活到100岁。我比画着。

“100岁？别开玩笑了。”穹布决然摇头，“我自己的事情我清楚得很，我的日子就如同风中残烛，随时都会熄灭。”

我沉默。

“这几日，我做了一个梦。”穹布瘦如朽木的干枯手指，颤巍巍地指向了窗外，指向了俄摩隆仁的方向，“我梦见自己化成了一只白色牦牛，在俄摩隆仁下的原野上奔跑。一只健壮的白牦牛四蹄如飞，几乎在飞翔。日月同时升起，光亮铺展在面前延伸成一条光明大道，那大道直通俄摩隆仁峰顶。我就在那光路中前行。那些经年笼罩的云烟在我面前终于散开，雄壮的俄摩隆仁峰干干净净地矗立在蓝天之下闪烁出圣洁白光。那时我无心无想，脑目通明接近终极。

“每个人都有每个人的路，或者曲折或者平坦，有时在腥风血雨中涉行；有时旷野无人，只能一人面对满空的庞大星宿。穆，你的路和王上不同，和我亦迥异。你要走，有你的足够理由。我也明白你的决定完全出于你的内心。我只愿你能平安。我只想提醒你，不管任何时候都不要忘记，你是一个出云人，你的哥哥是黎弥加。无论在何种境地，他永远都爱着你。”

我明白。穹布，还记得你给我出的那个难题吗？

“记得，那可是一个无法解开的难题呢。”

鹅在瓶子里长大禁锢，瓶子是珍贵的，不允许打破。但若鹅救不出来便会卡死其中。

穹布，太多的人绞尽脑汁想那解救的办法，而实际上那鹅本来就置身于瓶外。我们总是太过执着，总是行色匆匆，极少停留。从未换一种眼光重新看待，不懂放下，所以会觉得困在其中。事实上每人的灵魂，都是野地里的花籽，可以在遥远的地方开出花来。

我们在尘世里沉沦挣扎，这尘世就像是一个巨大的瓶子。我们带着近乎顽固的执着，执着地去爱一个人，执着地去做一件事，用尽我们的一生，痛苦而悲伤。但我们永远都不懂站得远一点儿，再站远一点儿，只需要离得足够远，我们就能够看清楚这世界的真相，就能够看到那些让我们执着、沉沦、挣扎的事终将是过眼云烟。若看不开只有死路一条。

穹布，这就是我的答案。

穹布抓住我的手，身体剧烈颤抖。他在急促的呼吸。他颤颤巍巍地站起来，拿起窗口上那个满是尘土的法帽戴在头上。然后艰难地面对我弯下身子，郑重行了一个叩拜大礼。我急忙扶他起来，却被他阻止。

这个瘦小的老头此刻看着我，带着巨大的欣慰，也带着巨大的解脱。

“穆，你是否知道这是所有修行者最后要面对的终极难题。它曾经困扰了我五十年，无数人一生都未参透。我在这世界经历了太多，这一遭旅途，我一直做的只是面对种种关联，关于人的，关于事的，关乎灵魂，关乎一个庞大的冰冷世界。这万千关联的核心便是这个难题。

“穆，我们的一生就在这条路上走，固执向前如同飞蛾扑火，灵魂在烈焰中灼痛，辗转，破碎，直至重生。每个人都如此。这也是你的道路，其中的艰险远超于我。但你能够看明白便足够好。这条路我已经没有时间了，无法再完善它，你将继续我未走的路，而我的使命已尽，可安心投身那云烟之中。

“我不知道这会不会是我们最后一面。如果是，我们不需要道别，不管生死，我们都会知道对方的存在。我不会跟你说再见，我们一定会有重新相聚的时间和地点。所以，向前看，一直走，珍重！”

穹布，我和你不一样。你已看透，我却有太多羁绊。

“关于爱吗？”他问。

是。我看见他和她，一对世间男女，两个于我最重要的人各自伤痛。但我明白我离去之后，他们终究会安和相处，我的离去是最好的结局。

与之相比，另一个女人，她和他之间却仿佛两条缠绕的蛇，今世彼此伤害，利齿和毒牙啃虐对方，永无期限。这爱如鲜艳毒药，外表光鲜亮丽，饮下痛彻的灵魂。所以我要去照顾她。

穹布，我不明白爱到底是什么东西。我所见的只是它带来的痛苦和巨大磨难。倘若爱便是如此，我宁愿这世间无爱，日夜颠倒。

“我们爱或者不爱，不是为了温暖抑或伤害。我们只是为了印证。”

印证什么？

“印证我们的存在。好像花开了又谢。”

我笑。

“婷夏和王上之间，如你所说，所有的羁绊和伤痛，随着你的离开会慢慢愈合。但赛玛噶和王上之间却更复杂，也更难以参透。”

穹布，我一直在想，若是赛玛噶的爱从未存在过。就像露水，太阳出来就消失多好。

穹布笑了。

“将赛玛噶的爱从她记忆里抹去并不难，法术也可以做到。不过一旦施法赛玛噶将再也认不出自己的爱人，两个人即便咫尺也形同陌路。由此产生的灵魂上的塌陷会让人在暗里迷途，如同镜子落下，坠落破碎，无法成形。你想过吗？”

我不关心这个，我只希望她不会再痛苦。我怕她已时日无多。

“那个胎记，的确是法术难以解决的。可怜的赛玛噶。”穹布摇头。

所以我想，在她最后的时光里，让这折磨她的爱消失，让她安心离去。

穹布凝视着我，然后点了点头。但很快，他笑了。

“穆，这不单单是你一个人的事情，这牵扯到许多人，需要慎重思考。

你想清楚，便可来找我。但愿那时我还活着。”

很普通的一个黄昏，我离开了穹隆银城。那一天风很大呼啸而过，漫天都是火烧云。我不愿意有人来送我，所以没有告诉任何人。

骑上战马，带上白狼拉杰，逆着归家的人流出城。当城门在我身后关上，发出沉重的闷响的时候，我的心突然空了。

在山下勒马，我昂头一点一点观察着这座城，这座被云霞和狂风笼罩的大城。我看着其中的每一处建筑，看着高高竖起在顶端的出云大旗，看着大旗上空漫天飞舞的大鹏鸟，听着它们的叫声响彻云霄。

我终于落下泪来。

掉转马头毅然转过身，我一路向东将这座大城抛在身后，将过往抛在身后，将曾经羁绊我的所有人和事抛在身后。那一刻，我只希望所有人都好。

我在荒野上游荡，没有人认识我。白日我在山川、河流、草原上游走，饿了就找到牧民的帐篷寻口吃的，渴了就趴在水边如同一只兽伸长脖子饮水。没有了闪着寒光的战甲，没有了周身挂满宝物装饰的贵族长袍，我只是个牧羊人，普通的出云百姓。我像一只关在笼子里的鹰，找到了属于自己的天空，自由自在。

一路上，我都在打听赛玛噶的消息。我只知道她在玛垂大湖的附近，但圣湖这么大，想找到她的帐篷绝非易事。

一个月之后，我来到了一片土地。

玛垂、拉昂两湖，一东一西，相隔极近。湖水却一甜一苦。出云人的传说中，有龙神居于两湖底部相连的水道之中，溺水而亡的生灵，罪孽深重的被罚往拉昂错受煎熬之苦，反之则送往玛垂。经由湖心的冥道，抵达俄摩隆仁，于云烟中永享安宁。

我在两湖周围询问，所有人都摇头。他们从来没听说这里有什么王妃，而觉得我是个疯子。

这样的寻找，直到有一天开始下雪。我冻得全身僵硬，在昏暗中行走，昏昏沉沉。然后我竟然听到歌声，虚无缥缈的歌声在耳边响起。那像是另

外一个世界的响声引诱着我前往。

我下马，一步步走向湖心，任凭雨水一点点淹没我的身体。接着，在最后的生死时刻，我突然看到对面的岸上遥遥地矗立着一座大帐！那是赛玛噶的大帐，悬挂着一面破旧的雪狮旗帜立在湖边。

我清醒过来，欣喜地爬上岸骑上马奔过去。

夜。大雪。月下是洁白的世界。

雪下得很好。微光照出一片朦胧清澈的天地。有星斗硕大如金毛菊，半空中打着瞌睡，摇摇欲坠；风中有新鲜的湖水和泥土的味道；兽群在远处徘徊；岸边的湖水开始结冻，发出清脆的声响；鸟儿落上，白色的大鸟，双腿颀长，彼此靠近，鸣叫着，亲昵无间。

一人，一马，一狼，这就是我的全部，却让我觉得自己站在了世界的中心。拉杰奔跑跳跃，马前马后回转撒欢儿，踏雪而去，纯白的毛发在月光下隐隐透出蓝色。它似乎能够感受到我的内心，欢快无比。属于自然的生灵，无法在人类中存活太久。这一刻，它听见苍茫原野吐纳呼吸的声响，坦然自处，怡然自得。

赛玛噶的黑猫出现在湖边的大石上。通体墨色，隐藏在暗中，唯独那双眼，明亮闪烁。它和拉杰有着本质的不同，始终不沾染人的气息，独来独往。冷静缥缈，神秘得仿佛鬼魄。

见到它拉杰发出愉悦的低嚎，凑过去玩闹扑腾。两只动物已经谙熟，它们之间没有秘密，没有纠葛，只有火花点亮后发出的光芒。

大风呼啸，天寒地冻，那座大帐孤零零地矗立着。没有欢声笑语，外面也没有篝火和人群，里头灯火昏暗，在巨大的天地映衬下如此渺小，微不足道。这么长时间以来，赛玛噶便在这荒凉之地停留。仿佛一树桃花，在荆棘丛生、血肉横飞后，带着残生的血斑，自开自落。她的生死，已无人问津。

来到帐篷前，我跳下马去，哆嗦着。听到马嘶，里头有侍女跑过来，面带惊恐。看到我，她们惊叫着扑过来，抓住我。这些女子我都认识，是赛玛噶当初带过来的陪嫁女佣。

几个人，面有菜色，身上衣衫单薄，头发凌乱，但见到我很激动。

“将军，公主病了，已昏迷七日！”她们焦急地领我进帐。

帐篷里寒冷无比。风吹篷毡啪啪巨响，火炉中大块的木材发出爆声，熊熊火光映衬其后那尊佛像慈祥的笑脸，却依然没有觉得暖和。

我环顾周围，空空荡荡，不光没有吃食，连取暖的木材都快用尽。大床之上，赛玛噶卧在一堆肮脏的毛皮之中。她蜷缩成胎婴的形状瑟瑟发抖，呼吸若有若无。她唯一不变的，是那淡然坚韧的表情。即便是昏迷，她也微微皱起眉头，面色平静。

我比画着，问那些侍女，怎么会变成这样。

侍女落泪：“被赶出穹隆银的时候，公主就伤心欲绝，不断吐血。东罗木马孜手下的侍卫押着我们来到这里，一路上他们掠夺公主和我们身上的财物，然后扬长而去。到了这里，物资匮乏，公主不得不领着我们自讨活路，用私藏下来的不多的珠宝、头钗和绿松石换取他们的牛羊，但即便如此，也根本不够吃……”

王上不是有令尽管赛玛噶被贬为庶人，但生活的物资不断绝吗？

面对我的问答，侍女垂泪：“皆被那些侍卫私吞。公主原本就病发，寒风冷雨之下饥寒交迫，病情加重，终于倒下。如今已昏迷七日。”

为什么不叫医士？这附近的堡垒驻军中就有。

“侍卫拒绝，我们也没有任何办法。将军请救救公主！”

我在床上躺下来侧身而卧，将赛玛噶拥入怀中，紧紧挨着她。赛玛噶的额头像炭火一样滚烫，嘴里发出含混不清的呓语，听不清具体内容，却分明在做一个激烈的噩梦。我轻轻在她耳边呼唤她的名字。她突然钻过来，如同寻找安全庇护的孩子，双手死死搂住我的脖子，那么用劲，几乎让我窒息。这一刻，始终保持冷硬的女子终于坦露出脆弱和柔和。

我轻轻掀开覆盖在她身上的毛皮。衣毡之下，她背上那巨大肿块已经全面溃烂，隐藏在她身体之内的黑色瘟疫终于全面爆发，流出黄色血水，散发出一股辛酸刺鼻味道。这味道仿佛无数坚韧长丝，集结，盘绕，将她全面包裹其中，做成一个茧，逐渐隔绝生命气息。

这不是我认识的赛玛噶，而是一个即将死去的可怜小兽。那一刻，我的心在颤抖，紧紧抱住她。叫那些侍卫来！

“将军，这么晚了，他们不可能来。我们之前叫过，都被打了。”侍女绝望道。

我坐在床边，握着赛玛噶的手，柔软无力的小手，然后指了指拉杰，让侍女们带它一同前往。

在出云，没有人不认识拉杰。它的出现，意味着我的到来。侍女们不敢怠慢，急忙出去。

“别离开我……别离开我。我……我怕……”赛玛噶低低地呻吟着，痛苦不堪。

望着那张洁白的脸，我低下头来，在她的额头轻轻一吻。

我想告诉她我不会走，也许一生都将如此。

外面传来马蹄声，接着是侍卫们的怒吼，然后是皮鞭声，还有侍女们的惨叫。

“人呢？！人在哪里？”侍卫叫道。

“在帐篷里，将军在帐篷里。”

他们进来。一个个穿得温暖无比，满脸通红，带着酒气。

见到我，尽管有些惊讶，但他们昂着头，没有一个人对我表现出任何敬意。

叫医士来！我发出命令。

为首的卫长表情冷漠，他看着我笑，“这个女人现在不是王妃，只是被贬的庶人，没有资格享受出云军中的医士。”

我愤怒地告诉他，这是我的命令。

“黎穆！别忘了你的身份！你现在不是将军，只是个背叛出云的牧羊人！我可以杀了你，就像杀一条狗！”卫长狰狞道。

他们是东罗木马孜的手下，定然不会把此时的我放在眼里。我起身，缓缓走到他面前，然后单手扼住他的咽喉，从身后抽出白柄刀！

这世界上，并不是每一个人都不怕死的。东罗木马孜的手下和他本人没有什么本质的不同。当我的白柄刀架在他们的脖颈上，当拉杰咆哮着竖起鬃毛朝他们露出血盆大口的时候，他们全都屈服。

一骑快马绝尘而去，夜半，一支骑兵抵临。

领兵在前的是尼洛威尔雅，他是出云东北边境的统帅，是当地部落的王，也是和我关系极好的战友。

“将军？你怎么会在这里？”见到我，尼洛威尔雅十分惊讶，翻身下马快步来到我面前弯腰施礼。

我已经不是什么将军，我现在只不过是个普通的出云百姓。我只希望你，能够救救她。

尼洛威尔雅看了看赛玛噶，走到跟前，解开她身上的毛毡，骤然一惊。

“叫医士来，不！叫我的王医来！快！”

卫长走过来，怒道：“尼洛威尔雅，这个女人已经被贬成庶人，东罗木马孜总管临来时特别命令，任凭这女人自生自灭，你此举岂不是没有把总管大人和王上放在眼里？！”

尼洛威尔雅冷笑着，走到卫长身边，手中的皮鞭骤然抽下。卫长惨叫一声。

“东罗木马孜？他算什么东西？！这是我的地盘，他若有异议，让他来找我！叫我的王医！”

……

玛垂湖畔，灯火通明。

尼洛威尔雅的护卫队不断，搬来新的帐篷、食物、厚毯以及日常用具。大帐里面，十几位医士出出进进，法师的鼓声响彻夜色。

我和尼洛威尔雅坐在岸边，面对着浩大的湖面喝酒。

“我听闻她被贬到玛垂大湖周围，但没想到在这里。东罗木马孜的手下看来是刻意不让我知道，否则绝不会发生这样的事。”尼洛威尔雅低声道。

这不怪你。我告诉他。

“将军，你为什么会来到这里？”

我笑笑，转脸看着帐篷。

尼洛威尔雅顺着我的目光，仿佛明白了什么。他笑。

“将军，都说你和她走得极近，还听说连他的哥哥对你都赞叹有加……”

传言，都是传言。

“不。”向来聪慧的尼洛威尔雅露出笑容，“我和你这么多年，从未见你为一个人如此焦急过。看来你真的是爱上了她。”

尼洛威尔雅，我爱的是谁，你知道。

“那是以前。”尼洛威尔雅摇摇头，“而且谁都知道那是不可能的事，你和她之间不会有结果，她毕竟是你的嫂子。”

那我也不会爱上赛玛噶。

“不会吗？”尼洛威尔雅笑。

尼洛威尔雅，这不符合常理。

“将军，你的内心我都能看得出来，可你自己没发现而已。”尼洛威尔雅昂头看着天空，“她是个很好的姑娘，可惜要是个出云女人就好了。”

昆蕃女人怎么了？昆蕃女人就不能拥有爱情了？我愤怒起来。

尼洛威尔雅哈哈大笑：“你瞧你急的，我说对了，你的确已经爱上她。”

他说的是真的吗？

“将军，我真搞不明白，这个女人将会给出云带来运气还是灾祸？”尼洛威尔雅的声音突然低沉起来。

什么意思？

“因为她，你放走了黄牛部的人，因为她，你惹怒了王上被赶出来。你离开穹隆银之后，听说王上和王后尽管有过激烈争吵，但最终还是平息下来。王上依然像以前那般爱着王后，而王后据说再也没有去看过山茶。”尼洛威尔雅看着我，意味深长，“这是出云的幸运。”

穹布说得不错，不管黎弥加多么愤怒，他最终还是会接受婷夏，随着我的离开他们会逐渐趋向平和。我想起婷夏跟我说过的话，她说我不在她会照顾黎弥加。

“至于灾祸……”说到这里，尼洛威尔雅脸色沉凝，“那日在刑场的情形，

逻萨使者都看在眼里，所以回去将所有事情原封不动地向弗夜坚赞禀告。听闻自己的妹妹被如此对待、羞辱，还被罢免了王妃之位贬为庶人并赶出穹隆银，他极为愤怒，听说当场拍裂书案，要起兵前来，后来噶尔金赞等人的极力劝服才勉强平息怒火。

“因为赛玛噶，弗夜坚赞怒火滔天，整个昆蕃更是群情激奋。这段日子我收到情报，昆蕃军队调动频繁，各路探马齐出，肯定要有大动作。”

他要开战吗？

“不知道。”尼洛威尔雅眯着眼睛，“弗夜坚赞是个谨慎的人，没有必胜的把握绝对不会出手，出云现在的军力远远超过他们。若是开战，逻萨没有胜利的可能。但赛玛噶是他最爱的妹妹，因为她，弗夜坚赞的冷静和谨慎就难说了。”

我沉默起来。

“所以现在边境十分紧张，我的人马已经全部调动起来。”尼洛威尔雅笑道，“否则这么天寒地冻我也不会出现在这里。不过我最担心的是东罗木马孜。这家伙就是个双头狐狸，一直暗地里和逻萨使者交好。”

应该不会的。他的家族世代忠于出云，他如今在出云更是一人之下万人之上，不可能会背叛穹隆银。

“那样最好。”尼洛威尔雅看了看我，“倒是将军你要格外小心他。”

我现在不过是个普通人，对他已经没有什么威胁。

“你杀了他的儿子。”尼洛威尔雅苦笑道，“这家伙有仇必报，不择手段。如今他不断打压和你交好的人，先是热桑杰，然后是你曾经的部下，说不定下一个就是你了。”

他明白我在黎弥加心中的分量，所以不会对我怎么样。至于你，尼洛威尔雅，你尽快返回你的驻军营地，不要再接近我和赛玛噶，否则他会以此为借口，给你安上谋反的罪名。

“我才不怕那个老狐狸！”

我怒了：尼洛威尔雅，出云处于多事之秋，你应该和热桑杰他们一起维护出云的安稳，任何的牺牲都不必要！

“我明白了将军。”尼洛威尔雅点了点头。

这时候，帐篷里突然传来赛玛噶侍女们的惊呼声。

“看来你爱的人醒了。”尼洛威尔雅站起身，看着我大笑。

……

在昏迷七日之后，赛玛噶醒了。

睁开眼的那一刻她看到我，抓住我的手，嘴角上扬，微微一笑。我们之间早已经有了默契，不需要说话就能够知道对方的心思。

尼洛威尔雅回去了，但留下了他的王医贴心照顾。几日之后，赛玛噶总算恢复了一丝生气。

雪停了，外面银装素裹。这是这一年的第一场雪。

目光所到之处是一片纯白的天地，遥远望去依然可以看见神山俄摩隆仁的主峰，而山下就是广袤的大湖。

赛玛噶让我把帐篷的门打开，和她一起看湖。她靠在我身上，抓住我的手，静静地看着天地，表情愉悦。

她说：“在梦里我走了一段长长的路。莽莽的云烟，遮住山，遮住水，遮住整个世界，垂天铺地。我在河岸，看见黑色的大鸟站在老石上；看见花开在眼睛里，发芽，生长，扎根在灵魂里，痛入骨髓；毒蛇处处，虫蛭横行。血水在河床上翻滚，漾起阵阵腥风；有雨落下，打在身上，皮肉腐蚀，躯体千疮百孔；看到巨雷轰然，鬼魂恸哭。朽木树林中，一只雪豹口衔一个婴孩一闪而没。那婴孩生着一张和我完全相同的脸，眼神愤怒。那一刻，觉得生存，是如此艰难。

“穆，我如溺在水中无法动弹，行将窒息。”

我安静地听着她说话，紧紧抱着她。

“梦里，我听到有人在敲鼓，咚，咚，咚，前一声即将消失之时，后一声接踵而至，无有终止。鼓声里，巨大的厮杀呐喊声自雾里传来，金铁交鸣，战马嘶嘶，哀号遍野，将云烟染红，仿佛无数火焰。忽又四下沉寂，寥落无息。有个男人远远站在前处，浑身是血，依然看不清脸，但是我知道他曾出现在我的梦中。

“那个曾经出现在我梦中的男人再次出现。我已经很长时间没有梦到过他。他依然离我很远，依然看不清他的脸。他依然不和我讲话。他向我招手，似乎示意我跟他而去。我赤着脚，边哭边跑。碎石刺穿脚板。荆棘拉开皮肉。我死死跟着，怕一不小心就再也找不到前行路。他引我穿过一座桥，忽然站住。站在一棵高树之下，看不到树冠的巨大高树，生出无数洁白花朵。风起花落，一片片落在他的身上。他终于又在我靠近之前，消失不见了。

“梦里，我看到烟散雾开，莽莽白野。一颗颗种子在地下涌动，挣扎着顶破土皮。它们在我眼前迅速生长，开出一朵朵深蓝色的鸢尾，花蕊细长。那花海无边无际，延伸到天地交汇处。它们蓬勃存留，大方端庄。它让我知道，一朵花开或许比人生更有意义。因为它本身不带任何的目的，只是生长，与周围的一切无关。我突然认出那花海，就是当初你陪我去看的那片。然后我就醒来。

“穆，那时我才知道，自我幼年就长久在我梦里引路的那身影不是别人。那是你！”

人的灵魂和湖泊没有不同。它平静或者翻滚，干涸抑或丰沛，都是它自己的事。只有它自己知道内里的深浅，苦涩或甘甜。比起玛垂大湖，赛玛噶更喜欢拉昂。一个苦涩窄小的湖泊，人畜不近，所以自由自在。

守着这方湖，我们看着湖水一点点结冰，逐渐向湖心延伸；深夜躺在帐篷中，听见冰面炸裂的声响，那声音清脆迅疾，仿佛伤口崩裂，带着干净利索的快意；风偶尔会大得惊人，会将帐篷彻底吹翻。两个人挣扎在风雪里，看着对方的眉毛、额角、脸颊、下巴粘住风霜烟尘，大笑。笑着笑着便又潸然泪下；游弋的狼群和野牛游荡在周围。它们对自然没有占有之心，它们属于自然，听命于自然。

阳光出来，我们起身打猎。追逐公鹿、灰熊、野驴。日头落下即归来。我把那猎物剥皮割肉洗净，烹煮。高挽衣袖，托露出一臂，双手沾满血污，动作熟练。我们更多的时候是靠在一起，仰望远处耸入云烟之中的俄摩隆仁。看着最末的一缕日光斜斜洒下，雪峰金黄圣洁，如同随时都会盛开的美丽

莲花。看着月亮出来，天地青黛，烟云流动漫卷、围裹、汇聚，与它们呼吸共存。

雪水融化时，我带来被遗弃的幼鸟。赛玛噶欣喜留下。洁白的幼鸟，一脚残疾，瘦弱蹒跚。她将它养在帐篷里并悉心照料，白日带着它挖掘新鲜的根茎草籽，晚上抱在一起睡觉。

夜半醒来，我望着身边熟睡的女子，望着她安静呼吸，将手伸进我的手心，微笑笃定，内心安慰便又睡去。世界在轻微颠倒变化。我不是出云王的弟弟、兽军统领，她不是昆蕃公主、出云王妃。拉昂湖畔只有一对平凡男女，不需任何人的介入，不需任何事的介入，昼夜厮守，恬淡度日。这种感觉如同缠绵的热恋却又彼此尊重，内心洞明，不问时间和未来。

有时也会发现赛玛噶对着旷野发呆。不管是昭日天汗还是黎弥加都是她内心无法愈合的伤口。这伤口表面上结了疤，一旦触碰就会崩裂。她注定要成为这样一个女子，好似一尊瓷器，晶莹，有种诡异的美，一道道裂纹分布其上，不能修补只能断裂。

因为黎弥加将赛玛噶赶出王宫，昭日天汗雷霆暴怒，两国边境大军集结，骚动不安，战云密布，大战一触即发。但很长一段时间，昆蕃军队又没有了任何的消息，一切恢复平静。

昭日天汗是个异常冷静、聪明的人，他拥有狼的超凡忍耐。出云虽然不复鼎盛时期的荣光，但可用的军队依然远远多于昆蕃。在紧张了两个月之后，双方各自撤兵，尼洛威尔雅等人纷纷松了一口气。至于黎弥加，关于他的消息断断续续传来，当然这些都是尼洛威尔雅口中所处。

“这段时间，出云附属各部落纷纷暴动，反叛部落陆陆续续竟有二十之多，我们出云立国以来这是未曾有的事。将军，如今出云四方混乱一片，让人不得不担心。”尼洛威尔雅跟我说这些话的时候眉头紧锁。

黎弥加呢，他干了什么？

“一开始，不过三五个部落叛乱，王上大怒，亲自帅大军平叛，所到之处皆屠之，寸草不留，绝不手软。本以为以如此雷霆手段定然能够震慑四方，想不到反叛的部落越来越多，让人分身乏术。王上逐渐心灰意懒，便将政务全权交给东罗木马孜，让他全权负责平叛。

“将军，如今除了东罗木马孜，他不信任任何人，即便是老帅热桑杰。他变得极易愤怒嗜杀，任何的微小细节都会让他的臣下在不明所以的情况下身首异处。

“原本集结在穹隆银城的大军不断开拔，开往前线，尽管朝政混乱，但我出云军魂仍在，所以战无不胜。尽管如此，损失也大，很多久经沙场的将士，再也没有回来。”

尼洛威尔雅，你不觉得这个时机，突然又这么多的附属部落叛乱，有些不寻常吗？

“将军，你怀疑是逻萨人捣的鬼？”

我摇头，转脸看着远处的赛玛噶。她抱着那只白色幼鸟，给它喂食，笑颜如花。

尼洛威尔雅，这件事情我不确定，但我觉得定然和昭日天汗有关。出云大乱，对他有极大的好处。

“将军，事实上我也是如此想。但现在我们已经没有任何办法。弗夜坚赞如今在雪域声名远扬，人们都尊他为太阳，昆蕃风头正劲，原本对出云忠心不贰的部落们，自从黄牛部一战之后皆有离心之相，此消彼长，所以……”

所以，还是看天神的意愿吧，但愿他不会抛弃出云。尼洛威尔雅，婷夏如何？

“王后很可怜，尽管王上已经原谅了她，但对她不像从前。王上的性格你了解，他爱一个人会用尽全力，但若让他失望，他比谁都冷酷。他很少踏足王后的寝宫，大部分的时间在白宫安寝。大量的女人从四面八方被羊群一样赶入他的寝殿，上好的烈酒流水一样送进送出，络绎不绝。他就如此在女人和酒水里麻痹，煎熬，失去理智。

“常常有人听见王上痛苦的号叫声从宫中传来，那声音犹如受伤的濒临死亡雄狼，孤立无援，躲在角落里舔舐汩汩流血的伤口，挣扎，嘶吼。相比于出云国的混乱，王后给他的打击更大。好在王后识得大体。王上不

理朝政，她便出面斡旋，要不是她在，东罗木马孜早就为所欲为了。但她的日子也相当难过。

“将军，王上已经不是当初的王上。失去了你，他就仿佛行尸走肉般。”尼洛威尔雅说。

是的，他已不是从前的黎弥加。但我亦不是从前的黎穆了。人会在瞬间变老，变得卑微，变得污泥一样低贱。毕竟人生即是如此，任何人无能为力。

爱，可以让两个陌路人走近，牵手，彼此变得圆满。也可让两个人相互撕扯，隔绝，苟且偷生，即便成为白骨，那痛苦还在，亘古不绝。

“将军，我听说王后已命人将后宫暖房中的山茶全部砍去，如今的她一颗心全部放在王上身上，这算是唯一的好事了。”尼洛威尔雅看着我，苦笑。

我亦笑。

这的确是件好事。我们的爱终于可以圆满落幕。

她终究是我的嫂子，回到了她应有的位置。

晚上，我将黎弥加的事情告诉赛玛噶。她正在宰杀一只壮牛，我说话的时候，她始终面无表情，但那双手不断颤抖，终于割伤了她自己。

赛玛噶，这是件好事。黎弥加永远不可能属于你，而且你也恨他。

“是的，我恨他，恨到骨子里。”她扔掉刀子，坐在地上大哭，“可是，穆，为何我听到关于他的一切还会心痛，还会难过？”

也许他将是你一生的伤疤。这伤疤，不会痊愈，只会突如其来地裂开，让你痛彻心扉。

“穆，能带我去俄摩隆仁一趟吗？”她恳求我。

为什么？

“我想去看一看你说的那云烟，我们所有人死后，都要投身其中的云烟。我想看一看那终点，就如同告别。”

我点头，转身出去。

但走了几步之后，我回身直直地盯着她。

赛玛噶捡起刀子，继续她的事：“怎么了？”

有个问题，我一直很想问你。

“你说。”她表情平静。

赛玛噶，如果可重新选择，你会不会再让自己爱上黎弥加？

“不会。”

为什么？

“他让我失去唯一的温暖，失去尊严，失去关于美好的所有想象！他就是我身体上的那肿块，除了溃灭别无其他。这爱让我生不如死。”

倘若有人能从你记忆中将这爱人连根抹去，你同意吗？

“为什么不同意？爱上他是我最大的错。”

我点了点头。

她困惑地看着我：“你为什么会说这样的话？”

我摇头。

“爱上一个人就像一张白纸，褶皱了，永远不可能回归当初的模样。爱无法抹去，也无法毁灭，它和死不同，人死了，肉身可以回归尘土，但爱不是，它会一直存在。”

我不与她争论，走出帐篷去看那大湖，还有天空中闪烁的星光。

或许赛玛噶说得对，爱无法抹去也无法毁灭。

第二日，太阳还没出我们便起身。骑上马，带上小小的行囊，一路向西。我要带她去看俄摩隆仁峰顶的云烟。因为她大病初愈，我们行路缓慢，从我们在拉昂大湖的帐篷到俄摩隆仁，来回大约需要二十天。只有我们两个人，没有带上她的侍女，我们不过是荒原上行走的一对普通男女。

她始终没能从对黎弥加的伤痛中恢复过来，我告诉她的那些消息，让她心痛。

一路上，不时有雨雪，有狼群，还会遇到抢劫的强盗。

出云四方战乱，和平早已不复存在。作奸犯科之徒趁机起事，三五成群，抢劫来往的落单之人，甚至杀人越货。我们碰到过不少，但这些人要不被我斩杀，要不丧命于拉杰之口。

赛玛噶的心情越来越沉重，很少跟我说话。

这一日，太阳快要落下的时候，我发现我们的食物已经全部吃光。

天色阴沉，厚黑的云层聚集着，晚上将有大雪。

“穆，我们要是冻死在这里，倘若有人发现我们，会不会认为我们是一对恋人？”她笑道。

也有可能觉得我们是兄妹。

“兄妹不可能这样两个人长途跋涉，也不可能这么亲密。”她笑。

赛玛噶，我们不会死的。看到前方的那个山谷了吗？

我指了指前方。两座山峦延伸而来，出现一个隐蔽的山谷，狭长而幽静。

“怎么了？”她问。

穿过山谷便是一个名为嘎鲁的部落，约有万余部众，我曾经驻军那里，认识他们的头人。我们晚上就在那里过夜。

“我现在只想有个大大的温暖的火堆，再来上半只煮好的肥羊，还要有酒！最烈的酒！”她舔着嘴唇。

我笑。

我们加快速度纵马飞驰，进入那山谷时，大雪开始落下。鹅毛般的大雪几乎瞬间淹没天地。

跑在前方的拉杰，忽然像感觉到了什么，跳上一块巨石昂头嚎叫。

“穆，你闻到了什么味道没有？好香！好像是在烤羊肉。”赛玛噶的肚子发出咕噜噜的响声。

我没有回答她。这味道，我曾经闻到过不止一次，它绝对不属于牛羊，而应该是属于人！

很快，山谷的尽头的路边，开始出现三三两两的尸体。这些尸体绝大部分附身趴在地上，背后插满了羽箭，头颅皆被砍去。

看到这些，赛玛噶脸色苍白，身体在马背上摇晃。

“这里发生过战争？！”她说。

我跳下来检查那些尸体。

赛玛噶，这些人死的时间并不长，顶多有两三日。

“到前面看看！”她狠命地用皮鞭抽马。

我们一前一后，穿出山谷，眼前的景象，让我们全都愣住。面前是地狱！

这个部落原本是那么的欢乐祥和。男人放牧，女人操持家务，老人们对着神山祈祷，孩子们在林地中欢呼雀跃。而现在，原本茂密的林子被火烧得面目全非，一顶顶帐篷被掀翻，被焚毁，男人的、女人的、孩子的尸体到处都是。他们被刀斩去头颅，被长矛刺穿身体钉在大车上，被飞箭射穿喉咙，尸积如山！

两三日之前，这里发生过一场屠杀。我和赛玛噶在黄牛部曾经见过几乎一模一样的场景。没有人甚至连牲畜都没有留下一头。一个万余人的部落，就如此凭空消失。

赛玛噶从马背上跌落下来，扶着一根摔跤的树桩剧烈呕吐。

我走入这屠场，查看那些尸体，心在滴血。这是出云的军队所为，先是包围，然后骑兵发动突袭，接着步兵合成一圈往里屠杀，干净利索。

“穆，为什么会这样，为什么要杀人？难道这些人不是出云的子民吗？”

是，曾经是，但他们背叛了。

“仅仅因为背叛，就要整族被屠戮吗？”

是的，你也看到了。实际上，如今和这个部落有着相同结局的还有很多。屠杀现在每时每刻都在上演。

“为什么？！你们出云人为什么要这样杀人？！你们是魔鬼吗？！”她愤怒地冲过来，揪住我的衣服。

赛玛噶，这是王命，军队别无选择，你以为他们下手的时候内心不会痛吗？！

“黎弥加！又是他！为什么又是他！难道一个黄牛部，不够吗？！”她使劲地捶打着我，咬牙切齿，仿佛我就是黎弥加。

赛玛噶，他亦别无选择。他是出云的王，一个部落叛乱，若不平叛，就会有十个，百个，最终整个出云会轰然倒塌。

“这是借口！他只想杀人！仅仅为了他那可悲的爱情，将怒火发泄在这些平民身上！他是魔鬼！”

赛玛噶，没人喜欢战争，没人喜欢屠杀！

我开始愤怒起来，双手抓住她的手臂，双目圆睁。原本的出云并不是这样。所到之处人人安居乐业，部族和睦，牛羊满山！

“那为什么现在会变成这样？”

战争，世俗的野心，生存！我如此告诉她。

“我不明白！”

赛玛噶，若不是昆蕃崛起，若不是两雄相争，这里依然是天堂！实际上这段时间出云四境骚动，很多部落举起叛旗，是因为昆蕃的暗中煽动。

赛玛噶，这地狱很大原因是因为你哥哥的怒火，他要消灭出云，他要消灭黎弥加。而这怒火与你有关。与你的爱有关。

“是我造成了这一切？”赛玛噶后退着，身体颤抖，看着血海尸山，绝望倒地。

她喃喃自语：“因为我吗？仅仅是因为我爱上了一个不该爱的人？”我走过去，紧紧把她拥入怀中。

赛玛噶，实际上这不应该怪任何人。你爱上黎弥加没有错，你的哥哥为了你对付出云没有错，黎弥加出兵平叛、屠杀同样没有错。

“那是谁的错？！这些人死了，整族的人死了，谁的错？”

我也不知道。

“穆，我不要这样的爱！若是能够重新选择，我不会爱上那个男人！倘若如此便不会发生这一切。”她说。

即便是你没有爱上过黎弥加，同样的事情还是可能会原封不动地上演。

“包括我和你吗？”

所有人。所有事。

她不再说话，离开我站在最高处，手持佛珠，为这些亡魂吟诵经文。大雪簌簌而下，覆盖这一切。

我们没有在这个山谷过夜，夜半的时候离开。

在去俄摩隆仁的路上，这样的场景又见到三四次。每一次赛玛噶都脸色苍白地为亡灵超度，神情逐渐变得坚定。

停停走走，这一日，俄摩隆仁就在眼前。转过一个山丘，我们听到喊杀声、

哭叫声。山下，十几个士兵在抢劫财物，他们掠夺牛羊，将主人砍翻在地。

这些人穿着银甲，刀影如霜。

是出云的士兵！

“穆！”赛玛噶的声音抖动着。

她说话的时候我已经纵马飞出。刀落，断肢横飞。士兵的头颅被我斩下，随即大乱。他们叫嚣着，冲过来，一番搏杀之后，皆横尸马下，只有一人仓皇逃窜。

捡起地上的弓箭，对着那逃跑的身影，我拉开弓。

赛玛噶拦住我：“算了，杀得已经够多了。”

那人逃去。

“你们出云的士兵什么时候变成了这样？和强盗一般！”赛玛噶道。

赛玛噶，这些人根本不配披上出云的白甲，他们是东罗木马孜的手下。我弯腰指着那些尸体身上的银甲，上面有东罗木马孜的双头狐狸纹饰。我站起来抬头看了看四周，一股不祥的预感涌上心头。

赛玛噶，我们必须赶快走。

“为什么？晚上在这里过夜不好吗？”

这里有东罗木马孜的私兵，说不定他就在附近。

“他难道要杀了你？”

以前他不敢，现在他会，因为我只是个普通的出云人。

“为什么？”

我杀了他唯一的儿子——那个临阵逃脱的家伙。

我们上马奔向俄摩隆仁山。抵达山脚时，对面的土丘上方，远远地出现了一匹马，接着是两匹，三匹……

一直到两三百人的队伍拦住了我们的去路。这些人穿着黑衣，手持长刀，呐喊着冲来。

赛玛噶有些惊慌：“我们遇到强盗了。”

我摇头。

那不是强盗。出云没有两三百人聚集的强盗，即便有，他们也不会手

持出云士兵的白柄刀。这是东罗木马孜的手下。

他们如此打扮为的是杀死我之后，即便是黎弥加追问下来，东罗木马孜可也以说我死于强盗之手，进而摆脱干系。

赛玛噶，你向山上跑，那里到处是修行的洞穴，逃到那里就安全了。

“你呢？”

我来挡住他们，我们不可能全部跑掉。

我抽出白柄刀，带着拉杰迎上去。

她骑马过来，和我并肩。

“要死就死在一起，否则活着我太寂寞。”她笑着说。

对方呼啸而来。长刀出，拼杀，鲜血飞溅！我在人群中往来穿梭，刀锋飞舞，终于找到久违的酣畅淋漓。三次冲锋终于撞开对方的围堵，带着赛玛噶奔向俄摩隆仁山。

“放箭！放箭！别让那个哑巴跑了！”身后的人尖叫着。

接着，听见羽箭飞来的锐利声音。转过脸去，漫天飞蝗！

我一手提起赛玛噶将她搂入怀中，同时俯下身体。

噗噗噗！后背传来闷响，箭头入体，痛入骨髓。我昏了过去。

第九章

一触即发

醒来，我发现躺在一个洞穴里，全身被包裹得严严实实。我还是没有死掉。赛玛噶守候在身旁，打着瞌睡。她身上同样有伤，但并无大碍。

我咳嗽一下，她抬起头。

“你终于醒了。”她笑。

我问她这是哪里。

“修行洞。法师的修行洞，他们救了你。”

你怎么会带着我来这里？

原来，我被射中后赛玛噶带着我一路狂奔，进入俄摩隆仁。

这座神山高耸入云，周围许多附属山峦中皆是密密麻麻的修行洞。昏迷中的我，神志不清地给她指路，来到这个地方。

这个洞穴，对我来说再熟悉不过了。

虽不巨大，但年代久远。墙壁上画着一层层的壁画，色彩鲜艳。这些壁画皆用矿物彩绘画就，所以即便是历经千年，也不会脱落褪色。对面的墙壁上，刻着一枝并蒂莲花。一朵绽放，一朵隐匿其后。

这是我和黎弥加幼时的修行洞，我们曾经一起在这里度过漫长的时光。我们曾经并肩站在这块墙壁下，迎着月光看那莲花。

我记得黎弥加搂着我的肩膀，指着它对我说：“穆，这绽放的一朵是我，隐匿的是你。”

如今这莲花还在，与以前没有任何的不同。但物是人非。

晚上，很好的月光。我带着赛玛噶走出洞穴。

在半山腰上，仰头就能看到璀璨的星空。这星空纯洁，浩大，群星闪烁，顿显人的渺小。

神山俄摩隆仁就在眼前，屹立于天地之间。它已经见证过太多太多的时光，接纳过太多太多的灵魂，阅尽世事沧桑，始终沉默不语。

“好美！”赛玛噶喃喃道。

这样的景色并不是所有人都能看到。所以它才被尊为神山。山顶即便是晴朗的夜，也会被云烟围裹。那云烟流动，升腾，变幻莫测。

“人死去之后，灵魂真的会前往那云烟之中吗？”赛玛噶又问我，表情认真。

我点头。

赛玛噶，我们出云人认为这里是宇宙的中心，是时间和空间的源头，它始终敞开胸怀，接纳众生。那云烟之中，便是世界的终极，灵魂的安息之所。传说，晴朗的白日或者午夜，若是运气好，我们就能够在那云烟之中看到自己的亲人、朋友，甚至是挚爱。

“若是看不到呢？”

看不到也没关系。人总归要死去，死去之后，我们和爱的人也能在云烟之中见到。

“一路上我们见到的那些被屠杀的人呢？他们死后也会投身其中吗？”

是的。他们现在就在那云烟里。

“穆，我终究还是难以忍受他们那样死去，难以忍受那样的屠杀此时此刻还在上演。”

赛玛噶，我也是如此，但我们毫无办法。她摇头，站起身，对着云烟低声祈祷。

完成这一切后，她转身面对着我。我看到她的脸上露出异常坚定的表情。

“穆，如果有可能，我会阻止这样的屠杀，阻止这战争，出云与昆蕃之间的战争。不管是哪一方胜利，我都希望这战争早点儿结束！”

我大惊。

赛玛噶，你要去劝黎弥加？

她笑："他根本不会再愿意见我，而我也早已明白不可能走近他，还谈什么劝服呢？"

我不明白她的意思。而她亦无意再向我解释。

她走过来挨着我坐下，双手托住下巴动情地看着山峰，终于睡着。然后外面传来风声。大雪再一次落下来。

我和赛玛噶被困在了俄摩隆仁。不是因为大雪封山，而是因为东罗木马孜的手下。一队一队乔装打扮的士兵，或三五成群或上百集结，进入俄摩隆仁的各处修行山窟，盘问搜寻，只为找到我的下落。

俄摩隆仁山上的修行洞，多如牛毛，谁也说不清楚多少年，一代一代的修行者凿窟而居，早已将此地建成了迷宫一般，除非有熟悉情况的人配合，否则若是从中寻找一个人，无异于大海捞针。

这些士兵，在长久搜寻找不到我的下落之后，开始对修行者下手。他们将那些修行的法师从洞窟中赶出来，逼问，拷打，但没人愿意吐露一字。这些平日绝大多数和我素未谋面的陌生人，这些一生不曾沾染过尘世污浊的参悟者们，即便知道我的下落，也断然不会告密。

他们相互暗地里取得联系，冒着极大的风险将我和赛玛噶顺利转移到各处，面对对方的屠刀，镇定自若。

"我们这些修行人早已经看透了人生，生死对于我们来说并没有什么不同。而你有责任阻止战争让千万百姓免于死亡的责任，万不能出现任何危险。"他们跟我说这样话的时候，表情淡然，微笑灿烂。

我和黎弥加幼年时，也曾经经历过这样的磨难。那时，情况比现在更糟。

父王被叛军谋害，我和黎弥加逃到俄摩隆仁来。叛军控制穹隆银城，疯狂搜索王室成员，屠杀父王的忠实臣下。整个出云和我有血缘关系的人几乎全部被砍去脑袋。

为了斩草除根，五万叛军将俄摩隆仁围得水泄不通，搜寻三个月不见我和黎弥加的踪影，便将几千法师赶到山下，举起屠刀，以死相逼。几千修行者，皆穿白色的法袍，聚集在俄摩隆仁之下，像是浩大的云海！敌人挨个盘问，若默不出声或者拒绝透露，便被揪出来一刀砍去脑袋。

那是一场屠杀。赛玛噶，我和黎弥加躲在半山腰的洞穴，将下面的情况看得清清楚楚。他们很多人都知道我们的藏身之所，但没有一个人说！

他们面对神山俄摩隆仁，面对峰上那波澜壮阔的云烟双膝跪地大声念诵着听不懂的经文，然后微笑着伸出脖颈，迎接寒光凌厉的刀锋！

一人倒下，另外一个人主动填补空位……

叛军砍了一个又一个，精铁打造的白柄刀，因为杀戮太多而卷口，健壮如牛的刽子手最后累得瘫倒在地！血流成河，天地恸哭，天雷炸裂，汩汩流淌的鲜血，将那一片大地染成赤色，到最后连那五万叛军都生出巨大的不忍，拒绝再继续屠杀。

“你和黎弥加，最后怎么逃过那一劫？”

那时我们从来没有想到会逃过。事实上我们根本再无法看下去，我和黎弥加手牵着手走下山，我们不愿意因为自己而再牺牲任何的生命。

我们唱着歌，大步走下去，手牵着手。

当我们出现时立刻引起骚动。

所有的修行者将我们围在中心，拒绝交出，面对叛军的镇压，他们动用各自的法术，用手指、牙齿、石头、法器，与叛军展开搏杀！接着，叛军的普通士兵再也忍受不了，纷纷掉转手中的刀，开始向他们的上司发难，场面混乱不堪。

最后，一个人带兵出现救了我们。

“谁？”赛玛噶问。

热桑杰！老帅热桑杰。他是父王最忠心的手下，叛乱发生时他正在北国边境作战，听闻消息之后，领着大军七日七夜返回！他带领着三万黄牛部人，以寡敌众，一举击溃俄摩隆仁的叛军，双方死伤惨重，连他自己也身受重伤。

“然后呢？”

然后？在他的号召之下，出云散落各处的忠王大军集结于俄摩隆仁之下，浩浩荡荡向叛军开战，彻底消灭对方，顺利让黎弥加登上了王位。

“在来穹隆银之前，我从未想过黎弥加会有这样痛苦不堪的幼年。”

赛玛噶喃喃道。

赛玛噶，我和黎弥加幼年的磨难并不比你和你的哥哥少。这世间的每一个生灵，自降临时起都要经受无数的磨难。

赛玛噶笑，她问我：“你觉得这一次我们能不能逃脱？”

我摇头。赛玛噶，我也不知道。

人的生死不由自己掌握。只有天神自己知道。不过，赛玛噶，如果我们能够在这神山之下走完自己的路，岂不是也好吗？毕竟这里这么美。

她笑。

我们在俄摩隆仁的修行洞窟里待了近一个月。大部分的时间是在洞窟里睡眠、谈话、发呆，或者看着外面的大雪下了一场又一场。

我跟她讲我和黎弥加的事，讲我们在此修行的幼年时光。她听得很认真，常常独自凝视着俄摩隆仁之上的云烟，如痴如醉。

“穆，我们若是死了，不管是谁先谁后，都在那云烟里见，这是约定。”她如此说。

可惜这约定，暂时无法兑现。当大雪停歇时，一支军队出现在山脚下。

尼洛威尔雅带领着他的五万部下以雷霆之势彻底将那些围剿者击杀，然后找到了我和赛玛噶。

“抱歉，将军，我来晚了。”这个高大的汉子，和我拥抱之后，哈哈大笑。

你怎么会出现在这里？我问他。

“山中的一个法师，逃过东罗木马孜这帮爪牙的层层封锁，只身进了穹隆银城。他费尽心机见到王后，将这件事情如实禀告。王上远在千里之外平叛，穹隆银城内外都是东罗木马孜的人，聪明的王后写了一封信给我，让我领兵前来。”他解释道。

他的所说让我吃惊。

尼洛威尔雅，出云的国势，怎么会混乱成如此模样？

尼洛威尔雅长叹：“北部、西部、南部，烽烟四起，出云即便有 99 万大军，也有些应对不暇，绝大部分的精锐都被四散派出，如今穹隆银王都空虚，若是昆蕃此时乘虚而入……”尼洛威尔雅说到此处，看了看赛玛噶，赶紧闭嘴，转移话题道，“好了，现在见到你们，我就放心了，收拾东西，跟我走，回玛垂大湖旁边，那是我的领地，你们可无忧。”

第二日，我和赛玛噶就跟着尼洛威尔雅离开俄摩隆仁。

赛玛噶坐在马上，不停回首看着渐渐远去的神山。

她跟我说：“穆，这也许是我一生第一次也是唯一一次来到这山。”

在玛垂大湖旁边，我和赛玛噶彻底安顿下来。

经历了一场生死劫难之后，我们不愿再见到战火纷飞，不愿再见生灵涂炭。这世间的纷扰我们无法阻止，也不可能阻止，所以不如安安静静地做个普通人。

我们熬过漫长的冬季，等到了第一抹草绿，等到了第一朵花开，等到了夏季的积雨云绵延而至，等到了世间最繁华灿烂的季节。

我们养了牛羊，并且看着幼崽不断出生，看着牧群不断壮大。夏季水草最茂盛的时候，我们赶着牛羊去玛垂湖畔。云朵一样的畜群散落着、拥挤着。它们悬浮在地面之上，姿势谦卑而积极，虽是一个个渺小个体，亦包含着向上的沉稳力量。

天垂得很低，纯净得如同一颗巨大水晶，没有一丝云絮。白色、红色的杜鹃花和狼牙刺生在一起，圆穗儿致密结实的枝茎中，挤出一朵朵黄色的垂头菊，高大的云杉上蔓藤缠绕，早已淹没了行路。

在草色之中，倒伏着一尊神像。巨大的破损的神像，有着凶恶狰狞的五官，獠牙突出，手持刀斧，一臂已残。

无人知道它在此停留多久，更无人知道它默默注视着这世间多少岁月。它或许有过辉煌，享受过牺牲、信众的跪拜和无限尊荣。但现在蔓藤覆盖它，细小的羊蹄蕨在它面上生根发芽，在那血盆大嘴里开出一枚洁白花朵。凶恶与恬淡，恫吓与沉静，沧桑和新生，就如此共荣。

“穆，这样的神像，是你们出云人雕刻的吗？”她看着石像，像是很喜欢。

我不知道。这片雪域，很久很久之前就已经有人迹，或许是出云人的祖先所为，或许是更悠久的种族。这么大的神像，一定对于他们来说应该特

别重要，或许是曾经屹立于神殿之中接受祭祀；或许是曾经安葬于陵寝之内守护灵魂安息，但现在它的主人早已经化为黄土，只剩下它遗留于这世上，成为永恒的谜团。

赛玛噶，时间面前一个人，一个种族，一个帝国，都是那么微不足道。过了很多很多年之后，我们也会成为这样的谜团，我们也会消失于历史的云烟之中，不为后人所知。

“那是以后的事，和我们无关。”她用野花编织成一个花环，踮起脚放在神像的头顶。

她说：“穆，你看，这神像这么勇猛，张着血盆大口，愤怒狰狞。但面对它，你却不会感到丝毫害怕，反而是安全。它应该是守候者，而不是破坏者。”

守护或者破坏都不重要，赛玛噶，现在，它不过是一块石头，和其他的石头没什么不同，就像你和我，和其他人没什么不同。

赛玛噶点头，笑。

夏末，赛玛噶将那白鸟放生。她和它度过一整个冬天，如今它已经长齐了羽翼，羽毛纯白，美如精灵。尽管她很喜欢它，但还是决定要送它走。

“它应该有属于它的一片天地，有属于它的天空。或许还有属于它自己的爱情。”她送它走。

白鸟振翅飞高，在我们的头顶盘旋鸣叫，不愿离去。

“不管何种的邂逅，都有最后的一天。你该有自己的道路。”她挥舞着手，大声对它说。

我们并肩而立，昂头看那白鸟在林地上空久久盘旋，终于转身振翅飞去，飞入高天，化为一个白点，最终消失不见。

“再见，我的爱。”赛玛噶笑了笑，露出贝壳般的洁白牙齿。

而后，她脱下衣服，纵身跳入湖中，仿佛一条轻灵的鱼儿。

她在水里游弋，上浮，深潜。

这一刻，和那只白鸟一样她终可拥有短暂的自由，可以成为夜空中闪烁的星辰。自在美好。

身后，马蹄响。

一队人马沿湖飞奔而来。旗面上，雪狮绣纹招展抖动，是逻萨人。数目并不多，在 20 人左右，皆穿红袍，如同一抹火焰在跳动，迅疾而来。

我转身挺立，手放在白柄刀之上。

玛垂大湖距离出云和昆蕃的边境并不远，现在两国关系紧张，有昆蕃的士兵前来定然是有大事要发生。或许是为了赛玛噶，或许是为了我。

白狼拉杰低声咆哮，我做好迎战的姿势，白柄刀出鞘。

“将军，别误会！是我！是我！”最前方的马上之人，赶紧大叫。

我认识这人，噶尔金赞，逻萨最机警的朝臣，弗夜坚赞的心腹。

赛玛噶湿漉漉地爬上岸，裹上毯子，她昂头看着这帮人，面无表情。

噶尔金赞急忙滚鞍落马，跪在赛玛噶面前施了个大礼：“见过公主！”

“起来吧。”赛玛噶走到我跟前，看了看我手中的刀，然后对噶尔金赞道，“你们怎么会来这里？”

噶尔金赞看了看我，欲言又止。

“他不是别人，有什么话你就直说，别吞吞吐吐。”赛玛噶皱了皱眉头。

噶尔金赞勉强笑了笑道：“公主，王汗对你深为担忧。”

“回去回禀王兄，我无事，很好。”赛玛噶走向帐篷。

一帮人跟来。赛玛噶请噶尔金赞入帐，放上做好的牛羊肉招待。

久未见到逻萨来人，她心情很好。

“我哥哥还好吗？”

“好得很。王汗每日繁忙，倒也雄心勃勃，充实得很。只是他特别想你，一直念叨着你。发生在公主身上的事，王汗都极为清楚，特意让我来查看。”

赛玛噶笑：“哥哥总是这样，如今都是一个王了，还如此担心。”

我在场，自觉他们说话有些不方便，便起身离开。赛玛噶和噶尔金赞他们在帐篷里谈天说地，气氛热烈，时不时传来欢声笑语。

他们的谈话一直持续到午后。这么长久以来，赛玛噶太寂寞，她需要倾诉的自然有很多。日头西斜的时候，我看到噶尔金赞站起身来，准备告辞。

走过去，噶尔金赞面对我，弯腰施礼：“将军，来的时候，王汗让我一定要谢谢你！”

谢我什么？

“谢谢你如此看护、照顾他的妹妹。王汗说你是一个重情重义的汉子，你答应过他的事，样样都做得很好！”

这是应该的。我并不是要完成对他的承诺，这些不过出自我的内心。

“那也已经很难得了！将军，告辞！保重。”他对我点点头走了几步，然后又仿佛想到了什么，转过身来到赛玛噶面前，“公主，有何话需要我转达王汗？”

“无话。”赛玛噶摇了摇头。

“真的没有？”噶尔金赞有些诧异，继而笑道，“王汗那么想你，日夜担忧，难道你这个做妹妹的连一句安慰的话都没有吗？这也未免太让他伤心了，我回去可是交不了差的。”

赛玛噶看了看我，又看了看远处俄摩隆仁的云烟，点了点头：“无话。只有一歌。”

“哦，好久没有听到公主的歌声了，真是好运气。”噶尔金赞很开心，坐下来，做出洗耳恭听的样子。

赛玛噶自始至终表情淡定。她对着浩瀚的湖泊起身。

歌声响起——

“上部北方的草原上，
有一头凶猛的野公牛。
从山谷内传来呼喊声，从谷口处传回应答声。
从山中射出一支箭，就在此呼彼应之间，射杀了猎物。
虎肉悬挂在铁钩上，两旁有窥伺者盯上了它。
如果不能火速前来拿取，过了明天后天，鱼鹰和水獭会吃掉它。
一条大鱼呀。能抓住就抓住它吧。
天上的银河地面上的水，相聚虽远也能连在一起。

沿着河水越走越近，往上走就能直达天际。”

……

歌声凄清有力，婉转悠扬，它回荡缠绕，连湖水都在应和。这歌声，让我听到花开的声响，亦听到风暴里的雷鸣。

噶尔金赞听得格外仔细。当赛玛噶在唱的时候，他拿出纸笔，快速地将赛玛噶所唱的内容记录下来。

“公主的歌，就只有这些？”他问。

赛玛噶点头：“只有这些。王兄若问我，把这歌原封不动回他。”

金赞连忙点头。

“还有这些，也交给我哥哥，告诉他我很好，不必挂念。”

她将自己的女帽和一串古旧的绿松石交给了噶尔金赞。

“公主保重。”噶尔金赞郑重地收好东西，牵来战马便要上骑。

白狼拉杰忽然跳出，拦住噶尔金赞的去路！

它脊毛倒竖，对着噶尔金赞咆哮，露出尖锐的铁齿。

“拉杰！拉杰！让开，让他们走。”赛玛噶走上去驱赶拉杰。

没想到，拉杰突然转身，对着赛玛噶就要扑过来，长着血盆大口，目露凶光。

这是从来未有过的事。它一直和赛玛噶关系极好，很多时候都愿意待在她的身旁睡觉，除了我之外，赛玛噶已经变成它最亲密的人。而眼下，它却将赛玛噶当成了自己的敌人。

“穆！拉杰这是怎么了？”赛玛噶急道。

她想让我把拉杰唤回去。

我走上几步，蹲下身，看着拉杰。

拉杰目光焦急而愤怒，它死死盯着噶尔金赞手里头握着的赛玛噶的东西，死死盯着赛玛噶的喉咙，对我低声咆哮。

它在告诉我什么事情，在警告我。是的，虽然它和赛玛噶早已熟悉，平日嬉戏玩耍，极为融洽。但它始终都是出云最为杰出的战狼，骨子里有

着天生的机警和判断。而早已经和拉杰灵魂融为一体的我，自然能够感受到拉杰的心思。

它从赛玛噶的歌声和举动中，预知了某种危险的存在。其实，这种预感，也已经在我心中涌起。

赛玛噶，你方才那歌，不是普通的歌，你送出的礼物，也不简简单单是一顶帽子和一串绿松石那么简单吧？我冷冷笑着。

“将军，你说笑了。歌就是歌，礼物就是礼物而已。”噶尔金赞笑道，“天色已晚，我必须尽快回去，否则王汗不见了我的人，恐怕要多想。”

我的白柄刀寒光出鞘。噶尔金赞脸色大变，赛玛噶亦当场愣住。

噶尔金赞，虽然我不知赛玛噶那歌到底有什么深意，虽然我不知道那所谓的礼物有何深意，但别把我黎穆当成傻子！

“将军难道要斩了我？”噶尔金赞脸色苍白，他看着赛玛噶。

赛玛噶没有替噶尔金赞求情，她看着我，看着俄摩隆仁的方向，长长地叹了口气。然后她的泪水落下来。

我的刀缓缓垂下。我叫回拉杰，让噶尔金赞他们走。

噶尔金赞赶紧带人远远离去，好似那白鸟。

她说：“穆，我的心思你已知晓。”

我点头。

“你不想知道我唱的那歌，我送的那礼物到底是什么意思？”

我摇头。

赛玛噶，我不想知道。你做的事自然有你的道理。但你不应该从一开始就隐瞒我。

“穆，我说过这段日子我见了太过的血雨腥风，我见过太多人无辜死去，我见过太多的毁灭。我希望去中止这一切的苦难！”

赛玛噶，如果要发动战争，你的哥哥不一定会赢。

“我知道。不过穆，我也说过只要通过一场战争，这苦难能停止，只要这样的生灵涂炭能停止，我都无怨无悔。不管谁输谁赢，该结束了。不是吗？”

是的，该结束了。因这世界苦难太多。

“穆，这是我的选择，你恨或者不恨都已发生，无法改变。我只希望你永远不要割断我们之间的关联，权作这是仅有的纪念。”

赛玛噶，这是你的选择，我尊重。我和出云王室已没有关系，逻萨和穹窿银的事情，亦与我无关。但我也有我的选择。

“什么选择？”她有些吃惊。

我已经不是黎弥加的弟弟，不是兽军统领，而我还是个出云人。如果战火席卷而来，为了你说的无数生灵，为了出云境内更多的加布和次仁，为了身为出云战士的荣耀，我会重新拿起我的白柄刀。我会作为一个普通的出云士兵走上战场，这就是我的选择。

“何苦呢！”她的脸上露出巨大的不忍，“你已经是个牧羊人了！跟着我一起，陪着我，离这战争远远的。你可以跟我回逻萨，或者我跟着你去俄摩隆仁，难道不好吗？”

不好。

“为什么？”

赛玛噶，因为爱还在。这爱，一日未曾断绝，我们就永远不可能和这世事脱离干系，置身事外。

“爱？”赛玛噶看着穹隆银的方向，“穆，我记得你曾经问过我如果可以抹去这爱的话，我愿不愿意。”

你的回答我已经明了。

“是的，我愿意。这样我就可以脱离这苦海！我恨他！我恨因这爱带来的一切！你呢？”

赛玛噶，我已经看不清我的爱。我已经迷失方向。

第十章

生死离别

天还未亮，便被轰隆隆的巨声惊起。地面震荡颠簸，大风呼啸，传来万物哀鸣。白狼拉杰少有地露出一丝惊慌之色，它跳起撕扯着我的衣服，往帐篷外拉扯。

撩开帷帐，外面尘雾弥漫，白茫茫的原野默默无言。

我出来时，赛玛噶也出来，她披着衣服，面露惊恐。天地在摇晃，轰隆隆的闷响跌宕袭来，犹如末日一般。

“穆，发生什么了？”她问。

拉杰蹲在一块突起的巨石上向远处昂头长啸。

我们极目远眺，看到在更远处，在云天之间，高耸的俄摩隆仁自顶峰骤然升起一股黑色烟尘。那烟尘起初寥寥，然后迅速滚落，不断汇聚壮大，卷携无数巨石、坚冰、寒雪，吞噬一切，所到之处再无任何生息！

雪崩！

我从未见过的巨大雪崩。在圣山巅峦孕育生长，终于訇然爆发！圣山俄摩隆仁，它目睹了千年渺小人类的屠杀、罪恶、浮沉，始终平静，但此刻，所有的积攒，随着这雪崩，随着震荡和嚎叫释放出来，酣畅淋漓，足可让万物粉身碎骨！

圣山崩，天地变色！久久不息！

这样的雪崩，自我记事以来从未看到过。我想，即便是在出云的千年岁月中，也绝少有人看到神山发生过如此的雪崩！它是世界的中心，代表

着永恒，亘古不变。这一刻，却轰然坍塌，其上无数年的积雪，化为白色洪流向人间倾泻。那经年升腾的云烟，也混居其中。

赛玛噶，这代表着消亡、毁灭。

“难道它不是神山吗？”

是，它是神山，但这世间从来没有什么东西会是永恒的。人的一生，从出生到死去，中间的过程叫命定。这命定任何人都无法逃离，直至毁灭。山也一样。而我们面对的，即是如此。一个帝国，亦是如此。

“那我们应该怎么做？”赛玛噶明白我的意思。

既然无法逃离，那就不害怕，不退缩，让它自动走到尽头。

它会有它的结果。

神山崩塌的第二日，一支千人的白甲禁卫出现在了帐篷前。这支军队所乘的白色骏马轰隆而来，踏着草皮，与风同行，大旗咧咧！他们将我们的帐篷团团围住，每一个人都面色凝重。

我赶着一群牛回来，迎着他们耀眼的长刀和白甲昂起头。

当我看到身为出云 99 万大军统帅的热桑杰，头盔插上一根血红色的大鹏尾羽的时候，所有的白甲禁卫头盔上都插着这么一根大鹏尾羽的时候，我就知道该来的总算是来了。

出云人以战死沙场为荣，向来视死如归，只有在关乎帝国存亡的决战之前，才会在头盔之上插上赤羽，传说中那赤羽将会带着英雄的灵魂抵达俄摩隆仁峰上永久安息。

出云人喜白，战甲、衣袍、刀工，从不沾红。红色对于出云人来说是死亡的象征，所以会在最神圣的头盔顶上插上这么一团红色。出云人不怕死，当他们将代表图腾的神鸟大鹏的红色尾羽郑重地奉在头顶时，代表着他们绝不打算在战场上活下来。

死是他们唯一的选择，也是唯一的结果。千年里，出云人插上赤羽固然为数不少，但在我的记忆里还从未见过。

“穆，要决战了。”热桑杰跳下马来，站在我面前，坦然笑道。

我点头，把牧群赶入牛圈。

“怎么你一点儿都不惊讶？难道你听说了？”热桑杰奇怪地看着我，然后又道，“不可能，你不可能知道。”

老帅，逻萨城的那头狮子动了？我问他。

热桑杰昂起头，昂起他那高傲的下巴：“将军，这是我梦寐以求的时刻！”然后他扫了一眼站在我身后的赛玛噶，冲手下点了点头。

白甲禁卫一拥而上，将赛玛噶捆绑起来送入囚车。自始至终，赛玛噶都没有任何反抗，甚至主动走进囚笼。

热桑杰，任何的战争都与女人无关！别忘了你是一个汉子！

我走上前去，打翻几个白甲禁卫，要救下赛玛噶。

“这是王上的旨意，穆，你无能为力。”热桑杰挡住我抽出白柄刀的手。

赛玛噶如今已被贬为庶人，为何要抓她？

“她让那头狮子动了！”热桑杰大声道。

她让那头狮子动了？开玩笑，她这么长时间都在此地，从未回过逻萨！我为赛玛噶争辩，尽管我知道这理由完全是在欺骗热桑杰。

热桑杰意味深长地看着我：“穆，你从来都不会说谎，你一说谎就会脸红。你知道她做的事，你知道我的话没有任何错。”

我低下头来。

“我们在逻萨的内应传来密信，噶尔金赞将赛玛噶的谜歌以及礼物奉给昭日天汗之后，昭日天汗命令紧急起兵，逻萨城内已重兵集结，尽起精锐十万之众倾巢而出！穆，这将是一场前所未有的决战！决定谁最终一统雪域的决战！决定出云延续千年的辉煌能否延续，决定无数人的生死！”热桑杰沉声道。

热桑杰，原谅我，赛玛噶唱着谜歌并且将礼物交给噶尔金赞的时候我就在旁边。我知道她在向噶尔金赞泄露着什么，知道有对于出云不利的事情发生，但我无能为力。

“这和你无关。毕竟你只是一个牧羊人。”他叹气道。

然后他在我身边坐下来，道：“其实如果是你，我也会这么做。容忍

赛玛噶把情报泄露出去。”

为什么？

“穆，两大帝国的纠缠已经太过长久，为此死的人太多太多，该到结束的时候了，不管谁赢谁输。”

我知道战争可能会来，但我想不到弗夜坚赞动作会如此迅速。我不明白弗夜坚赞一向能忍，为何此次骤然起兵？

“这正是他的高明之处。因为他的一忍再忍，出云人开始傲纵轻敌，逻萨人却忍受着屈辱，复仇之心如同熊熊烈火，骤然发兵，迅雷不及掩耳。两军对垒，出云危矣，若不是我们收到消息，注定要吃大亏。”

两国交战，是黎弥加和弗夜坚赞的事，你们不应该责怪赛玛噶。

“你知道赛玛噶的举动有何深意吗？”

不知。

“赛玛噶的那首谜歌，意思很简单，她在歌里隐晦地唱出了出云现在面临的处境：四面叛乱，王都防御空虚，我们现在根本抽不出足够的军队来。她让弗夜坚赞火速发兵，乘虚而入，一战而胜，这是最好的机会，千载难逢的机会。

“至于那顶女帽和三十颗古旧绿松石，更有所指：如果弗夜坚赞敢于攻打出云，便有资格佩戴只有英雄才能拥有的绿松石。若是不敢进击，就和懦夫、妇人相似，戴那顶女帽，一辈子躲在逻萨的宫殿里吧。

“这个女子，实在是心细如发，聪明得很。她将出云的实际情况告诉了她的哥哥，而且知道她的哥哥向来有着强烈的自尊，以这样一种方式刺激他，让他坚定发兵的信念。”

我苦笑。赛玛噶这一手的确漂亮。我能想象当弗夜坚赞看着那顶女帽的时候，他定然会选择像个男人一样引兵出战，因为他绝对不可能让自己唯一的妹妹认为自己是个懦弱的人。

“弗夜坚赞决定出兵，赛玛噶只是个引子，这一点谁都明白。战争是两个国家的事，是两个王者的较量，但她是昭日天汗最疼爱的妹妹，王上命令务必擒拿回穹窿银以免逻萨再有内应，也算得上是个人质。”

我无话可说。只能站在一个尴尬的位置，沉默无语。

一场雪域千年以来绝无仅有的决战。一个是虽垂垂老矣但依然傲视四方的辉煌帝国，一个是迅速崛起甲坚齿利的后起雄邦。无论胜负如何都将成为后世不朽传说。而在这决战之后不管是我、赛玛噶，抑或是黎弥加、弗夜坚赞，都是渺小、微不足道的。历史将会碾压我们，轰隆向前。我们注定会被时光的灰尘覆盖，无人提起。这场决战，将永远改变两个帝国甚至是整个雪域的历史。

热桑杰拍着我的肩膀，诚恳道:“穆，王上请求你回去。如此的一场决战，不能没有兽军和你。”

我只是个牧羊人。兽军少了我，依然是战无不胜的兽军。

“不，没有你的兽军，将是没有灵魂的一盘散沙。”热桑杰双目赤红，“穆，这是决定出云人命运的最后时刻，出云举国上下为此倾尽全力，男女老少都踊跃参战。王上已经被逼上了绝路，他要一雪前耻，永远将他的对手踩在脚下。他不能没有你，没有你他会失去一切！”

我离开穹隆银，就已经与这些无关。

“你没有拒绝的理由。因为你生来就是出云人。哪怕不看在你相依为命的哥哥面上，你也应该顾念无数出云黎民。战败出云将迎来大屠杀，倘若战胜，悲剧才不会发生。”

这是黎弥加的意思？

“不！是我。一个老人的请求。一个一辈子战场杀伐没有妻室以出云为家只愿这片土地永享安宁的老人的请求！”

热桑杰，你为出云征战了一辈子，已经老了，这样的战争，让给年轻人去干吧。

“不！我并不老，我依然能够骑上战马，握紧我的白柄刀！”他咆哮道。

热桑杰，夜空的星斗寿命尽了，就叫它落在大湖内；林中的猛虎齿爪脱落了，就叫它歇在岩洞中；天上的鹏鸟要坠落了，就叫它留在云烟里。热桑杰，你老了，已无法再上战场，何不回到故乡，看日头升起又落下，喝酒望云，得享安年。

热桑杰摇着头：“老牛背上行囊，步态威武似雄狮；老鹞久久飞翔太空，六翼翎羽似衰退，还想将麻雀当肉吃；老狼久行山腰里，齿落毛脱似衰退，还想将绵羊当肉吃；老将我血亏气短，若是出云战鼓一响，也能重装上阵，捣毁逻萨人的铁桶城池！”

这一场战争，你有可能会死。

“每一个人都有可能会死！这是一场史无前例的决战！穆，这是我的荣光。我一辈子追随祖先的大鹏王旗，这旗在我就在，旗坠了，我就流尽最后一滴血。决战开阵之日便是我的葬身之时，可这又有什么关系呢。隆冬来了，万物就要凋零，布谷鸟叫时春天又会到。肉身毁了，我的灵魂就留在这里，大丈夫要为事业死，反之与狐狸无区别；良骥要为驰骋死，反之与老驴无区别；利箭要为射击损箭镞，反之与野刺无区别。这就是我的命。

“穆呀，群山被大雪覆盖，只有太阳能制服它；太阳被黑云覆盖，只有大风能制服它；坚硬如铁的白石崖，只有霹雳能制服它。白盔银甲披挂好，呜呜铜号声阵阵。白柄刀也许会落地，大鹏旗也许会落地，你我的头颅也许会落地，可那出云人的灵魂不会落地！战争的胜败，是因果使然。你我左右不了这因果，问心无愧，就足够！”

他的话，每一句都如同声声巨雷响彻在我的耳畔。这就是他，这就是我最尊敬的老帅，出云最优秀的军人！

热桑杰，白衣似雪的鸿雁，喜欢住在北方家乡，当风雪来临之时，乐得飞往南方；灰毛黄颈的苍狼，喜欢四野游荡，当行将寿终正寝之时，历尽艰险也要回归故乡。我可以跟你回穹窿银，可以举起我的白柄刀，陪着你死在那战场之上。不过我不会再成为兽军统领，我只愿做一个普通的白甲兵。

“为什么？”

因为这帝国已经与我无关。我只是个出云牧羊人。我上战场是因为那大鹏旗帜亦是我祖先的旗帜；我上战场，是因为我要陪着你，陪着我曾经的这些兄弟，一同去迎接那腥风血雨！

我回到了穹隆银城。

眼前的穹隆城，展露出我曾未见过的景象——雪白的军帐在山下铺展开去，一眼望不到头；成队成队的出云军集结，无数的战旗飘扬。没有人说话，他们脚步匆匆，面色严肃，即便是相互看到也不过是点点头就迅速转身；成群的牛羊、骡马拖着物资往来穿梭，男人们披甲磨剑，妇女们卷起袖子搬运东西，老人们洗刷刀具、锅灶，即使是幼小的孩童，也手持木剑喊杀声一片。

一座巨大的城池，此刻成为铁血的海洋。决战在即，没有任何一个人置身事外。因为他们知道，这场战争将决定他们每一个人的命运。

我从这浩荡的人群中穿过，穿着肮脏的羊皮袄。但很快，他们认出了我。

“将军！是将军！”有人欢呼起来。很快这呼声引起了巨大的回应，无数人蜂拥围过来。

“是将军！天神保佑！将军回来啦！”

“天佑出云！”

“将军，万胜！”

“将军，万胜！”

这欢呼声，如此的猛烈，激荡，几乎响彻云霄。

热桑杰转脸看着我笑：“穆，你从来都不会是一个牧羊人。看到了吗？对于出云人来说，你才是永远不败的军旗！”

城门大开，人们拥挤着跟在我身后将我送入王城！

当雄伟的大殿出现在我面前时，我潸然泪下。不管我在外如何漂游，不管我在外如何自由，都只不过是风中的草籽，内心无依无靠，这里才是我的家。

热桑杰在前，领着我进入大殿。高高的王座就在尽头，那里坐着出云的王，我的哥哥。在我的一生中，从未向黎弥加跪拜过。他亦不允许。

许久之后，我再一次见到他。

王宫里座无虚席。身着羊皮袄的我跪倒，向着王座跪拜，所有人都潸

然泪下。

黎弥加没有落泪，他只是死死地盯着我，竭力睁大眼睛，那双赤红的眼睛，目光仿佛要在我的身上扎根、生长。然后他深吸一口气，缓缓昂头，举目向上，双手颤抖。他从来都不会当众落泪。即便是他已心如刀绞。

“你能回来，就好！”良久，黎弥加说完这句话，便扭过头不再看我。

激烈的军议即可展开。

在他们的三言两语中，我很快明白昭日天汗急速起兵，大军自逻萨好似迅雷落于九天，动作之快令人瞠目。

“尽起逻萨精兵十万，皆是蕃人百战之猛士。弗夜坚赞御驾亲征，噶尔金赞等名臣战将无一缺席，主力七万已过黄牛部领地，五日即可到玛垂大湖，后续大军源源而来，各附属部落亦在增兵支援。所到之处鼓号冲天，士气高昂。”热桑杰指着牛皮地图，言简意赅地汇报形势。

“因为事发突然，我出云的绝大多数军队都在外平叛，短时间内无法抽身回撤。眼下五万白甲禁卫、两万兽军已集合待命，另有拱卫王都大军十万，随时可启程。国界处对王上忠心无贰的尼洛威尔雅王已率本部三万大军据守，此战如何对决，还请我王示下！”

身为久经沙场的老帅，热桑杰干净利索地将战局报上，所有人深吸一口气，目光从那幅巨大的牛皮地图集中到黎弥加的脸上。

那张脸已经没有了当初的挺拔、棱角分明，它变得臃肿、苍白。

他慢慢地走到地图之下，眯起眼睛看着上面的山山水水。那里的每一个地方他都熟悉，每寸草皮、每个坡地、每条溪流，他的马蹄都曾经飞踏而过。

这一年，酒色似乎已经掏空了他那原本健壮的身躯，他瘦了，甚至有些佝偻，青白的脸上满是胡楂，棕红色的头发蓬乱地垂于肩上，但那双眼睛，鹰隼一样的眼睛——锐利和雄傲丝毫没有减去。

“穹布，你有何意见？”黎弥加的声音沉沉传来。

茅草垫团上的穹布由两个侍女搀扶才勉强能坐起，若不是此战决定出云命运，病入膏肓的他不会到场。

“王上，昨夜我占了一卦，卦象并不如意。依我看最好能够和谈，若

能两家罢兵最好不过。”穹布连说话都变得格外艰难。

“哼——”黎弥加冷笑了一声打断了穹布的话，然后看了看我。

他在征求我的意见。

所有人都知道，即便我现在的身份不过是个牧羊人，但我的想法对于黎弥加来说都极为重要。

我告诉他，我同意穹布的提议。

“你也要让我和那些逻萨人讲和？”黎弥加有些吃惊。

王上，讲和不等于屈服。

“在我看来，这和屈服没有什么两样！”黎弥加愤怒起来。

我示意他听我说下去。

他强忍住怒火，给我解释的时间。

王上，弗夜坚赞之所以此时会突然出兵，最重要的原因便是知道我们出云此刻军力空虚。方才热桑杰说得很清楚，如今我们手头只有十三万大军、五万白甲禁卫、两万兽军可用，总军力不过二十万。出云最精锐的军队都被调去平叛，守卫王都的十万大军装备虽好，但已有多年没有实战，往日的锐气还存留多少，我亦不知。尼洛威尔雅的三万大军，一直征战四方，疲惫不堪，最能依靠的不过是五万白甲禁卫和两万兽军。而反观对方，弗夜坚赞倾全国之力，七万先头部队皆是久经战阵的百炼之军，还有后续增援，在数量上和我方不相上下！此战，我们没有必胜的把握。

王上，我同意穹布的提议，讲和。所谓的讲和，不过是拖延时间。利用这时间，将出云散落四处平叛的精兵征召回来，只要50万精锐集结，弗夜坚赞便是再有谋略，逻萨人再勇猛，他们也没有胜算。

黎弥加看着我比画的手，认真思考我的意见，脸色变得平静起来。他在思考、权衡我所说的话。

但这时，东罗木马孜不失时机地站了出来。

“王上！讲和便是屈服，便是低头！我出云乃是九天之上的金鹏，逻萨乃是聒噪的雀鸟，哪有金鹏向雀鸟低头的道理？！苍狼啸月，万谷沉寂，浪迹的野狗固然再仰头狂吠也无法可比。高山上的白额猛虎，威仪遍于四方，

草洞里的刺猬，固然皮毛似针，也无法可比。是英雄哪会躲藏？是勇士就出来交锋！一战击败逻萨人，出云荣光沐浴四方，王上英名千古流传！”东罗木马孜弯着腰，弓着身子，露出谄媚地笑。

“两只恶狼争斗，胜负难分，即便是胜了，也会伤痕累累。弗夜坚赞是雪山上的雄狮，逻萨人是善战的群狼，狮狼来了，拒之门外便是，哪有身前搏斗的道理？！”热桑杰怒了。

东罗木马孜双目圆整地看着热桑杰：“热桑杰！这般言语你也能说出口！难道你被逻萨人吓破了胆子了吗？！难道你已经老朽得如同老狗一般贪生怕死了吗？！狮狼来了就杀死它，剥下皮毛给王上作卡座，逻萨人来了，就让他们死在这里，收集头颅垫起王上的千年功业！胆小的狐狸才会流窜，懦夫才会和敌人和谈！”

“你这个小人！只会胡言乱语，祸国殃民！这是战争，不是儿戏！”热桑杰针锋相对，忍不住拔出刀，要斩了东罗木马孜。

“放肆！”黎弥加大怒，“热桑杰，东罗木马孜是我的总管，是我的眼睛和手臂，你这个老东西当庭拔刀，难道连我也不放在眼里？！”

“热桑杰不敢！王上讲和吧！为了出云！”

“王上，万不能讲和，出云千年以来就从未有败绩！二十万大军对付一个小小的逻萨足够！”东罗木马孜声嘶力竭。

热桑杰怒目相向：“东罗木马孜！你根本不懂军事！”

“我只知道，你这条老狗说不定早就站到了逻萨人一边！你还记着王上除掉黄牛部的仇！”

“你胡说！我对出云忠心耿耿！”

……

“够了！”黎弥加怒吼一声，热桑杰和东罗木马孜的争论戛然而止。

他转过身，看着眼前的这些朝臣，看着我，然后转动了手上的那枚铁指环。

我痛苦地闭上眼。

我知道这一战已经不可避免。

“一片草场上，容不下两群狼。一个木栏里容不下两头倔驴。我和弗夜坚赞，能活下去的只有一个，出云和逻萨，能被后世铭记的也只有一个。是骏马，就要在莽原驰骋，岂可老死槽里。是男人，就要用刀子说话，哪怕做个无头鬼也要尊严。”黎弥加笑了笑，擎起酒杯一饮而尽，“再说讲和者，斩！全军，出战！”

出战！出战！出战！

大殿里的十八位属国王、几十位将军群情激昂。

热桑杰双膝跪地，最后一搏：“王上，弗夜坚赞手下的逻萨军屡战屡胜，皆是勇猛奋死之士。更为棘手的是如今的逻萨军不是当年的逻萨军，他们训练出来的新的兽军早已经羽翼丰满，弗夜坚赞是个谨慎的人，没有取胜把握绝不会轻易出手。此次骤然发兵，多半也是因为那所谓的圣军的缘故。那是一条被握在弗夜坚赞里手的毒蛇，一击即可致命，我们决不可轻敌。将军说得没错，此次决战，除五万白甲禁卫、两万兽军、十万王都守卫、尼洛威尔雅王三万部众之外，还须从四方征调大军三十万，聚齐五十万之众，方可万无一失！”

东罗木马孜嘿嘿笑了起来：“逻萨圣军的底细，我也略知一二，无非是他们从北方寻来了一群野狗稍加训练而已。野狗再凶唳也不过是野狗，遇到出云的战狼就会夹起尾巴。十万逻萨人就是十万个雪人，出云的太阳升起，就会化为雪水无可逃遁。”

“说得好！”黎弥加对东罗木马孜的话大加赞赏，“热桑杰，你总是提起逻萨人的什么圣军，难道忘了我出云有千年不败的兽军了吗？”

黎弥加冷笑不止，声音仿佛深夜啼叫的夜枭，“我问你，弗夜坚赞的圣军有多少？”

“一万。”热桑杰答道。

“一万？一万？哈哈哈哈。”黎弥加笑得五官扭曲，伸出一根手指看着他的将军们，“一万所谓的圣军就让出云 99 万大军的统帅惧怕成这样！热桑杰，你老了！大龙老了就蛰伏水底，人老了就畏缩不前。”

这极大侮辱了老帅的自尊。

热桑杰的热泪夺目而出，举起佩刀发誓：“王上！热桑杰的刀还是一如既往的锋利！热桑杰的战马还是一如既往的撕裂！热桑杰的身体还是一如既往的雄健！热桑杰的心还是一如既往的忠赤！”

“够了，够了。”黎弥加不耐烦地摇着头，“弗夜坚赞来，出云四方震动，还须军队留守各地，多年前我不足十万即可击退逻萨人，何用五十万？二十万足矣！”

“王上！三思！此战关乎我出云存亡！”热桑杰大急。

我走上前，想告诉黎弥加热桑杰的考虑极为妥当。但黎弥加看也不看我。

他兀自转过了脸。

“择日，出征！”

万物生了为何又要死？也许天神怕你们长久存留于世太过寂寞。我和穹布并肩坐在山巅。

日落。大风呼啸。满天火烧云，赤红如血，仿佛怒放的大朵绚烂之花，有着难以抑制的热烈。

穹窿银城的最高处，整座大城就在脚下。远山逶迤连绵，日光照耀下，雪峰金黄。一条条白色绸带样的河流蜿蜒与草场、林地之间波光粼粼。风吹，草浪滚滚，白鸟飞于其上，翩纤灵动，一如古老经文中飞出的洁白词语。

“多美呀！”穹布聚精会神地看着眼前的这风景，微笑着赞叹了一句。

那赞叹，发自内心，语重心长。

是呀，多美呀，也许过不了多久就要成为人间地狱。

穹布看完了我的手势，大笑。

“穆，你过于牵挂、执着这些事。你应该看开些。”他说。

我摇头。

尽管我知道穹布说得对，但让我看开根本不可能。这样一场决战，黎弥加不顾我和热桑杰的反对固执地决定开战，没人可以阻止。除此之外，他让人当着穹隆城所有人的面，摘去赛玛噶身上的所有饰物，扒掉她的外衣，将她扔在污水里，给她以最恶毒的诅咒和讥讽，然后亲自抓着赛玛噶的头发，

把她丢进穹隆银最高处的天牢之中。那一刻，我就站在跟前。我被白甲禁卫死死摁住，无法去佑护那个可怜的女子。

我看到赛玛噶昂起头，看着她死死地盯着黎弥加，那双眼睛充满了绝望。她对黎弥加仅存不多的爱，在那一刻终于化为无尽的伤痛。穹布，我原先以为不管这世界如何污浊，如何血雨腥风，总还会有一些温暖的东西。

我看到了最单纯、最炽烈、最珍贵的爱——一个女人的爱。但最后也看到了这爱带来的只有痛苦，只有绝望。

穹布，在这世间我仿佛已经看不到鲜亮、温暖的东西了。我看到的只有毁灭。

穹布笑："穆，八十年前我来到这里的时候，穹窿银刚经历一场血战。城郭崩裂，殿舍倒塌，硝烟烈火，血海尸山。可现在，谁会想到眼前的穹窿银城是曾经的那副模样？隆冬来了，野火过去，了无生气，可春天一到，却又发青，葱绿蓬勃。谁会挂念那野火呢。人也罢，物也罢，长久存留于世未必是好事。那样太寂寞。"

面对穹布，我跪倒在地，恭敬施礼：穹布，上战场之前我想请求你一件事。

"关于那个法术，关于赛玛噶？"穹布手中的拐杖指了指。那边是天牢的方向。赛玛噶现在就被关在曾经关押我的地方。我比任何人都清楚，那里生不如死。

于她而言最痛苦的并非肉体，而是内心深处巨大伤口带来的纠葛、冲撞、撕裂、折损，那伤是密集的，没有任何声音，刀子一样在灵魂上慢慢地割锯，仿佛无数涌动的毒虫鼠蚁，吞噬你的手，你的眼，你的心，你的脑，永无止歇。

赛玛噶被黎弥加羞辱之后被关进牢狱之后，毫无生息，如同一滴水落在沙漠里。夜半，看守的士兵会听见里面传来撕心裂肺的嘶号声、身体猛烈撞击铁门的声响，指甲扣挖石壁的声响，还有笑声，幽怨的鬼魂一样让人毛骨悚然的笑声。

……

穹布，请答应我，用你的法术，将赛玛噶心头挚爱那人彻底抹去！

穹布的脸，变得异常的郑重，他告诫我："一旦施法便没有办法再改变。

你想清楚了？”

早已想清。这也是赛玛噶的意思。

“这个容易。不过我的孩子，你有没有为自己想过归宿？”

这一战我会战死疆场，绝无存活的可能。这就是我的归宿——最好的归宿。

穹布，你听过有种叫昙花的植物吗？

“没有。”

我也是在一队商旅的人中听说过这种神奇的花。他们说这种花只在深夜无人的时候开放，小小的洁白花朵，空灵美丽，它们开放又在一夜败去。它有着纯粹的美，迅疾而淡定，根本不属于这世界。

“若是你活着回来，又如何？”穹布笑道。

我会冲开天牢铁门带走她！不管是白甲禁卫还是黎弥加，哪怕是天神，谁都不能阻止我的白柄刀！我会带她远走高飞。陪她在一个无人知晓的寂静角落安静凋零。就像那昙花。

“看来，你们都想得足够清楚了。既然如此，我还有什么说的呢？穆，我同意你的请求。夜半来找我。”他起身，脚步蹒跚地走回自己的土房。

法鼓响了、号角响了、铜铃响了。还有那密集连绵的低沉咒语声。

深夜，我只身来到穹布的土房里时，他已经准备完毕。这个生命犹如风中残烛的老人从箱子里拿出了他华丽、神圣的国师法袍，戴上他的高高法帽，罩上他的黄金面具，燃起了他的通灵之火！

“穆，这可能是我最后一次施法了，你到外面等我，我不知道自己还有没有力气完成。”他喘着粗气道。

密室里灯火通明，我站在外面的夜色里，透过窗户看着穹布施法。看着他舞蹈般的影子映在墙上。那影子高大，淡如青烟，动作灵活，丝毫不像是病入膏肓的穹布。空气里有香火的浓郁味道，如同稠密的奶，将人包裹，一颗心在其中慢慢发酵。

夜空中星辰闪烁，偶有流云，天幕深浅不同的颜色依次变化。围墙外，

粗壮高大的树木开出碗口大的花朵，野藤新生的植尖快速地攀爬，覆盖住土墙上的裂痕，有蜥蜴倏忽出没。

阿妈说我生来就是个先知先觉的人。这样的人敏感，纠结，注定在人情冷暖、世事变迁中独自消释且难以抉择。

一个人的一生会面临很多选择。关乎财富，关乎权势，关乎命运。这选择却常常只有一次机会。很多时候我会想，倘若时光倒流，让我们重新面对这些选择，又会怎样。我们，也许就是在一次次的选择里慢慢成为一个新的人，它只是一个过程。看不到暗的最好的方式，就是迎着光向前，一直向前好似终结。

我确信这场法事，如果能够顺利完成，对于赛玛噶来说会是最好的结果。

让她忘记爱，也忘记痛苦吧。她不过是个可怜的女子。

施法在清晨结束。晨曦里天空之上出现一颗金黄星斗，光华灿烂，似一枚金色纽扣。它悬浮在湛蓝之中，摇晃着，接着忽然坠落。

一直沉睡的拉杰，对着星斗在天空上划出的白色弧线引颈长嚎，呜咽如泣。它出生后不久母狼死去，我将它抱回来，经过穹布守护一昼夜才得以存活。它和穹布之间，有着一种微妙的联系。

看着拉杰的反应我知道，这一刻穹布的大限终于到来。

密室里，还未脱去法衣的穹布坐在堆满软绵褥子的卡座上。看到我进来，他微微笑了笑：“穆，我的时候要到了，带我去外面让我最后看一眼俄摩隆仁。”

我点头抱起他。他的身子早已骨瘦如柴，轻得仿佛一片羽毛，没有重量。

朝阳蓬勃而出，金光万道。西方的天幕，夜色也没有完全褪去，月亮升在半空。明暗在空中交汇，形成一道界限分明的光弧，光弧延伸的尽头，就是俄摩隆仁。

雪域人膜拜千年的圣山深入高天，云烟氤氲，山上白雪皑皑，山下草木葱翠，晨光映照之下半山金黄，半山素暗，那是生命进入另一个地方的边界。

“看到了吗？不久前它才发生过雪崩，天崩地裂。而如今它依然是那么巍然耸立仿佛新生，穆，时间的事就是如此让人捉摸不透。”

我笑。

“好美呀。”穹布靠着我的臂弯，深情地望着那座山，声音充满喜悦。

他早已看开生死，这一刻等待已久。

“施法我已完成，日后怕再也帮不了你。我要走了。我会在那云烟里等你，等你我再次相会。如俄摩隆仁下林莽芦间的萤火，这就是人的一生。”

太阳升起，大风呼啸，吹散了天上的流云，吹皱了碧水群山，吹落了穹布头上代表着出云国师的尊贵法帽。我看见那法帽自高处滚落，滚过石头和土块，停在一棵开满白花的树下。

嘣！！！

一颗烽火烟弹在花树上的空中炸响，发出巨大的轰鸣声，绽放出浓白色的烽烟！那是出云大军开始集结的信号。

我的右臂上，自生下时便刺了一个文身。那是一棵半身隐匿在云烟中的白树，花叶落尽，只余静默舒展的枝条不为人知。那是阿妈亲手给我留下的。

阿妈说，白树极为稀少，良善，宽厚，它几乎不生长，一生只开一次花，花谢了就枯萎。而那唯一的花开，因为有一生的积蓄而格外美丽。

这文身跟着我日渐长大，原先颜色极其浓重，但逐渐变得淡泊。如今几乎肉眼很难看清。它是我生的痕迹。

我脱下肮脏的羊皮袄，投身于冰冷刺骨的雪水之中，仔细地洗去身上的污垢，洗干净了头发，换上一身白色布袍。

我前往王宫，想将穹布的死讯告知黎弥加。穹布是出云的国师，天神的化身，是我和黎弥加的长辈，更是所有出云人的精神领袖。他的死是出云的大事，理应隆重对待。但这个时候，似乎任何人的生死，都显得微不足道了。

肃穆雄壮的穹窿银城，此刻已经成为一个嘈杂的大军营。一支支军队自四面八方蜂拥而来。号角和法鼓响彻天地，战马的嘶鸣震颤云霄，一片片盔甲在日头下映照出耀眼的闪光，如同一枚枚硕大的镜子，在高高的城墙上投下一片片夺目的光斑。

雪白色的军帐扎在山冈上，扎在草原上，扎在土林中，延绵到天地交汇处，毫无边际。一面面大旗翻飞遮盖住了阳光，也遮盖住了我遥望俄摩隆仁的视线，对月长啸的狼头、开屏的孔雀、生着双翅的骏马、交叉的双剑，怒放的金毛菊……旗面上的纹饰五花八门，最多的是展翅的大鹏。此刻，王都穹隆银附近的出云军队悉数集结。

长枪如林，白柄刀似海。白色——出云军队的颜色遮住了葱翠山林，遮住了绿草繁花，仿佛凛冬忽至。

出云的文臣武将们听到穹布的死讯沉默一片。他们都很悲伤，但很快就转身投入到热烈的军事会议之中，只留下我独自站立在远处。

穹布的葬礼在穹窿银城外最高的山巅举行。因为战事，原本隆重的仪式悉数从简，相比于帝国的存亡，一个国师的死的确微不足道。出云重臣全部出席，黎弥加却没有出现，他派人送来了自己的白色王衣，托东罗木马孜之口让我给穹布穿上。

这件白色王衣，镶嵌着无数宝石，绣着走兽和飞禽，是黎弥加为自己百年之后准备的殓服。穹布看着我和黎弥加诞生、成长，对于我来说，对于黎弥加来说，他是父亲。

我知道黎弥加之所以不来完全是因为我。在这样的场合，他不知应该如何与我面对。

无数法师齐齐敲动法鼓，吹起长号。我跪在地上为穹布清洗身体。

解开他长袍的时候，我才惊讶地发现，这个老头的身体之上，竟然密密麻麻全是伤痕——刀伤、火灼、箭刺密密麻麻，遍布全身。这个老人曾经承受过的苦，远远多于我们任何人。但不管何时，他对别人总会露出笑容。对这世界，无论何时他都表现出孩童一般的纯真的爱。

我为他穿上白色王衣，然后用洁白的长布一层层将他裹好，裹成蜷缩的模样。那是每一个婴孩，在母亲身体之中的模样。他被放置在用白木搭成的木床上，由我们抬着，登上高高的法台。下面堆满柴火，堆满鲜花。

有人将火把递在我的手上，示意我点着。我在心中默默地对他说，穹布，走好，我们终究会再见。

大火中，一袭白衣的穹布随烟而去。那烟尘颜色洁白，在高处凝聚，久久不散。

“大战在即，国师逝去，不是个好兆头。”热桑杰站在我身边，昂头看着那烟尘，它随风幻化，最终生成一棵高大的白树。

我转过脸，笑了一下。

一生只开一次花，花谢了就枯萎。这就是穹布的一生。那花其色洁白，其香浓郁，其光圣洁完满。这样的一生，是有成就的一生。热桑杰，如此不好吗？

“好。当然好。好得连我都羡慕！”热桑杰大笑，对着空中那白树状的烟尘大喊，“穹布，你走得安心，终于可以不看那毁灭。等着我，我很快就去找你。”

热桑杰，这个高大的老人喊着喊着就泪流满面。

他名义上依旧是出云统帅，但黎弥加已不再信任他，白甲禁卫和兽军如今都交由东罗木马孜指挥。听说东罗木马孜命令兽军收起我的黑色狼头旗，换上了他的双头狐狸。

“穆，出云千年不败的军魂，出云最为神圣的兽军旗帜上竟然是一头双头狐狸，你觉得难道不是最大的笑话吗？”热桑杰笑道。

是笑话。但兽军不管在谁的手下都是兽军。出云的战狼和大鹏鸟，永远都不会屈服于任何人。我们不能命令它们，必须给它们足够的尊重，才能够有资格和它们并肩作战。

但愿东罗木马孜能够驾驭得了。

我问热桑杰大军何时开拔。

“大军如今已经集结完毕。明天日出之时便会开拔。”

为何这么急？

“逻萨人进军很快，已经和尼洛威尔雅在玛垂附近短兵相接。”

战况如何？

“尼洛威尔雅尽管是个打仗的好手，但他将寡兵少，损失惨重。他们不断快马飞报要求王上火速出兵。不过说来奇怪，弗夜坚赞的大军本可以

彻底击溃他们，但逻萨人没有，他们停留在了玛垂。”

为什么？

“东罗木马孜等人都说逻萨人胆怯了，傻瓜才会那么想，逻萨人一定有什么阴谋诡计，他们显然要在那里决战。”

玛垂。我默念着这个名字。

那是我内心深处最柔软的地方。在那里，我和赛玛噶度过了人生中最为美妙、最为自由的时光。而过不了多久，那里有可能是我的葬身之地。

“不过也不要这么悲观，出云虽然不是千年前的出云，但二十万对十万，也会崩了弗夜坚赞的一口牙！胜负尚未可知！这片土地是我们的，自日月诞生之日起就已经注定！”热桑杰咬了咬牙，信心满满。

他说得没错。千年以来这里就是出云人栖息的家园，他们不会轻易屈服于任何人。

我随热桑杰回军营。他派人给我送来了一个巨大的包裹。

打开来，在里面发现了我的黑色狼头大旗。除此之外，里面还有我的白盔白甲，我的弓弩，我的战靴，我所有上战场的披挂。

他就是如此细心的一个人。里面竟然还放着一皮囊酒。浓烈的酒，喝下去一口，感觉灵魂都在燃烧。这一夜，注定将会无眠。每次出站前夜，我都是这样。

喝酒，磨剑，等待黎明。

旁边安睡的拉杰突然站起来摇动着尾巴，冲着帐门口热烈地摇动着尾巴。帐门被掀开，一个人进来。是婷夏。

我没想到她会来见我，我手足无措。

“没事，我就想来来看看你。”她笑，坐在我旁边。

我站起来想要走。

“别担心，我不会要求你带我私奔，我只是来看看你。”她拍了拍坐垫，“坐吧，过了这一夜，就是战争，战场之上我们很难有机会再说会儿话。”

我坐下。

王嫂，谢谢你。

“谢我什么？”

谢谢你让尼洛威尔雅将我和赛玛噶从俄摩隆仁救出。

“那只是举手之劳。我不会看着你们俩死。”她笑，然后看着我身上的文身，“穆，这文身快要消失了。”

是的。该消失的总会消失。

她点头。

两个人不知道再说什么，有些尴尬。

王嫂有件事情，我求你。

“和赛玛噶有关？”

不管何时她总知道我的心意。

是的。明日我就要和黎弥加上战场，不知道能不能活着回来。如果我回不来，请你帮我照顾她。

“穆，这个请求恐怕我难以做到。”她摇头。

为什么？难道你还讨厌赛玛噶？

“不，我不讨厌任何人。实际上我知道她是个很好的女人，知道你们相依为命。”她苦笑着，“你们离开穹隆银的日子，关于你们的事情我一清二楚，刚开始我快要疯掉，但慢慢地便安静下来。我明白这或许是一件好事。

“有时我想，你、我、黎弥加、赛玛噶，四个人的生命真是可笑又可怜。就这么纠缠在一块，处处都是死结。可现在，一场战争反而变成了解脱，让我们看清楚了属于自己的路。

“我不能答应你照顾她，是因为我也要跟着黎弥加上战场。”

你也要去？那是战场！你应该待在穹隆银城！

“不！穆，他是我的丈夫，他爱着我，我知道没有我他会内心空虚不安。我在他才安定。这是一场决战，谁都不能保证自己会活着回来，连他都不一定。我是他的妻子，这一世欠他太多，所以这场决战，我会陪着他，陪在他身边，与他一起去面对任何事。

“穆，这么多年，我一直在躲避，只有现在才学会去面对。”

她微微昂起下巴，有些调皮地笑，一瞬间仿佛回到了她的少年时光，

变成了那个单纯可爱的小女孩。

我开始羡慕她。

“来，让嫂子给你穿上盔甲吧。”婷夏取来甲胄。

我站起身，张开手。

出云军人出征之前，有妻室的，战甲由妻子亲手穿上，无妻室的，由姐妹穿上。出云人相信，借由这亲这爱，甲胄会得到珍贵的保佑，护佑它的主人平安归来。

婷夏动作麻利地将甲胄一件件给我穿上，她跪在我的面前整理甲叶，系牢内绳，态度认真，目光柔和。

这一刻，是如此漫长。这一刻，我们曾经所有的爱都在凝结，然后终于可以终结。

“穆，答应我，不管发生什么都要活下去。”离开时，她对我说道。

云雾缭绕中，日头出来。夜里下了一场大雨，天明时停歇。第一缕阳光洒在穹窿银城头的那面大鹏旗上时，鼓声响起。

沉沉的鼓声不张扬，稳健而坚韧。鼓声中溪山亮了，草木亮了，人的眸子也亮了。

“王上出，大鹏起！”代替穹布的新任国师大呼一声，黎弥加雪白的大鹏王旗缓缓地在银色的穹窿银城中竖起。

出云最大的一面军旗飘扬了千年，在此之前，它无数次迎着第一缕日光出了这城池驰往战场，这一次和以往没有任何不同。

我骑着战马，立于道路一侧，混迹在士兵之中。此时，我只是个普通的骑手，但内心坦然自若。

“将军，兽军失去了你，那就没有了灵魂，王上这是怎么了？怎么会让东罗木马孜那家伙成为统领？！”

“将军，你和我们不同，你不应该在这里。”

士兵们在我身边七嘴八舌。

我笑。我告诉他们，这里没有什么将军，只有一个哑巴叫黎穆。

一千法师队伍开路，接着身为白甲禁卫和新任兽军统领的东罗木马孜作为先锋率先出城，纹饰繁复的双头狐狸旗下，他穿着一身镶嵌着黄金、绿松石、玛瑙的华丽盔甲和周围格格不入。

“这只双头狐狸，呸！”

有人冲地上吐口水，更多的人选择举头向天，不正眼看东罗木马孜。

从我身边经过的时候，东罗木马孜的坐骑停了下来。他饶有兴趣地看了我一眼，然后挥舞着手中的马鞭，对他的手下轻蔑地笑：“这不是我们的哑巴将军吗？”

拉杰低哼着，毛发竖起，獠牙突出。

“一条恶狗！”东罗木马孜脸上的肌肉抽搐了一下，扬长而去。

“就这么逃了？真是个没骨气的家伙！”

“让他上战场，真是出云的耻辱。”

士兵们嘲笑着，咒骂着，当他们七嘴八舌的时候，周围忽然安静了下来。

所有的士兵，瞬间目瞪口呆，所有人都伸长了脖子，张大了嘴巴，巨大的惊愕之后是无数人同时的行礼！

是热桑杰！

这位老帅跨着战马出现在人群眼前的时候，每一个人都目光湿润。他没有披挂他的那套白色的大鹏孔雀甲，而是穿着的那具血牦牛胴甲！

那盔甲由百炼精铁造就，上面布满刀斧砍痕，赤红如血，有着山的沉稳和气势。头盔被打造成硕大的牦牛头，两只黑色的尖角向两侧弯曲，直至苍穹，头盔后方红色的牛毛蓬松着炸开，在风中飞舞，在一片白色中，猩红耀眼。

这盔甲，我的记忆里热桑杰只穿过两次，一次是在父王去世的葬礼上，他执意穿着这套血牦牛为父王护灵。早在我还没有出生的时候，热桑杰就是闻名雪域的黄牛部勇士，为了征服黄牛部，父王五次出征，最后一次黄牛部惨败，浑身是血的热桑杰就是穿着这身盔甲带着十一个死士向父王的本阵发动冲锋。热桑杰一人一马直杀到父王面前，伤了父王的臂膀，力竭被俘。“不怕死的血牦牛，热桑杰，我可以不屠戮黄牛部，只要你归顺我。”

正是父王的宽宏大量，让热桑杰成为他最忠诚的心腹，为出云奋战了一生。

第二次，父王被害，出云周边叛乱四起，叛军围攻我和黎弥加修行的洞窟，要斩草除根，危急时刻，是热桑杰领兵而至，火光之中，身着血牦牛胴甲的他满身是箭，如同恶鬼一般纵横冲杀，救出了我们。

熟悉热桑杰的人都清楚，老帅一生只有两副甲胄，血牦牛胴甲极少穿着上阵，他曾经说过这具甲胄是要在他死的时候披挂整齐火葬的。这是他对于死的纪念。

这一次，他再一次穿上血牦牛，为这个帝国抱死出征！

他驱马缓缓来到我跟前，对我微微一笑。

老帅，你应该留守。

“不是什么老帅了。我现在不过是个普通的将军。不过，我让他们把你编进了我的军阵。一直以来都想和你并肩血战一场，没想到如愿了。”他哈哈大笑。

看着他那洁白如霜的鬓角和胡须，我也笑，笑着笑着不由泪下。

“我先走，等着你。”热桑杰，高昂着头，留给了我一个山一般的背影。

接着，一队队的白甲禁卫缓缓移动，没有人说话，只有他们头顶上血红色的大鹏尾羽在风中摆动发出细微的声响。他们巍然端坐在马上，面冷如霜，视死如归。

人群忽然爆发出阵阵的欢呼声，无数人马中那面大鹏王旗猎猎而来。

黎弥加，在几十位将军的簇拥之下出现在无数人的视野里。

雪白的战甲，由出云最优秀的工匠用银子和精钢打造，雕刻着日和星，雕刻着圣山俄摩隆仁，经过无数法师的颂吟和法力加持。头盔上身生双翅鸟面人身的大鹏神双手撕拉着，用尖喙凿穿一条毒蛇。这盔甲属于出云历代先王，而今黎弥加是它的主人。

“哦唆！”

人群发出巨大的欢呼声，面对王旗的方向，如同湖水连波般层层跪倒。

治理国家黎弥加或许不是好手，但他征战四方的武勇，出云人人传颂。

我下马跪倒在尘土里，低着头，看着无数马蹄从我面前飞过。在欢呼

声最为热烈的时候，一匹马在我面前停住，一个人翻身跳下，双手把我拉起。

是黎弥加。他看着我，目光一如往日的温柔和滚烫，隐隐有泪光。

欢呼声戛然而止。

他上上下下地打量着我，伸手仔细检查我身上的每一处甲胄，皮绳松了他系紧，甲片斜了他扶正。每次出征前，他都会如此。在出云人眼里，此刻我只是一个骑手，但是对于他而言，我始终都是他的亲弟弟。

“穆呀，我的弟弟，没有头盔是不能上战场的。”他看着我空空荡荡的脑袋，笑笑，然后取下自己的大鹏王盔戴在了我的头上，熟练地系紧了盔绳之后，使劲拍了拍我的肩膀，后退两步，看了看，点了点头：“还是这样顺眼。”

无数人为他的举动感到愕然，他们看着我和黎弥加，不知所以。

你不是同样没有了头盔？我比画着告诉黎弥加。

哈哈。黎弥加大笑，然后他指着我转身对着他的将军们道：“看见没，我弟弟竟然问这样的傻问题。我是黎弥加，我打仗从来不需要那玩意儿！”

大笑声此起彼伏。风起，吹动黎弥加棕红色的长发飞扬舞动，如同一簇火焰。然后笑容自他脸上迅速消失，面对无数臣民，他走到我跟前，突然用力举起我的手，用贯穿天地的声音高呼：“俄摩隆仁山上的神灵做证！我出云王黎弥加在此正式立下我的誓言，此战之后我的弟弟黎穆继承王位，若有背叛者，无论是谁，举国共讨之！”

穹隆银城在他的高呼声中颤抖了。

所有人都惊讶万分，他们不相信自己的耳朵，但当他们确定无疑之后，山呼海啸般的呐喊声直上云霄——

“王上，英明！”

“天佑出云！”

……

人群再次拜倒，犹如波涛，连绵而来。他们看着我，面带希望和笑容。

“穆，看来在他们的心里，你的分量就是神山俄摩隆仁。”黎弥加低声道。

你也是。我们之间不分彼此。我告诉他。

他笑，然后转过身直视着我，“这一仗打完，我就把王位给你，然后带着婷夏去俄摩隆仁。”

你疯了！

“穆，我没疯。”他搂着我，“这王位本来就是你的。这么多年，直到今日我才明白，你远比我更要合适那宝座。”

王兄，出云人是不可能接受一个哑巴成为他们的王上的。

“我看未必吧。”黎弥加指着面前无数跪拜的人，“出云人宁愿死都不会轻易向别人双膝跪地，如今他们跪在了你面前。这足以说明一切。”

我无法接受。

“你接受得接受，不接受也得接受。”黎弥加说着说着，忽然笑起来，冲着后方的人群中招了招手。顺着他的目光，我看到了婷夏。

她卸去了一身的王后华服，着一具软甲，腰挎短刀，英姿飒爽。

“王后也要出征了！”

“王后也跟着我们一起！”

“出云，必胜！”

……

人群万呼。

黎弥加上马，牵着婷夏的手过来。两个人，就这么执手面对万民笑颜如花。

那一刻，我笑了。

他们之间有过太多的曲折、折磨和纠缠，如今终于可以彼此走近。

“意外吧？哈哈。”黎弥加心情很好，“穆，陪着你嫂子说说话，我去前面整顿军马。”

言罢，他绝尘而去。

我看着婷夏笑。

“是不是从来没有见过我这模样？很丑吧？”她道。

我摇头。

战争是男人的事，你为何要来？

“我怎么就不能来了？”婷夏看着黎弥加，看着他远去的背影，“这是一场决战，生死未卜。我是他的女人，自然要跟在他的身边。有我在他才会内心安稳，心无旁骛。”

一对对女兵在婷夏说话时从我身边走过，接着是女眷。

我的双目在人群中搜索。

“你在找她吧？”婷夏道。

我点头。

“我让王上放出赛玛噶，带她一起去战场，说不定就能平息这场战事，但被他拒绝了。王上说他会杀了弗夜坚赞，将他的头颅带回来扔于赛玛噶面前。”婷夏沉声道。

她还在天牢吗？

“是的。王上派重兵把守。”婷夏压低声音道，“穆，不管此战胜负如何，赛玛噶都将是个最可怜的女子。”

玛垂大湖。夜。

我不会想到，之前我和赛玛噶相处最温馨的地方如今会成为战场。

星光之下，玛垂和拉昂两湖好似两块洁亮的镜子闪烁出银色光辉，靠近两湖，出云和逻萨大军对垒驻扎，出云在西，逻萨在东。

逻萨人在玛垂旁安营扎寨，他们的营火连绵不绝，高歌声、呐喊声、人叫马嘶喧闹无比。而回望把大营扎在拉昂旁的出云，无数白色军帐像一头头雪狮蹲伏在长夜的腹腔之内，悄无声息。

一方好似发怒的公牛蹄声如雷，一方却仿佛静守的饿狼默然隐匿。

这两大帝国的雄军，曾不止一次对峙过，但从未有今日的气象。沉重的压迫感让人喘不过气来。

我想现在置身其中的每一个人心里都会想同一个问题：这一场决战到底会如何收场？

凝望着逻萨人的大营，那个被逻萨人赞为天神的昭日天汗，那头雪域雄狮，此刻或许也在为这个问题而困扰吧。

我想起他的笑容，想起他送我时的歌声，想起他诉说的关于他的童年和梦，恍惚间还觉得在昨日。如果没有战争，我们会成为很好的朋友，甚至是兄弟。他如此说过。但我们现在是敌人——不是你死就是我亡的敌人。

“穆，你对弗夜坚赞很了解，你觉得他会怎么打？”热桑杰远眺敌营。

我不知道。那是一个绝对无法揣摩清楚的男人，他的内心只有他自己清楚。不过我想他定然做好了充分的准备，没有胜利的把握他不会前来。

“我也这样想，所以从出城到现在一直不安。”热桑杰叹息道，“这是一个强大的对手，我们对他了解甚少。我打了几十年的仗，还从来没有像今日这般心慌，我不怕他们，但我总觉得他们的营帐中藏着一把利刃，一把可以割开我们出云咽喉的利刃。”

二十万对十万，兵力我们占据上风。若是硬打，我一点儿都不担心，我怕的是他的权谋和诡异的战法。

“是。但我想了很多天，他们的敌营我也看了整整一日，没有任何的异样。”热桑杰挠着脑袋道，“如果说有所发现的话，那就是他们的地势比我们高。”热桑杰敲着手中的马鞭沉声说道。作为曾经的统帅，将一切可能影响战争的因素都考虑在内已经成为他的习惯。

的确，玛垂和拉昂两湖附近的地势，东高西低，这对我们有些不利。

“这事情我给王上提过，王上不以为然，其他人也觉得无关紧要。但逻萨人放弃长驱直入的机会选在这里决战，一定有他们的打算。”热桑杰皱着眉头，“这里肯定有利于他们作战的东西。”

热桑杰，可能你多虑了。我比画道。

“可能吧。”热桑杰笑笑，“人老了，总是顾虑这，顾虑那。不过开战之后，地势高对于逻萨来说的确有利。”

作战需要的是士气，是那种破竹的气势。我安慰他。

“但愿如此。”热桑杰抬头看着满天繁星，“好美呀，镶满了无数宝石的狼皮毯子，不知明晚会盖在谁的身上。”

说不定明晚我们会有这个福气。我乐观地比画了一下。

“哈哈，希望如此。明天就是决战，早点儿休息，养足精神好好教训

他们逻萨人！”老头大笑着走开了。

是呀，决战。不知道过了这一晚之后，还有多少人能够活着看这美丽的夜幕。

当我弯身进营帐的瞬间，看见黎弥加坐在我的床上。他一个人玩耍着我的白柄刀，见我进来了指了指对面的椅子示意我坐下。

“明天决战，你乖乖待在我身边，哪里都不要去。”黎弥加爱怜地道。他用的是命令的语气，事实上他很少如此。

我摇头。我告诉他我现在是战士，是战士就要在战场上让敌人的脖子磨亮自己的白柄刀。

“不行！”黎弥加饿狼一样吼叫着，揪紧我的衣领，一把把我拽了过去。

我们距离如此之近，以至于我能够清楚地看见他脸上的毛孔。

“你是黎穆！我黎弥加唯一的弟弟，我之后的出云王！懂吗？！”

那是你的想法，和我无关。明天如果我能活下来我永远做一个牧羊人。

“忘了你这雷劈的想法吧！我知道你恨我，都是因为赛玛噶！”黎弥加把我推倒在椅子上，圆睁着双目。

我从未恨过你，我从未恨过任何人。王上。

“王上？！那是别人的叫法，我永远都是你哥哥！”这称呼如同一把利剑，刺痛了黎弥加的心。

我沉默。

“王上？穆，你知道那王座我从来都不愿意待过！这王位原本就是你的！”黎弥加似笑似哭，“十年了，你知道待在那个高位上是什么滋味吗？你要提防周边的那些对手吞没你的土地；要留心你的臣下随时割开你的喉咙；要操心每一个臣民的吃喝拉撒！别人眼里那是尊贵的掌控一切的王座，我却知道那就是一个巨大的炭炉，烤得你生不如死的炭炉！这一点不光我感同身受，对面的那个弗夜坚赞也比任何人清楚！

“这王座本是你的！管理国家你比我在行。我只是一个屠夫，我只想骑着我的马战场上砍杀，晚了就大碗喝酒！穆，这炭炉我替你坐了十多年，该你自己去尝尝滋味了！”

黎弥加弯下腰，抱着脑袋，声音像狼嚎："你要明白，出征时我对万民说的那句话不是头脑发热。你将是出云的王，我也要卸下这担子，和我心爱的女人过几天安生日子。"然后，他的声音变得颤抖。

"穆，阿妈说我这辈子不可能再受苦，因为所有的苦你已经替我完成。可谁知道这些年我的苦！所有人都是阿谀奉承，你不知道下面的那些笑脸，哪一个手里攥着刀子！唯一可以信赖的就是你和婷夏。你和我一个娘胎里出来，鬼知道你我差别怎么那么大，小时我护着你，不准别人欺负你，你像个没奶的小羔羊，随便一阵风就能要了你的命。可一转眼这小羔羊就成了块俄摩隆仁最坚硬的石头，你脑袋里的东西我永远都不明白，我眼睁睁看见你离我越来越远！至于婷夏，她连孩子都不愿意为我生，穆，这些年，我一个人！没人知道我的苦！

"不过现在总算是好了。我终于得到了她的心，得到了她的爱。之前我还想决战的时候，我就战死，死得轰轰烈烈，后人就会说，黎弥加那个浑蛋治理国家不行，但是起码死得像个出云男人！现在我不想死，一点儿都不想死。我要活着，然后和婷夏去俄摩隆仁看那云烟，就像你和赛玛噶一样。

"穆，赛玛噶的事原谅我。我从来没有想去那样折磨、对待一个女人，但谁让她是弗夜坚赞的妹妹呢？谁让她替逻萨通风报信呢？"

王兄，这是你的错，和她无关。她爱着你，你本来可以接受这份爱，那样她会对你一心一意，便不会有今日的结果。

"让我爱上她？你杀了我吧。我只爱婷夏一个，你知道。"

我不想和他争执，低头不语。

"你爱着她，是吗？"黎弥加问。

我也不知道。

"看来你是爱上了。"黎弥加冷笑着，然后又龇牙咧嘴，"赛玛噶！她一来穹窿银我就应该剐了她！是她让我们兄弟之间的情感裂了缝！热桑杰说得没错，她就是条毒蛇，杀人不眨眼！"

黎弥加抬起头，猛地站起身来，"穆，你不能爱上她！你是出云未来的王，她不过是条小毒蛇！明天我就把他哥哥的脑袋砍下来，锯下头骨给那个小

毒蛇当碗！”

哥，这不是赛玛噶的错！

“她没有错，我没错，你没错，她哥哥也没错！那是谁的错？！人是牛马，人是畜生，不知何时生，不知何时死，苦海中挣扎！这就是现实的世界！”

黎弥加恼怒地走出了营帐，掀起帘子的时候，他停住看着我：“穆，明天如果打赢了，我带着婷夏逍遥快活去，那王位你自己坐。如果我死了，你可以把赛玛噶变成你的女人，谁都不会再阻拦你，因为那时不管怎样，你都是出云王！而这些的前提是你必须给我活着！”

说完，他头也不回地走掉，透过那门帘，我看见原本清朗的夜空升腾起了乌云。

起风了。

第十一章

千年决战

我梦见了赛玛噶。梦里一片黑暗，她和我擦身而过，发丝拂过我的脸颊，能够闻到淡淡的花香。她穿着一身鲜红色大长裙，毫无笑容，不看我一眼，兀自走去，走入浓重的黑暗之中。

我看到那只黑猫就跟在她的身边，冲着我发出嘶嘶的低叫，不容我靠近。

我追赶她，跌跌撞撞，地上满是毒蛇和蝎子，岩石炽热如炭火。我看见她鬼魂一样隐没在石壁之中，再也寻觅不着。我捶着那石壁，用尽全力，听着自己的拳头砸在石头上发出的砰砰响声。

“穆，该起了，今天是个大日子。”热桑杰把我从梦中唤醒。

砰砰砰砰。

那声音，一声紧似一声，一声连着一声，此起彼伏，如同击打在人的心头，让人惶惶不安。那是无数战鼓同时在响。昆蕃的战鼓，声音低沉浑厚，足以响彻四方。每次大战之前，他们总用这种鼓声向对方证明自己的强大和不可战胜。

我披挂好衣甲，走出大帐。

天亮了。

太阳还未出，浓雾裹弥整个天地，不见天空，亦不见地面，眼前是一个云烟缭绕的世界。雾是如此之浓，以至于十步之内看不清人面草土。马嘶声人声还有旗帜翻飞的脆响一同席卷而来。

沉闷的牛皮战鼓，砰砰的响声让空气颤抖，一波波地荡漾开去。

在这样的鼓声中，热桑杰笑了：“穆，这场大战过后，你就是王上了。这是天大的好事。虽然我这么说对王上不敬，但你的确更适合。出云如今被折腾得千疮百孔，只有你能够保持它不会倒塌。苦日子就要过去，明日之后便是出云的新生。”

老帅，你言重了。

“我说的是实话。自从王上要让位给你的消息传出去，出云大军精神焕然一新。之前每个人都心慌意乱，现在却是众志成城。是你让他们有了新希望。不过……”热桑杰乐道，“有些人可就睡不着觉了。”

你是说东罗木马孜吧。

“是的。那个该死的双头狐狸，之所以能够耀武扬威，完全是因为王上对他言听计从。你若成了王上，他定然不会有好下场，这一点谁都知道。”热桑杰凑过来小声道，“毕竟当初他在俄摩隆仁要杀你的事，除了王上不知出云哪个不晓？”

我苦笑。

“听说这些日子，东罗木马孜的眼睛熬红了，头发也掉了一大把，哈哈！这真是让人开心的事。”

好了，等大战之后再说这些事吧，我们要去战场了。

“走！”热桑杰和我跨上战马。

黎弥加的王旗竖在一个高高的山丘之上，热桑杰和我赶到的时候，他的身边围满了将军，尼洛威尔雅也在其中。

众人对我微微点头，然后齐齐看向黎弥加和他面前的地图。

“逻萨人的战法从来都不会变。先以步兵压进，骑兵从左右侧迂回，战场焦灼时，他们的牦牛兽军猛冲而下，撕开敌人战阵的口中，最后弗夜坚赞的王军全体出动，直接进攻对方的本阵。好的猎人，一定要知道这只雪山狮子的捕食习惯，那样就可以随心所欲地捅刀子。”黎弥加的马鞭敲在面前的巨大牛皮地图上，看着对面的苍茫雾气，笑了笑。

“尼洛威尔雅，司伦你二人各引三万左右列阵，咬死逻萨人的两万骑兵，绝对不能让其近前一步！我亲自引五万白甲禁卫居中，砸碎逻萨人的两万步兵，东罗木马孜引两万兽军于左侧山后布阵，弗夜坚赞的牦牛出动，便让它们横尸土石之上。穆，你率五万本阵居后坐守，热桑杰引两万精骑埋伏右侧山林，待我的白甲禁卫以车轮大阵绞灭逻萨前阵，以烽火为号猛攻弗夜坚赞的王军，到时我方全线压上，他便是长了翅膀也别想活着回去！”

黎弥加举起牛皮袋，将其中的酒一饮而尽，脸色涨红哈哈狂笑。

所有人都齐齐点头。黎弥加是战场上名副其实的王，分兵布阵纵横捭阖的能力，出云无人能及。以出云二十万的绝对优势，千年不败的兽军，还有黎弥加巧妙的布局，在场的将军们纷纷叹服。这的确是绝佳的战法。

“王上，似有不妥。”一直没有说话的热桑杰让黎弥加的笑声戛然而止。

“王上战法绝伦，但亲自犯险，实不应该。群狼出动时，狼王总是在后的。”热桑杰为黎弥加担忧，毕竟他如今是出云人的王。

“这样的千年之战，所有人奋死冲杀，我怎么能像个乌龟一样躲在后头！大鹏鸟猎食，王鸟总要飞得最前！”黎弥加大声道。

我了解黎弥加，他比任何人都更渴望战场。

“王上是大鹏鸟，哪能当那乌龟。”东罗木马孜对黎弥加谄媚一笑，“王上出现在万军之中之上，出云人哪个不拼死血战？”

我上前一步，想告诉黎弥加还是小心为妙，被婷夏拉住了。

“他已经决定了。”婷夏低声道。

黎弥加决定的事，就无法更改。

“你们都别担心了，他打了这么多年的仗，也没见到伤过。何况有我陪着他。”婷夏笑道。

黎弥加的大手在婷夏凸翘的屁股上拧了一把，转头对身边的男人们哈哈笑道：“看见了没，难道你们还比不上女人吗？再说，就算是我死了，还有我最爱的弟弟，他就是王上！”黎弥加搂着我的肩膀，打了一个酒嗝儿。

我告诉他我不会躲在后头的本阵，我要上战场，随便哪一个军阵都行。

“你给我听着！”黎弥加把我扯过来，压低声音在我耳边小声道，“别以为我是笨蛋，这一战关乎出云存亡，在场的这些人，恶鬼知道谁背地里和逻萨勾搭？！我得亲自督战，而后阵我必须找一个信得过的人！穆，出云交给你了。”

他并非我想象中的那样对周围的人和事一无所知。他是双目微闭的鹰隼，即便是在暗里，也能敏锐感觉到空气的波动。

我终于点头。

“开战！准备开战！”黎弥加跳上他的战马。

“王上，逻萨人新组建的兽军，那支神秘的圣军……”尼洛威尔雅王昂头提醒道。

“当我们的战狼咆哮，我们的大鹏翱飞的时候，他们就知道什么才是真正的兽军！”黎弥加扯动缰绳消失在浓雾之中。

他一走，所有将领按照之前的命令各归己阵。

顷刻之后，听见出云的大军之中，接二连三传来一声声的欢呼，然后是响亮的法号吹响，天地震动。

“好大的雾呀！”热桑杰站直了身体，踮着脚尖看着对面。对面被浓雾吞没，根本看不清任何东西。

“穆，不管何时，你都不要轻举妄动。你是我们最后的希望。我们谁都可以死，唯独你不能！明白吗？”老帅厉声道。

我点头。

“赤危，东罗木马孜在什么方向？”热桑杰大声道。

“禀老帅，他的白甲禁卫已经随王上往前阵去了，连他的侍卫都在王上左右，眼下他率领着兽军，在北面林中。”赤危指了指。

那片深林被两山夹着，密集幽深，是兽军藏身的好地方。

“派一支可靠的人马去！”热桑杰低声道。

我立刻明白了他的意思。

“老帅，你这是？”赤危疑惑。

“这只双头狐狸我始终不放心，你派人过去，若他有什么二心，当场给我斩了！所有责任我来负！”热桑杰恨声道。

“是！”赤危转身布置去了。

老帅，东罗木马孜是个谨慎的家伙，不管何时他都会想方设法保自己的安全，你派的小队不一定能够拿下他。

“管不了这么多了，总比什么都做不了强。”热桑杰笑道。

咚！

咚咚咚！

说话间，对面战鼓声陡然响起。

这鼓声和之前有着本质的区别。

以前是一声连着一声，这一次却是万鼓齐鸣。

“这就要开始了吗？”热桑杰大笑，翻身上马，“穆，最后的时刻来了！”

我听见无数灵魂交融成一片大海，波澜壮阔，万籁俱静。弥漫天地的浓雾翻滚升腾，仿佛永久不会消散。车辚辚，马萧萧，眼前这一切如同巨大的幻觉。

日头升起来，雾散，天开。

高空之上，硕大的云团在燃烧、剧烈变幻、包裹、缠绕、渗透、融合，隐隐有雷光。在那云团之下是更为耀眼的红云，绵延铺展于丘陵草甸之间，无数雪狮旗随风飘荡，好像熊熊烈焰！

逻萨人的战阵以鹤翼展开。两万精骑分列左右，骏马打着响鼻，喷出阵阵白色水汽；两万步军陈列前锋，长戈如林，战鼓阵阵；五万王军稳居中央，最高处插着一面巨大的雪狮王旗。在那王旗和步军之间，跌宕着一片片灰色的波涛，一万牦牛兽军，无数尖锐的牛角刺破青天！

呜呜呜呜！牛角长号几乎同时响起，赤红的逻萨战阵缓缓向前，仿佛从天而降的无边烈火，滚滚而来。

“杀！杀！杀！”十万逻萨人身着青铜甲胄，长发飞荡，声如雷动。

“雪域上，不怕死的除了饿狼便是逻萨人，即便是对手亦是可敬。”热桑杰凝视对面，神情微微一顿。

我眯着眼睛，目光越过逻萨人那红色旗帜和长发的海洋，越过那甲胄和长戈，越过那巨大的雪狮王旗，落在了山丘后方隐隐露出的一片雪白之上。

那片白静默无声，好像皑皑的雪线并不厚实，却透出隆冬的无尽肃杀。它让我的内心生出巨大的不安。

那是逻萨人的圣军吗？

“应该是。”热桑杰在马背上抬高身子手搭凉棚窥探了一下。

“千年之战！无论胜负，一个武人能够在这枪林刀山中驰骋一番，足矣！”热桑杰看着我，“孩子，保重！你我俄摩隆仁上的云烟上见！”

热桑杰，俄摩隆仁的云烟上见！

我对远去的热桑杰挥了挥手，看着那苍老坚毅的身影消失在苍茫之中。

咚咚咚！

出云的战鼓响起，左右翼六万骑兵如同两股洪流一泻而下。骏马似龙，白衣胜雪！右侧，两万飞骑以箭矢阵列阵，身着血牦牛胴甲的热桑杰在牛头旗下位于战阵最前方；中军，五万白甲禁卫缓缓变幻，车轮大阵成型，长枪和白柄刀连那日光都遮挡下去；大阵中央，黎弥加的大鹏王旗高高竖起的时候，大风起，风云激荡！

玛垂、拉昂两湖之间，圣山俄摩隆仁之下，这场出云和逻萨之间的千年之战，拉开序幕！

一方赤红如火，一方洁白似雪；一方喊杀震天，一方静默凝铁！

“将军，宣布全军出动，开战吗？”副帅赤危深吸一口气。这位身经百战的老将握着白柄刀的大手微微颤抖。

此时的出云军，黎弥加亲自领兵位于前军之中，等于放弃了指挥权，眼下坐镇本阵的我便是全军的统帅，发布进攻的命令，自然是我。

但我摇了摇头。

敌不动，我不动。

我看着对面的那面雪狮大旗，看着隐约的身影。

我看不清楚弗夜坚赞，但我知道此刻他的目光一定也穿越着雾气与日

光落在我的身上。

弗夜坚赞，你接下来，要怎么做？

“哦唆！”

“哦唆！”

“哦唆！”

二十万出云大军突然爆发出雷霆般的巨吼。吼声之中，一面大旗自中军飞奔而出直冲敌阵。

黎弥加的大鹏王旗！

几十万人的注目之下，白衣白甲白马白旗的黎弥加单骑飞出，一头赤色长发格外引人注目。

两军阵前，开阔地带，黎弥加将手中的王旗狠狠插在地上，纵马往来穿梭，对这远处那雪狮大旗发出一阵大笑：“弗夜坚赞，黎弥加在此！出云出兵二十万，你可敢一战？！”

在高处，雪狮大旗下，缓缓出现一个高大身影。日光遮住了他的脸，那身影深沉莫测，一言不发。

“出云黎弥加在此，你可敢一战？！”黎弥加哈哈大笑，慷慨激烈。

我清楚黎弥加。为这一刻他已经等待太久，渴望太久。

长久以来，他和弗夜坚赞之间的交手都是关乎政治，关乎权谋。每一次他都是败者，他渴望在两军阵前，一举击败弗夜坚赞，尽雪前耻！他要让雪域的每个人都知道他黎弥加才是真正的王者。

出云人怒吼连连，战意滔天。

对面那身影却肃然而立，我隐约看到他缓缓地举起一只手。那只手微微在空中一摆，雪狮大旗陡然向前陡然直指。

两万逻萨步军发动奋死冲锋，如同岩浆一般漫卷而下！

“圣山大湖做证，我出云誓不让逻萨人过此旗！”面对咆哮而至的逻萨人，黎弥加仰天长啸，爆发出奋力一吼，“出云人，大鹏的子孙，战！”

“战！”

“战！”

“战！”

五万白甲禁卫一步迈出，动作整齐划一！

千年不败的车轮大阵瞬间开启！那旋转的巨大车轮，开合席卷，漫过黎弥加，漫过那面大鹏王旗，迎着逻萨步军，发出鬼哭神嚎一般的呜咽之声，开始收割生命！

两人多高的长枪齐齐放下，白柄刀飞舞，箭镞铺天盖地飞去，一拨连着一拨，层层荡漾，经久不息！

咣——

两支前军仿佛两头奔跑的公牛，结结实实地撞在了一起，交汇处，长矛刺穿身体，刀锋划开骨肉，荡起漫天血雾。

两万逻萨先军视死如归，迎着这死亡大阵，好似一根宁折不弯的坚铁长棍狠狠插入，意图拧断那死亡车轮，阻止其继续旋转。前人死，后者继，踏过同伴的尸体，用戈、刀、拳头，甚至用牙齿，他们是一群狼，一群嗜血不畏死亡的狼，张开血盆大口，吞噬，撕咬，纠缠。

撞击和恶战之下，车轮大阵，骤然一停！大阵边缘有分崩的迹象。不愧是逻萨人，不愧是值得尊敬的对手，如此的战力，如此的视死如归，足够让人叹服。

我缓缓站起来，紧紧握着白柄刀。

“将军，要出援兵吗？”赤危急道。

我摇头。

赤危，白甲禁卫的车轮大战，从无败绩！若是逻萨人仅仅几次冲锋就溃了，那就枉称常胜了！何况还有王上在！

“死战！死战！”两军阵中，黎弥加高声大呼，一骑当千，白柄刀荡漾开去，周围的逻萨人青稞一般纷纷倒下。战场上的他全身是血，好像来自地狱的恶鬼。

在他身边我看到了婷夏。一身软甲的她，紧紧跟着黎弥加寸步不离。

那一对人儿面对生死，不离不弃真是让人羡慕。

“战！战！战！”长枪突刺，大鹏旗翻飞，受黎弥加的刺激，自车轮

大阵中心爆发出阵阵的爆裂之声，一股股力量漫溢而出，腥风血雨之下，车轮大阵在短暂的骤停之后开始再次旋转！

逻萨人的冲锋被硬生生挡下之后，这从未失败过的大阵以摧枯拉朽之势搅碎、分割、吞食生命！战况前所未有的惨烈，呈焦灼之势。宁死不退的逻萨步军倒下的尸体如山，即将面临全军覆没的境地。

呜！高丘之上，牛角号响，逻萨左右两万骑兵向车轮大阵两侧展开攻击，战马长嘶，天地震动！

弗夜坚赞有点儿支撑不住了。

我冲赤危比画了一下：保护侧翼，命左右军，出！

后军两侧升起两旗。旗出，出云左右，尼洛威尔雅、司伦两人率领的六万出云铁骑好像两条呼啸银龙，怒吼而出！

雪狮伸出了双爪，大鹏张开了天翼，花草在马蹄下起伏，尘烟在上空开花结果，它们绽放，炸开，强烈而丰盛。

我看见白的红的罗刹在那尘烟上走动游荡，吞噬战亡者的生命，让人脱离不了生命本质的绝境。出云铁骑雪域无双，逻萨骑兵骁勇善战，双方撞击、交错，最终汇成斑斓的死亡长卷！

我仿佛看见一面冬日大湖，湖水赤红，荒凉沸腾，无数亡灵挣扎、沉沦，面容扭曲。我看见一只白鸟从云上落下，从那湖面飞掠而过，短短地在湖面停留一下，带着无数灵魂，划出一条银色弧线悠悠远去。它飞去的方向是圣山俄摩隆仁的方向。

不知为何，我开始想念赛玛噶，想念她的笑，想念她白莲花一样的容颜。

“将军，兽军出吗？！”赤危扯住了我的手臂。

战场之上，前方战阵早已分不清敌我，犬牙交错，僵持焦灼。逻萨人尽管勇猛，但面对人数占优的出云丝毫讨不到半点儿便宜，如此持续难有胜算。

我摇头：不动。弗夜坚赞的牦牛兽军不动，出云的战狼和大鹏就不动。

盯着高丘上的那个身影，我眯起双眼：弗夜坚赞，你的撒手锏，该拿出来了吧？

双方都在坚持，等待最后的时刻。

然后我看到那面雪狮旗的一侧，一面巨大的牦牛战旗高高升起。

哞！！！一万牦牛仰天悲鸣，在操兽师的驱赶之下，徐徐迈蹄。

“将军，逻萨人的兽军动了。”赤危大声道。

我看到了。

每一头牦牛，四头一组，被直辕固定，身上安放着大筐，身后拖着巨大而沉重的滚石。战场之上，东高西低，滚石一旦启动，就会骤然滚落，牦牛无法左右逃散，如果不想被推拽的滚石碾轧致死，就只能朝前方狂奔！

那是绝望的奔跑！

万牛扬蹄，地动山摇，震动得连玛垂湖的湖水都生出巨大的涟漪！它们或许从一开始就知道自己的命运，知道自己的血肉之躯将永远停驻在这里。逻萨人的牦牛阵与以往截然不同，那种必死的气势，让观者无不胆寒。

“难道逻萨人真的孤注一掷，连宝贵的兽军都要一战而死吗？”赤危声音颤抖。

我摇头。赤危，他们的兽军有古怪。

“古怪？什么古怪？”

我指向牦牛阵的最前方，冲在最前的那些牛。

虽然它们身上的大筐被遮得严严实实，但我分明能够从其中看到一股股的青烟，还有托在它们身后的一缕缕细小的火光。

“那是什么？”赤危疑声道。

我也不知道，但赤危，这里头肯定有古怪。

“将军，出动兽军吧！”赤危舔着嘴唇，“没办法了，一旦牦牛撞上车轮大阵，我方极为不利！将军！”赤危大声道。

是的，只能如此了。我闭上眼睛，点了点头。

咚咚咚咚！四阵战鼓巨响，那是兽军出动的信号。

但随之而来的是寂静，死一样的寂静。

我并没有听到战狼的嘶叫。

骤然转过脸，战场左侧，兽军埋伏的树林里，我没有看到东罗木马孜

的双头狐狸旗。

“将军，东罗木马孜没动静！”赤危大惊。

再擂鼓！

鼓声骤响，东罗木马孜的战旗始终没有出现。

“让恶鬼吞了他的灵魂！我就知道东罗木马孜这个老狐狸心怀鬼胎，看来暗地里他背叛了出云，成了对面那个人的爪牙！”赤危吐了一口唾沫。

远处，逻萨的牦牛群已经逼近车轮大阵，情况极其危机！

黎弥加猜得不错，出云内部的确有和逻萨暗通消息的，但他绝对想不到会是自己最信任的东罗木马孜。那个平日驯服如狗的东罗木马孜，那个嘴巴上涂满蜂蜜和牛奶的东罗木马孜！

嗷！！！！

一声狼嚎响彻四方。从林之外，高坡之上，一道白色的闪电向着牦牛群奔驰而去。

是拉杰！出云的群狼之王！

原本寂静的树林传来阵阵回应，战狼长嚎，惊起无数飞鸟。如同决堤的洪水，在拉杰的带领下，它们冲出树林，奔跑、嘶吼、带着火焰、带着雷霆，足以摧毁整个世界。

牦牛狂奔，群狼迎头咆哮！拉杰第一个冲入牦牛群中，紧跟着它的是一万不死兽魂！

狼的咆哮声，牦牛的哀鸣声，血肉被撕扯吞咬的声响，尸体轰然倒地的声响，不绝于耳。

“哦唆！哦唆！哦唆！”出云人欢声雷动，士气如虹。千年以来，兽军便是出云的灵魂，兽军一动再无对手。

就在赤危等人松了一口气的时候，一声巨响，回荡天地！

轰！

轰轰！

轰轰轰！

紧接着的是连续不断的爆裂之声！犹如不停歇的雷霆，从天而降！

我看到火光，看到浓烟，看到强大的爆炸之下血肉横飞！

牦牛在哀号，同时还有战狼的不甘的怒吼声。

两支兽军，被爆炸掀起的火焰和浓烟遮盖，没有人能够看得清楚里面到底发生了什么！盯着那烟火，我内心颤抖，巨大的不安如同头顶的阴云在迅速积累，直觉告诉我，作为一代英主，弗夜坚赞不会傻到明明知道牦牛不敌战狼还要白白送上。

嘶号声停息了，爆炸声停息了。烟火之中，死寂默然，再无声响。

时光在这一刻仿佛停滞了。整个战场，无数人的目光聚集在那翻腾的尘烟之上。

硝烟慢慢散尽，出云人的欢呼戛然而止。呈现在眼前的，是一眼望不到头的尸体，碎裂的尸体！

弗夜坚赞的牦牛兽军没了，出云的战狼同样粉身碎骨。只有拉杰屹立在尸山血海之中，仰天悲怆长啸。

“火油！他们竟然用了火油罐！”赤危目眦尽裂。

仰头看着高空中的云烟，我的心在滴血：弗夜坚赞不愧是昭日天汗，竟然用这样的方式，不惜牺牲自己的兽军，换来同归于尽。

嘎！

鹰唳刺破长空，就在此时出云队伍的后方，光线暗了下来。

一万只大鹏展翅翱翔，锐鸣不断。出云人祖辈跪拜的神鸟，永恒的图腾，它们的翅膀遮盖住了日光，越过高树和山峦，越过并肩血战千年的狼尸，振翅九天之上，化作一颗颗流星坠落的朝着逻萨王军扑去！带着永不屈服的傲气，带着滔天的愤怒，这些神鸟以雪域最迅捷的攻击展示着它们的不朽！

但逻萨王军却岿然不动！

五千牦牛尾，两千牦牛尾，一千牦牛尾，五百牦牛尾巴，二百牦牛尾……大鹏和敌人的距离越来越近，它们的利爪日光之下寒芒毕露，足可断铁的尖喙猛啄而下。

嗡！

在最后一刻，逻萨王军突然齐齐仰倒，他们的双脚，架上了一件件黑色的铁质巨器！

我双目一凛：那是弩！不好！

嘭！

逻萨军阵上空，升起一片黑云！迎接大鹏的是一面由无数尖锐箭镞组成的死亡之墙！大鹏的速度已经到了极致，想高飞再无可能，箭雨如潮水一波未平一波又至！

凄厉的长鸣之声响彻云天！血雨凌空，带着箭矢，大鹏们仿佛陨石坠落，投入拉昂浩瀚的湖面之内，溅起巨大的浪花，再也找寻不到。

大鹏折翼，狼尸横陈。出云千年不败的军魂烟消云散！

这一刻，出云大军呆若木鸡，原本的不屈战意，原本的铁血傲骨此时化为内心不可抵抗的恐惧。

大风呜咽，卷起千层浓云，仿佛为这雪域上的战魂招引祈祷。阴云迅速扩散，挤压，摩擦，铺展与战场上空，一道道电光漫布其中，如同罗刹之手撕开光明之门，带来破碎、空虚、死亡、创痛和愤怒，一切跌坠失色。

死！

阴云之下，弗夜坚赞的雪狮大旗动了。五万逻萨王军迈着整齐的步伐激荡前行，大地震动！逻萨人的牛角号响彻云霄！

“大鹏的子孙们，战！战！战！”车轮大阵中传来的黎弥加的吼声，浑身是血的他面目狰狞。

出云兽军全军覆没，这种千年未有的事情，黎弥加看得清清楚楚。但他永远不会屈服，即便是空中没有了大鹏鸟，地面上没有了战狼，他依然是出云的王，出云主力仍在。

他的怒吼没有得到出云大军的回应，因为这一刻出云人终于看到了弗夜坚赞的圣军，那支神秘的新兽军！

开战以来，逻萨战阵后方的那抹雪白始终没有加入战场，仿佛幽灵一样静静守候。而当雪狮大旗前指的时候，那雪线好似风卷飓雪一般滚滚而来！

一万圣军身着寒铁白胄，手持锐利长戈，背负硬弓羽箭，他们的前方

雪色风暴的最前方，却涌动着无尽的黑色和金黄！

一万牦牛犊大小的巨獒，在阴云和电光下奔跑，它们身皮青铜软甲，长长的鬃毛迎风炸开，血盆大嘴中锐利的尖齿寒光闪现！

那分明是漫山遍野的收割生命的死神！

出云大军的战阵骚动了！

向来不怕死的出云人，此刻看着那些巨獒仿佛面对从天而降的死神，恐惧好似瘟疫一样蔓延。

“战！”黎弥加手持大鹏王旗勒令再战，天雷一样的吼声却戛然而止。

几十万人的注视之下，黎弥加的身旁，一个白甲禁卫将手中的利剑狠狠刺入了黎弥加的胸膛！紧接着是巨大的骚动。

黎弥加的周围，那一群贴身侍卫群起而上，对黎弥加乱刀刺下！

我看到婷夏的身影，她护着黎弥加，拔出短刀搏命，但很快被对方的刀影淹没！我全身血液沸腾，身躯一震，几乎坠马。

“哥！”我生平喊出了第一句话！

黎弥加的王旗倒下了。

那面巨大的大鹏鸟王旗从他的手中滑落，在出云军中消失。

这旗帜千年以来从未倒下，如今它和出云的王一起横在战场之上，被飞箭、刀锋和人影吞没。

我看到黎弥加棕红色的头发垂在地上，看到大旗覆盖他的脸，满是血污的脸。

他一定很不甘心，那双眼睛愤怒圆睁，死死地盯着天空。

婷夏身中数刀落马，背后是漫山遍野冲来的昆蕃士兵，她置若罔闻，只是缓缓地朝黎弥加爬去。

然后，乱军淹没了他们，再也看不见。

我呆呆地瘫坐在马上，周围瞬间变得寂静一片。

我看到每个人都在拼杀，张着嘴吼叫着、怒骂着、哭喊着，但我听不到他们的声音。此时的世界，变得那么安静，安静得只能听到自己的心跳，

安静得仿佛时空都已静止。

起风了。

呼啸的大风吹起原野上的草叶，漫天飞舞。

天空阴沉，雷声隆隆！

“将军，王上驾崩了！”赤危哭喊着拉扯着我。

随着黎弥加的死，整个出云大军都开始松动，变成了黏合不起来的散沙。

这个突如其来的变故，彻底击溃了所有人的心理防线——战狼和大鹏鸟组成的兽军没了，王上被当场刺杀，二十万出云军群龙无首！

“赤危，展旗！”

我冷冷地看着赤危命令道。

“展旗？什么旗？”赤危疑惑道，他似乎还没反应过来，我已经能开口说话了——因为这个世界上最爱我的人——刚刚死去！

“黑色狼头旗！”

“展旗！展王上的黑色狼头旗！”赤危明白过来，大声呼喊。

扑啦啦！

我的黑色狼头旗被奋力抖开，赫然树立在出云后军之中。

“王上有令，死战！死战！”赤危手持狼头旗，死命挥舞以便让所有出云人看得到。

这面旗帜和黎弥加的那面大鹏鸟王旗同样巨大，出云人明白它如今是出云最后的希望。

战场中原本混乱的出云前锋，迅速恢复过来，开始组织防御。

但就在此时，一个尖锐的声音出现在战场——

“黎弥加已死，兽军已殁！出云败了！出云败了！”出云大军之后，传来了东罗木马孜的喊声。

双头狐狸旗下东罗木马孜得意扬扬，他脱去了出云人的白衣白甲，换上了逻萨人的红色，他的身后是他的近两万私军。

“伟大的昭日天汗有令：投降者，活！抵抗者，杀！出云的兄弟们，

我们都有父母妻子，留着一条性命回家吧！”东罗木马孜一边高呼，一边率领大军从侧面向出云中军猛攻！

刚刚恢复的战阵顿时人仰马翻！

我的眼前，整个出云大军被拦腰折断，死伤累累的前锋被迎头而来的昆蕃战獒吞噬。它们的后方还有海洋一般的昆蕃王军，车轮大阵不复存在。至于两翼骑兵，也被压制、碾压，只有中军还在苦苦支撑。

“出云的弟兄们，我们已经败了！逻萨的另一支大军已经抄道深入出云国境，此时已逼近穹隆银，我们已经败了！回家吧，回家解救自己的家人吧！你们的父母，你们的兄弟姐妹，你们的妻儿！回家吧！只要放下战刀，可饶你们不死！”

东罗木马孜的狞笑声响彻战场！

“不可能，他在说谎！王上，昆蕃不可能另有一支军队……”赤危愤怒道。

我痛苦地昂天长叹。

“王上，我们要揭穿这只双头狐狸的鬼话！这个畜生……”赤危双目含泪看着我。

“赤危，没用了，已经没用了！”

“怎么没用了？！”

我指了指出云的战阵。顺着我手指的方向，赤危接下来的话消失在风里。

啪。出云战阵中第一根旗帜倒下了，接着是第二根、第三根……原本就已恐惧、动摇的士兵彻底崩溃了，他们扔掉手中的武器，开始向后疯狂逃窜。

首先是尼洛威尔雅和司伦的左右骑兵，接着是五万后军，兵败如山倒，督阵的将领和铁卫根本无法阻止。在昆蕃圣军巨獒和五万逻萨王军的进攻之下，唯一坚持苦战的白甲禁卫面临绝境，车轮大阵分崩离析。

千年不败的出云，此战败局已定。

“王上，我们败了！”望着满目的溃兵，赤危泪如雨下，“撤吧！撤

回穹窿银，说不定还可一战！”

轰隆隆，一声天雷半空炸响，积蓄已久的雨水瓢泼而下。雨雾弥漫，冲刷着盛开的花，冲刷着倒下的尸体和刀枪，冲刷着一个个已经消逝了的生命旅途。

很多人想象过自己的死亡，或者诉说，或者书写，或者歌唱，但死亡始终如同硕大的白色花朵，随时都可能灿然绽放。

我们总是太在意生死，对它格外小心，所以就成了那被禁锢在瓶子里沉沦、挣扎的鹅。

我看了一眼俄摩隆仁，圣山无言，云烟环绕。回望赛玛噶的方向，穹窿银遥不可及宛若一个梦。

“王上！你走！你快走，我来殿后！就是死，我也不会让逻萨人前进一步！”赤危大声道。

“赤危，你知道最美的生命是怎么样吗？”我冲着赤危微微一笑。

“王上？！”赤卫惊诧地看着我。他不清楚我的意思。

“赤危，我曾经听一个人说过，最美的生命如同大朵的花砰然绽放，然后在最灿烂的时候戛然而止。”

赤危微微一愣，随后明白过来

“王上，我知道了！”赤卫盯着我，盯着我背后穹窿银的方向，“你说得是！出云人生的时候就是经历无数磨难，只会冲锋死，不会后退生！待我先斩了东罗木马孜那个叛徒，再夺弗夜坚赞那杆王旗！”

言罢，赤危抖开缰绳：“还有没死的吗？跟我走！斩了东罗木马孜那个可耻的叛徒！”

“叛徒！”一队骑兵，跟随赤危奔腾而去。

他们和我擦肩而过，经过我时，全都微微点头，似乎是最后的告别。不管是他们还是我，都知道这将是我们作为同阵的袍泽最后的一面。

看着骑马而去的赤危，看着他们的背影，还有那扬起的尘土，我朝卫兵伸出了手。

“王上！”卫兵知道我的心思，不甘心地将那面黑色狼头旗递过来。

我接过了自己的旗。

赛玛噶，今生我注定是黎弥加的影子，你像束光线，照进了黎弥加，所以才有我的闪烁。如今你已不记得了黎弥加，因此也不须记得我。出云败了，你会有你的生活，像那只白鸟从幸福的一边飞向另一边。而我们的故事，就这样过去了。

黑色狼头旗升起，逆着出云的溃军，我缓缓前行。

白狼拉杰在我的马前跑。出云帝国的最后一头战狼。一人，一狼，一旗，这将是最后一次冲锋。

弗夜坚赞，如果没有战争，我们可以成为很好的朋友。眼下让我来迎接你的刀锋吧。这尘世里你我都没有错，如果非要说错，那就怪我们生在了同一个时代，生在了两个注定只能存活一个的帝国。

——

俄摩隆仁的云烟呀，苍茫没有尽头。

苦海中沉沦的性命呀，磨难没有尽头！

飞翔的云雀呀，张开你的翅膀，

带着我那灵魂去天地之间游一游！

……

我打马阵中，忽然有战歌飘扬起来，歌声一响，苍茫天地瞬间都澄澈起来，仿佛一枚圣洁的琉璃。

是热桑杰！战争的尾声，他率领两万骑兵出现在我的背后。

“王上，让我陪你一战吧！”他来到我面前，面色决然。他没有劝我离开，因为他比谁都清楚我此刻的内心。我们之间已经不需要多说任何不必要的话语。

我点头。

“血牦牛军，听令！”热桑杰在马上直起身子。

啪！两万骑兵齐齐举起长刀。

“列阵！只属于我们的战阵！”热桑杰一声令下，两万血牦牛军迅速散开，面对逻萨人和那满山咆哮而来的巨獒悲壮布阵。

箭矢阵！绝境之中，两万骑兵布出了有敌无我的赴死之阵。

整个队伍成为一个巨大的箭矢，最前方，最尖锐的部分是我和热桑杰。白衣似雪，一根根血红的大鹏尾羽在歌声中猎猎招展。迎着风，我举着黑色狼头旗一往直前，我看到遥远处的那面雪狮旗下面的人影，那是弗夜坚赞。战马之上他缓缓举起了手。

昆蕃军阵中传来阵阵的骨笛声，无数头巨獒被召唤回去，然后逻萨五万王军出动。

我笑了。

“这家伙还算是条汉子，愿意陪我们再战一场。”热桑杰笑道。

面对我们这样一支军队，弗夜坚赞能做的便是用他的王军送我一程，公平地血战一场。

呜呜呜！逻萨军阵响起长号，我看到无数逻萨士兵缓缓将刀举起，那是他们表达敬意的方式。

“热桑杰，你说得没错，作为一个军人，一生没有比参加如此的一场决战更有意义了。”

“是呀！王上，那就痛痛快快战他一场！”热桑杰举起手中的长枪。

“哦唆！”

“哦唆！”

“哦唆！”

身后，两万雄军高呼。

“将军，天空真美呀！”身着血牦牛胴甲的热桑杰举头向天。

大雨之上，云烟翻滚，锐利的闪电跳跃、伸展又迅即消失，宛若一道道伤口。

“热桑杰，倘若日影要飞去，那便让它更芬芳些。毕竟，它是这样的美！”

“哈哈哈，说得好！王上，即便出云没了，可这云烟还在，俄摩隆仁还在。今日，就让这圣山大湖做证，让世人记住这出云人的最后英勇吧。”热桑杰举起长枪，看着我粲然一笑，“王上，俄摩隆仁的云烟上见！”言罢，骏马长嘶，须发斑白的热桑杰迎着逻萨王军，迎着那红色狂流冲锋而去。

我笑，挥动黑色狼头旗，带领两万骑兵开始冲锋。

两万人，两万匹马，铁蹄如鼓，草皮翻飞，狂冲而去！

——

俄摩隆仁的云烟呀，苍茫没有尽头。

苦海中沉沦的生命呀，磨难没有尽头！

飞翔的云雀呀，张开你的翅膀，

带着我那灵魂去天地之间游一游！

俄摩隆仁的云烟呀，温暖如家乡，

长夜里赶路的我呀，便是倒下头也要对着圣山的方向。

飞翔的云雀呀，张开你的翅膀，

带我那灵魂，回那魂牵梦绕的家乡！

长歌当哭，两万骑兵冲锋！

……

咣！箭矢之阵，凿子一般插入逻萨人之中，白柄刀挥荡，断肢飞起，血肉横飞！

凿穿逻萨王军战阵，热桑杰勒马大吼：“还剩多少人？”

“八千！”

“好！不错！”热桑杰哈哈大笑，蔑视地看着前方的雪狮王旗，掉转马头，“将士们，回头再战！”

折返，昆蕃人的战阵被冲撞得人仰马翻，波浪翻滚。

第二次冲出，热桑杰大吼：“还剩多少人？”

“三千！”

“重新列阵！再战！”

……

第六次杀出，牛头旗下，热桑杰全身是血，人马皆赤，断去一臂。

“还剩多少人？！”他喘息着，抹了一下脸上的鲜血，大声问道。

“老帅，十七人！”

“杀得痛快！”热桑杰向地上吐了一口血水，和我相视一笑。

“王上，伤势如何？”他扯下战袍一角，包扎好自己的断臂，转脸问我。

我俯身拍了拍已成血狼的拉杰，“身中五箭，刀伤十余处，还能一战！”

“好！”热桑杰回头看了看身后的仅剩的十七人，他们全身皆是伤的勇士，笑道：“二十万大军，眼下就剩下了我们，你们怕不怕？”

“老帅，不怕！”

“死了，我们就去云烟里见！”

“王上，老帅，下令吧！”

热桑杰看了看我，我笑着冲他点了点头。

热桑杰指了指前方：“看见弗夜坚赞的雪狮王旗了吗？它就在眼前！出云的将士们跟着王上，夺旗，斩将！”

黑色狼头旗下，我缓缓地举起右手！所有人的目光，跟着我的手，缓缓上移。举高，再举高！然后，我的手狠狠地攥成了一个拳头！

嗷！拉杰昂头长嚎，兽鸣荡漾于烟雨之中。

“夺旗！斩将！”

“夺旗！斩将！”

“夺旗！斩将！”

十九人高唱战歌，信马由缰，放手搏命！战马如同离弦之箭，撞飞逻萨人的遁甲，长刀如同迅疾闪电，斩断逻萨人的肢体、手臂！

十九人，势不可当！

这最后的冲锋，犹如一把尖刀，带着无尽的煞气，刺向昆蕃的最中心！那里有昭日天汗！

“保护王汗！”逻萨王军慌乱一片。

轰！！！！天雷炸开，霹雳滚地而下！如同千万火山云层高处崩发，地火焚灼，无数道闪电撕开天幕，雷龙流窜，飓雨席卷！

天地仿佛坠入深渊，昏暗、破碎，看不清人，看不清物，世界混沌一片。闪电像是把天空撕裂出一个个巨大的口子，大量的雨水倾盆而下，似乎要将此地永久淹没，云层的不断剧烈的撞击发出轰隆的巨响，要比时间所有的巨兽都要骇人！

噗，逻萨人的长戈穿透我的臂膀。

坠马的那刻，我看见十七人一一倒下，看见热桑杰在箭雨中被射成了刺猬，看见他最后一刻投出自己的长枪，那长枪在闪电中划出一条弧线，深深扎入弗夜坚赞脚下的土地之中！

那枪尖处，雨水、血水之中，盛开着一朵小小白花寂寞而圣洁。

第十二章
终归云烟

谁在唱歌？一句连着一句。歌声缥缈，若有若无，如同迷途。

我感觉自己的灵魂脱离了身体，那么自由，那么轻松，没有了肉体的沉重，如同一只飞鸟翱翔于蓝天，跻身于无穷无尽的黑暗之中。

那歌声从前方传来，断断续续，吸引着我，向前，向前……

当我走近的时候，它忽然又消失，一道道天雷在我身边炸裂，将我从云端抛下，坠于高山大川之侧。

那是一条波涛汹涌的大河，河水呈现浓黑之色，周围传来一阵阵的诡异吼声，不绝于耳。我忽然看见赛玛噶。她站在对岸，站在树林之中面无表情。

我们之间隔这么一条不可跨越的河渊，河面黑暗，水雾蒸腾，河流平缓且深。星光黯淡，然后她转身消失在暗里。

我大急，匆忙追进水里，水里极其寒冷，是我从未遇见到的寒冷。水流湍急，我不受控制，随波逐流。然后我看到一艘大船从我面前驶过。黑色的船舷，黑色的帆，上面站着黑衣的人。在那人群里，我发现了赤危，发现了热桑杰，发现黎弥加，发现了婷夏。

他们站在船头对着我满脸笑容，毫无声息。

我在河里跋涉，追赶，不断跌倒，不断爬起，但那船飞快驶进水雾中，再也寻找不着……

有兽低低地吼。这吼声好似无边无际的晨曦，照亮万千苍生。

是拉杰！我睁开眼，它守在我身旁，目光闪烁。

周围漆黑一片，雨还在下，四野空寂，再无别人，再无声响。身体各处传来剧烈的疼痛，让我几欲昏厥。我挣扎着爬起来，冰凉的雨水拍打着我的脸，让我逐渐清醒过来。

我没有死。但周围没有死去的尸体，没有战马，没有旗帜，没有刀枪，什么也没有，干干净净，空空荡荡。这世界，仿佛一刹那成了渺茫而遥远的陌生之地，只有我一人。

我踉跄上马，寻找归途，辗转，游荡。我知道自己彻底迷路。

拉杰在前方低头嗅着，忽而跳跃而去。顺着它奔跑的方向，我发现远处有个红衣身影。那身影在一棵落花的树下，面容模糊。她静默，仿佛等待已久。白花簌簌落下，落在那红色长裙上，如同翩翩的蝴蝶。

我的内心剧烈颤抖，生出巨大的亲近渴望。

赛玛噶？

那身影并未停留，转身而去，迅疾而笃定。

我骑马追赶。我只希望这一刻能够看一眼那副容颜。哪怕去很远很远的地方，哪怕去世界的另一端。

穿过树丛，越过河流，飞过草甸，那身影总是在前方，我追她走，我停她停。

我们之间始终横亘着一段距离，这距离就像轮回，以血肉做试探，没有尽头。这样的追赶不知道经历了多久。在这浓雾之中在这大雨之下，我的视野中只有那抹红色，那抹唯一光亮的颜色。

她消失在一个谷口的时候，雨终于停下。微光出来，空气闪闪发亮，渐渐可以看清蜿蜒起伏的群山。山口汇聚无数花树，落英缤纷。地上白色的花朵密密麻麻铺展，清风下，鸟群飞起回旋，从容而安静。

马停在谷口。狭窄的山谷，两侧是高耸的山岩，抬头只能望见一线天空，前方，迷雾慢慢，不知去路何方。

这样的一个地方让我恍惚。因为如此的山谷我从未来过。拉杰在谷口嗅了嗅，转身看了我一眼，一晃而入，仿佛石入深湖。我扯动缰绳，跟随着它进谷。

天似乎刚刚亮，山谷之中水汽氤氲。两旁是突起的、平整的山石，荆棘丛生，中间开满了无数洁白的小花。那些花，尽管不是山茶，却同样纯粹芬芳。

万籁俱静中我缓缓地走，心情逐渐变得轻松甚至愉悦起来。然后，我看见柔和的日光映射在两旁的山崖之上，现出绘于其上的壁画。那壁画自高处延伸而下，五彩斑斓，沿着崖壁向前方伸展，好像无穷无尽。

壮美的壁画呀！矿石碾磨而成的颜料，鲜艳而灵动，游动的线条，勾勒出山，云烟、神灵和一张张芸芸众生的脸。

我下马，昂头慢走，欣赏那壁画。我逐渐被吸引，觉得仿佛闯入了一个隐匿神殿，足以忘记了时间，忘记了这世界。在这山岩之上，在这壁画之中，我看见世界被创造时的景象——天地昏暗，只有苍茫云烟，神在一座大山上放下一枚白色巨蛋，巨蛋裂开，大鹏飞出，落于雪域之上，幻化成最初的人祖。

我看见人繁衍生息壮大，经历无数代的劫难和生死，在那山峰下修建起第一座城堡。他们管那大山叫俄摩隆仁，管那城堡叫穹隆银。

我看见他们放牧，生养，取陨铁铸造兵器；竖起绣有大鹏圣鸟的猎猎军旗。我看见他们征战四方，攻下一个又一个部落城塞，战无不胜；我看见野狼被驯服，大鹏翱翔于九天；看见帝国第一位王君临穹隆银，看见反叛，看见征讨，看见血，看见死，也看见千年的不朽和辉煌……

我看见一位法师在岩洞上刻下一枚并蒂白莲，那白莲幻化成两个孩子在原野上奔跑，长发飘飘，无拘无束。我看见他们迎风长大，年长的即位为王，年少的一人独对圣山云烟。

我看见高举雪狮大旗的送亲队伍浩浩荡荡进入穹隆银，队伍前方一个红衣女子隐没在人群中，只露出一个侧面，一张淡然的苍白的脸。

我看见战场之上黄牛部全军覆没，看见房舍起火，看见一群老弱妇孺离开家乡，随即又被捕捉，戴上沉重的镣铐被集体屠戮。

我看见两个大湖之间，白色、红色两方布阵，无数人厮杀。看见大鹏旗轰然倒下，看见出云兵败如山倒，看见一个举着黑色狼头旗的白甲青年与一位赤甲老者并肩冲向逻萨王军，他们的前方飞箭如雨，天地黑暗。

我看见逻萨军队杀至穹隆银之下，城池倾塌，烈火蔓延，无数出云人

或死战或集体殉国。我看见穹隆银城的最高处，即将城破的出云人愤怒涌动，一个个红衣女子被他们从绝壁高岩上扔下，这些女人长裙飘飘从高处落下，那么像一只只飞鸟……

很快我就明白，这看似古老的壁画，画的是出云的故事！

那上面有出云人的祖先，有我和黎弥加，有赛玛噶，有昆蕃和出云最后的决战……

就在我震惊之时，壁画在另一侧山谷的出口处突然消失。

山谷从我面前退去，我的马前是一片日光明媚的天地。暗绿色的群山之下，河流蜿蜒，万里戈壁上分布着点点草甸，有帐篷升起袅袅炊烟，牛羊低头吃草，游荡，祥和，纯粹。这里没有战火，没有死亡，男女老少怡然自得，如此安宁，如此美好。

一个孩童毫无预兆地出现，站在我的马下。他十几岁的年纪，背着一捆新鲜的柴火，黝黑的脸上有一双雪水滋养的纯净的眸子。

他看着我的马，看着白色的巨狼拉杰，看着白色盔甲上满是血迹的我，显然受到了惊吓。

“你是谁？”他后退着，举起手中的柴刀，大声问。

“一个出云人。我叫黎穆。”那声音有些僵硬，在山谷里回荡，如同光束中的尘埃。然后，我昏倒……

醒来，听见铃音。挂在檐角的小巧铃铛，用黄灿灿的铜铸成，上面刻着繁复的花纹，被风吹着摇曳，作响。

我睡在红色的厚实毛毡上，周围摆满了明晃晃的灯盏，空气里弥漫着浓浓的香味和酥油味。窗外天灰一片，走到窗口我发现这是一个耸立在高处的建筑：红色的墙，巨大的建筑，贴满金箔的金顶闪闪发亮；远眺，能够看到一个个帐篷散落于广阔野地之中；有人诵经，低而沉，呢喃着，连绵不息；日光的斜照之下，尘影飞舞，映出窗边一个铜像的脸。

居高临下的铜像，头戴宝冠，身披璎珞，身材婀娜，低眉微笑。慈祥如同母亲，仿佛已在此久为等候。

菩萨。赛玛噶告诉过我，这是她的菩萨。

菩萨坐在高处，低眉望着我，目光温柔，檀香绕绕，如此美。

我看了看自己，原本身上的盔甲皆被脱去，换上的长衣赤红如火，麻布柔软，散发着浓浓的油脂味。撩开衣袖，我的右臂上，那自生下时便刺的文身，一棵半身隐匿在云烟中的白树已倏忽不见，彻底消失。

这世界如此之大，剩下我一人坐在陌生的角落里。

“你睡了三天，真是一通好睡。”就在我诧异时，一个老者赤脚而入，短短的白发，裹着红色法衣，装束诡异，身后跟着谷口遇见的那个孩子。

我微微弯腰，向他施礼：“你是法师？”

“法师？”老者笑笑，揉了揉圆圆的脑袋，走到那菩萨下，又笑，“这里没有法师，我只是个僧人，叫普巴。”

“僧人？”

“对，僧人，你要说法师，也勉强算是。”普巴捻动手中的珠子，“两者没什么不同，都是守着灵魂开花的人。”

尽管我不太明白他的话，但觉得依然可以相信他。一个守着灵魂开花的人，定然是个纯粹的人。

“那么，普巴，这里是何地？”我坐下来。

“雪域高原。”

“普巴，你们这里，距离穹隆银城多远？”

“穹隆银城？”

“对，出云王都穹隆银！”

“出云，出云……”普巴意味深长地看着我，忽而笑起来，“这个名字，实在是太久远了。我在一部典籍里看过，好像曾经是有个穹隆银，也有个出云，不过那都是千年之前的事了。”

我笑：“普巴，不要开玩笑！事关重大，我必须尽快赶回王都，快点儿告诉我。”

“我们僧人不会说谎。”他奇怪地看着我，“你是什么人？”

“出云人。”

“出云人？我们这里没有什么出云人。”

“怎么可能没有呢？雪域都是出云的，你们都是出云人！”

他似乎不想和我争辩，转身走进房间的深处，摸索着拿出一物。

一叠羊皮经卷摆在我面前，斑驳发黄，脆弱干硬，仿佛碰一下就要碎成粉末。

普巴拂去上面的灰尘：“既然你不相信我所说的，那你就亲自看。”他把羊皮经卷推给我，我翻开，发现上面的文字扭曲飘扬，如同天书。

“这文字我看不懂。这是什么书？”

“史书，记载历史的书。”普巴拿起羊皮经卷，缓缓地念，“噶尔金赞返回天汗驾前回报：‘公主未有任何文书回复，只如此唱了歌赞，盖印封交所献礼物，即此物也。’说毕将礼品献上。天汗当即拆封启视，见有大粒古旧松耳石三十颗，别无他物。天汗心中思忖：其意谓，若敢于攻打黎弥加则佩戴此松耳石，若不敢进击则懦怯与妇人相似，着女帽可也。乃下令，君臣火急发兵，灭黎弥加，统其国政，出云王黎弥加失国，出云一切部众咸归于辖下收为编氓。”

“出云亡国了？”我听见自己灵魂崩裂的声响。那声响在寂静中震动放大，汇聚成轰然的巨大雪崩。

“昭日天汗的传记上说得很清楚。神山圣湖一战，出云王黎弥加死，王弟哑巴将军黎穆杳无音信，王汗大军攻入穹隆银，灭出云，任噶尔金赞为总管，千年帝国不复存在。”

“昭日天汗的妹妹，赛玛噶如何？”我急急问道。

“据说，穹隆银城破之日，出云残兵进入天牢，公主与两百名陪嫁奴仆悉数押于高崖之上，被一一抛下。每抛一个，红裙招展，出云人高呼：‘好美的飞鸟呀，好一条毒蛇呀！’两百人，飞蛾一般去了。

“公主自己跳了下去，着红衣，宛若大蝶一枚。事后，王汗命人搜寻，翻遍山谷唯独不见公主尸体，痛不欲生。直至王汗崩，仍念念不忘。有人说公主被菩萨接入花国，亦有人言公主化为一只大鸟翩翩而去，自此成迷。”

我瞬间呆掉。

人会在一瞬间变老，赛玛噶，我不知道这会是整整千年。

“这不过是一件旧事，一切发生，一切完尽。千年了，已经了无痕迹。”普巴看着那菩萨，神情恍惚。

“普巴，你说谎哩！”多吉跳起来，对着普巴吐口水，“所有人都知道那废墟大殿里有个女人！父王说那女人就是公主，公主从没有离开，就在那废墟里等着她的情郎归来，成了魂灵也没离开，只不过她不记得了情郎的名字和模样！父王说这事祖祖辈辈流传下来，错不了，我还见过那女人的黑猫哩！”

“传说而已，谁也没见着。”普巴上香，微微一叹。

难道赛玛噶还在？！我欣喜若狂，一把抓住多吉。

多吉被我吓了一跳，张大嘴：“你，你要干吗？！”

“多吉，此地距离穹隆银多远？”我道。

多吉噘起嘴：“你这么凶，我才不告诉你！”

我从未和孩子接触、玩耍过，实在对他束手无策，好在此时拉杰出现在门口。

指了指拉杰，我笑道：“你若告诉我，我让它给你骑。”

“这么一条大狗，倒是好玩。”孩子玩耍的心性，看来什么时候都不会变，多吉顿时眉开眼笑，“好，那我跟你说，那地方我没去过，不过父王去俄摩隆仁转过山，说骑马也要十天。”

“明日，带我去。”

“去那里干什么？”

“见个故人。”

我昂头看着那木像。

菩萨只是微笑。默默无言。

我渐渐相信有些地方，有些人，永远无法靠近，他们在宿命中擦肩而过，接着灰飞烟灭。

更多的时候，它们只是记忆里的一个伤疤。它有它的果，却没有归宿。

赛玛噶，千年了，你还等着那个早已被遗忘了的黎弥加吗？

第二日，我早早起身。

穿上古怪的红袍，拉起睡眼惺忪的多吉，牵过战马。僧人普巴站在廊下，看来他早就在等我。

“你真要去？”他昂着头看着我，脑袋上的短头发整齐干净。

“是的，必须去。”

“为那个虚无缥缈的传说？”

“我相信。”我勉强一笑。

他转过身，看着远处，“你叫黎穆，是吧？”

“是。”

“好像出云王黎弥加的弟弟就叫黎穆。”他意味深长地看着我。

“你不会觉得我和他是同一人吧？”

“不是吗？”他盯着我，目光深邃如同大海。这样的目光，我曾经在穹布脸上也看到过。那是看透世间沧桑的人才会拥有的目光。

“你觉得呢？”

他哈哈大笑：“我觉得不是。那位将军是个哑巴。”

我也笑，抱着多吉跨上战马。

“黎穆，有些事情不应该去深究。云起了就让它起，花落了就让它落。”在我出门的时候，他在后面大声道。

“即便是花落我也想看看。”我道。

行三日，我看到大湖。一面大湖，我闻到它的气味，寥落，繁复，没有生死，没有成毁。它包含了一个世界的轮回。这样的湖不应靠近，而更适远远观望。一面沉静的大湖，折射云霞和日光，氤氲月色和雨水，日日经年，使人洁净。

玛垂大湖，时过千年，它依然是那副模样，没有任何的变化。它看惯了千万年的众生悲喜，最终变成天空一样的无言寂寞。

湖水清澈，浩大，岸边开满野花，一朵朵，一簇簇，绵延开去，灿若云霞。这地方，我曾经和赛玛噶同住一处，看日升日落，度过了最美好的时光。

我在岸边寻一块石头坐下，听着波涛。我微微闭上眼睛，感受那涟涟波光。

不远处，多吉和拉杰已熟悉，他们玩闹，嬉戏，奔跑。然后，我看到多吉在一片野花中间停下，他弯腰，跪在地上，捡拾起一件东西，朝我跑来。

“黎穆，你看看这是什么东西？”

我伸手接过，发现那是一枚箭头。

一枚锈迹斑斑的箭头，箭竿早已腐朽，拂去铜锈，锐利依然，上面刻着一只大鹏鸟，双翅伸展。这是出云白甲禁卫的白羽箭，精铁铸造，可轻松射穿坚甲，如今竟然变成这副模样。

我站起来，环顾着眼前的这片天地，这大湖之畔的广阔空间。

看来，已经没人知道千年前这里曾经发生过一场旷世大战，没人知道这里曾经有三十万大军厮杀，没有人知道一个千年帝国的辉煌在此终结。

眼前天高云低，风烟渺荡，残阳如血，隐隐听见牧人的牛角声传来，凝重如噎。曾经的金戈铁马，杀伐呼喊，马蹄如鼓都隐匿在这云烟之中。只有这山川依旧，天地依旧，默默注视着斗转星移，沧海桑田。

“多吉，这是一枚箭头。”

“杀人的箭头吗？”

“是的。杀人的箭头。这玛垂大湖旁边，曾经是一处战场。”

多吉咯咯笑起来：“什么玛垂大湖，这里是玛拉错！”

玛拉错？是的，看来连大湖的名字都已经不复存在了。

“走吧。我们还要赶路。”我无意和多吉争辩，带他离开。

过玛垂，一路向西，昔日的森林荡然全无，繁花茂树不在，只有莽莽戈壁铺展，风沙四起，没有人烟，没有走兽，沟壑深邃，砾岩突兀。唯独泥色中一簇簇低矮的毛刺，昭示还有生命存活。千年的时间，斗转星移，沧海桑田，我不曾想这世界会变幻出另一副模样。

世界都如此，赛玛噶，若你还在，你还会是那个我记忆中的赛玛噶吗？

日落，过土林。最后的一抹光线照见旷野中的一道道长墙。泥石筑起的土墙颓塌、风化，映衬着无数倾倒、覆灭、散落于高坡之上的巨大泥塔，格外清冷。

缓马而过，见那些泥塔的残基之上，无数庄严的神像零落分布，手脚折断，面容模糊。多吉告诉我这些是佛塔，供奉着诸佛菩萨，但对于我来说它们是那么的陌生。

然后，我看到了穹隆银城！

来的路上，我无数次想象过千年之后的穹窿银，想象着它的前世今生。我的记忆里那座辉煌巨大的城池，那座直入云天的城池，那座大旗飞扬的城池，那座大鹏鸟盘旋于其上的城池，如今呈现于眼前的只是一片废墟。

巍峨高耸的山崖上，层层的大殿、楼舍不见，无数的大鹏旗不见，人烟不见，欢声笑语不见，只剩下一堵堵残垣断壁与泥土融为一体。风起荒草飞舞，沙尘飞扬，生命隔绝。

它被毁灭了。它所拥有的那群人，它所拥有的千年的记忆一起被毁灭了。只剩下一个空壳，残破的空壳，面目全非，在昏暗中幽幽地表达着它的忧伤。

踏着碎石而上，一处处的墙基，形形色色的洞窟，烈火灼烧过的碉堡的残墙，眼前的布局让我很快迷失其中。这不是我生活过的穹窿银，它就已彻底改变。

夜色渐深，我点起火把，缓慢前行。

火光之下，一尊尊神像、壁画显露。这些神像或盘坐低首，或凌空飞舞，男性平和高尊，女性腰肢纤细、乳房丰满。

多吉兴奋地向我解释这些佛、菩萨、度母、供养天女，语气崇敬。那神像之后，五彩斑斓的颜料勾勒出庆典乐舞、杂技表演、商旅运输、法师诵经、贵族参拜的种种场面，于我而言同样陌生。

我找来尖锐的石块，在壁画的一角一层层地铲去，终于在最后的一层，看到了我曾经熟悉的景象。上面画着一幅王室法事图。上面记载着黎弥加登基为王时，穹布带领帝国大臣、军民为他庆贺的场景。尽管上面的颜色依然鲜艳夺目，但它被覆盖，一层层被覆盖于时间之下。显然，千年的岁月中，出云之后这里曾经有另外的王国，它萌发，兴盛，最终同样归于尘土。

这里已经不是那个穹隆银，这里是个死寂的、寂寞的、冰冷的、毫无生气的废墟。赛玛噶，你便是在如此的黑暗和寂寞中守候千年吗？只为自

己心中的那个爱人？

一路向上，走到废墟的高处，那里有一处残迹，一个几乎彻底倾塌的巨石殿堂。

头顶，满天的星星硕大，灼灼闪烁，明明灭灭，星云流动旋转。

“那个女人就在里面，很怕人。你自己进去，我在外面等你。”多吉害怕，止步不愿再向前。

我笑笑，留他于外，独自进入。

这里是出云王室祖先灵魂的居所，我和赛玛噶初见的地方，它让我的记忆蓦地复活，尽管彻底坍塌，但我依然认出这里是曾经的出云黑宫。所有的殿堂中，唯独它改变最小。

站在院子里，我看见月亮高高升起，墙壁之下一簇植物倔强地生长，开出碎小的微白的花来。

这一刻，我终于内心温暖起来，一下子回到了已经不存在的故乡。我的记忆全部复活，曾经的黑宫在头脑中展现。

穿过长廊，黑宫大殿显现在面前。巍峨的大殿，梁柱已经断倒，殿顶塌下，碎石满地。原本的大门已经不翼而飞，只剩下一个巨大的黑洞洞的入口，仿佛一只巨兽的血盆大口，等待吞噬。

迈入大殿，空旷无声。推开断木、巨石艰难前行，我看到居中是尊巨大的木制神像，神像之后的壁画上展现出种种极端之苦：生前贪婪者、杀戮者、淫乱者、作恶者，各因其罪各受其苦，刀丛、油锅、火海，各式刑具，惨不忍睹，神的目光就落在那壁画之上，空洞，渺茫。

看完这图画，我离开。在壁画的一侧，黑暗中浮现出一双眼睛，缓缓逼近，目光诡异。拉杰低低嘶吼了一声，猛扑过去，一团黑影从眼前穿过，竟是一只黑猫。拉杰追逐而去，寂静中传来它们打闹的欢快声响。

窗外突而落雨，毫无预兆。雨点打在瓦石之上，洗尽铅华后露出的洁净荧光，还未等我观看便又隐去。忽有檀香充溢，那香味异常沉厚如同潮水，此起彼伏。突然感觉背后有气息，蓦地转身，我和赛玛噶便如此邂逅。

她站在石壁之下，面目清瘦，仿佛满月一样光芒皎洁，一张淡漠的脸

没有欢悦亦没有悲伤，如同一枚布满裂纹的古陶，有着沧桑寂寞的冷。

她看着我不怒，不喜，流露出空荡的茫然。

“赛玛噶……”这名字我终于可以呼出。音节婉转，这样的美。

“赛玛噶，赛玛噶。”她呢喃着，似乎对这名字极为陌生，继而颔首，惨淡一笑，“是的，许久之前，它属于我。你有没有见过我的爱人？”

“你说的是黎弥加？”我缓缓走过去。

“黎弥加，我记得这个名字，他是我的丈夫，99万出云大军的王，却不是我要等的人。”赛玛噶摇了摇头。

然后，她走近，端详着我的脸：“年轻人，你知道我的名字，黎弥加的名字，你又是谁？”

我愕然，她竟已认不出我。

“赛玛噶，你仔细看看，仔细看看我。”我撩开头发，露出自己的整张脸。

她走过来，仔细地看着，良久缩回去，摇了摇头：“我不认识你。”

“你不认识我？你怎么可能不认识我？！我们在这里相识，我们一起在玛垂大湖度过最快乐的时光，我们在俄摩隆仁看云烟……”

“我不认识你，你是谁？你有没有见过我的爱人？”她打断我的话，声音冰冷。

“你不认识我？你的爱人？”我的脑海突然一道闪电接踵而至，雷霆阵阵，仿佛有万个雪崩爆发，将一切撕成碎片。穹布的话在我耳边回荡，还有他那悠长的叹息。

我记得他在暮色中对我说：“将赛玛噶的爱从她记忆里抹去极为简单，法术可以做到。不过一旦施法，赛玛噶将再也不认出自己的爱人，两人即便咫尺，也形同陌路。由此产生的灵魂上的塌陷，会让人在暗里迷途，如同镜子落下，坠落破碎，无法成形。你想过吗？”

当真相呈现出来的同时，它便只留下一具残骸。这便是我和赛玛噶之间的爱吗？这爱她从未向我告知。我们这一对世间男女终究被那宿命扫荡一空。

“我只记得他右臂上的白树文身，记得他的白甲和大手，记得他身上

雪莲一样的气味，记得他卧于我身旁的温暖。但我忘记了他的名字，忘记了他的模样。”赛玛噶笑，目光涌动着花开时的烂漫。

“他在每一个夜晚都出现在我的梦里。他站在云烟之中，站在白的花树之下，从不说话。我向前，赤脚飞跑，我哭喊着，只想走近，看清他的脸。但我永远追不上他。

“我就这么等着，日升日落，春来秋来。看见无数人来到世间，看见他们成长、衰老、死亡，看见这城池一次次的金碧辉煌，一次次的毁于战火。看见杀戮，看见血海，看见沧海成了桑田，看见山林成了尘土，只剩下茫茫的风沙和黑暗。但我等的那人从未到来。

“年轻人你说，如果这是爱，为什么它像一条没有尽头的道路让彼此渐行渐远？”

我潸然泪下：“赛玛噶，我给你说个故事吧：前些日子，我把一只鹅放进了一个瓶子里，现在那只鹅已经长大了，瓶口很小它出不来。那个瓶子很珍贵，我不想打破它，但是如果不把鹅拿出来，它就会死在里面。所以你看怎么办？”

赛玛噶没有回答。她愣愣地看着我。

“赛玛噶，太多的人绞尽脑汁想那解救的办法，而实际上那鹅本来就置身于瓶外。我们在这世间行走，很多时候太过执着不愿放下，所以像那只鹅一样困顿其中。就像你爱的那人，或许他早已死掉，或许他在赶来的路上迷失耽误了太多的时间，又或许他就出现在你的面前，而你却永远不认得他。你应该做的是重新做一朵花，一朵自由的花，沐浴阳光，沐浴雨露，灿然盛开。”

“年轻人，你说得很有道理，但我不会那么做。我会继续留在这死城，继续等他。哪怕等到海枯石烂，哪怕等到天荒地老。”

“你这样做，又是何苦？”

“我只想等他来，然后告诉他我爱他。”

为什么我们有时会毫无征兆地落下泪来。可能是因为那时我们突然发现，自己原来独身一人。

我们的人生如同那雨水，云中孕育，承受不了宿命的重，便落下来。落在花上，落在泥土上，很快消失不见，注定无法长久。旧雨停歇，新雨生长，无尽循环。人永远无法走到世界的尽头，这是最为无可奈何的事情。

好在我们相遇，即便是终又擦肩而去，也是如此值得庆幸。

世界那么大，而我们来过就已足够。

我决定带赛玛噶走，带她离开这座废墟之城，离开这冰冷寂寞，离开这毫无生气之所，前往另一个地方。

她拒绝。

“在我未等到他之前，我不会离开。”她说。

“为什么偏偏在这里等呢？”

她甜蜜一笑：“这是我们初识的地方。我怕我离开了，他寻不到我。”

“他如果不来呢？”

“那我就一直等。”

“如果他永远都不来呢？”

“那我就永远等下去。”她说。

我笑：“赛玛噶，我带你去个地方，或许他就在那里。”

“哪里？”

“跟我去。”我站起。

星光下，我们动身。

我抱着多吉骑马狂奔，她则稳稳坐在拉杰背上。

多吉有些惧怕赛玛噶，躺在我的怀里，一直暗中在观察我们的表情，偷听我们的谈话。

“你好像认识她，她却不认识你，对不对？”多吉昂着小脸问我道。

我点头。

“为什么？”

我认真思考一下：“是因为爱。”

“爱？什么是爱？”

多吉的这个问题把我问倒了。这可能是世界上最难回答的问题了。是呀，什么是爱呢？

“多吉，我没法准确地回答你的问题。”我看了一眼赛玛噶，然后轻声道，“这东西很难用语言说清，它是最甜的蜜，同时又是最毒的箭，它是石头坚硬、固执、冰冷，它又是火焰温暖、火热，却又能灼伤人。它是大湖永不枯竭、恒久致远，它又是露珠晶莹剔透，却转瞬之间消失得无影无踪。它是两个人之间最紧密的联系，是我们曾经存活于这世上的凭证。”

“你说得太复杂，我完全听不懂。”多吉摇着脑袋。

我笑：“是呀，依你现在的年纪，的确很难明白，等你长大了，碰到个好姑娘，就清楚了。”

“我不要好姑娘，我不要这爱，听你说的好像这东西很可怕。”他说。

我哭笑不得。

“我们去哪里？”多吉问。

“去俄摩隆仁。”

“转山吗？”

“不是。”

“去俄摩隆仁不转山，那去干吗？”

“去看那云烟。”

多吉纳闷儿：“云烟有什么好看的？到处都能看到云烟。”

我摇头：“不，多吉，那里的云烟和别处不同。”

“有什么不同？”

“我们出云人相信，每一个善良的人死后，灵魂都会前往神山峰顶的那片云烟之中。那是我们灵魂的安息之所，在那里我们会和自己的爱人、朋友会面，自此永远地待在一起。”

多吉不说话，他看着遥遥在望的俄摩隆仁，良久道：“如果是这样，那倒是一个好地方。”

凌晨的时候，我们抵达俄摩隆仁的山脚。

天还没亮，星光闪烁，神山幽深，其上云烟升腾。我带赛玛噶往上行走，

攀爬。

她行走悄无声息，轻松异常，而我逐渐露出疲态，气喘吁吁。

黑暗中，两个人靠得如此近，默不说话，终于来到云烟的边缘。

“好了，到了。”我坐下来喘息。

她环顾四周，有些愤怒：“这里一个人都没有，你骗我。”

“耐心等待一下。”我道。

“等什么？”

我看着东方，看着逐渐明亮起来的天空：“等待最初的那一抹光线。”

她将信将疑点点头，转身向东方。

第一缕阳光终于出现，照射在俄摩隆仁峰的顶端，光芒四射。日影流转，风雷荡漾，云烟回旋，升腾，于我面前像帷幕一样拉开，露出白雪皑皑的圣洁峰顶，一如慈母之颜。在那高顶之上，雪光之上，一头硕大的白色牦牛安然行进，缓缓而来。它就如此和我越来越近，神情闲适，高贵而亲近。

“白牦牛！”赛玛噶惊叫起来。

是呀，白牦牛。

巨大的牦牛背上，我看到穹布，那个瘦削的糟老头，头戴高高的法帽，满脸笑容。

穹布，一如你的遗言，我们终又邂逅。你说过每个人都有每个人的路，或者曲折，或者平坦。我的路和你们的任何人都不同。于我来说，我所能做的只不过是让这一场流光溢彩，风光入殓。

我看到那白牦牛缓缓来到我们面前，看到光线照射过来，看到云烟弥漫、延伸过来，看到赛玛噶消失在那云烟里。

“我之前说得没错吧，你或许会爱上她。”穹布对我哈哈大笑，然后掉转牛头，沿着光线，回归峰顶。

“穆，我们云上见！”他说。

“云上见！”我笑道。笑着笑着，泪水滚落。转身，下山。

找到多吉，他已等待良久，抱怨不已。

“多吉，我们去个地方吧。”我抱起他。

高崖之上的狭小山洞，终年奇寒幽暗，一条小道蜿蜒而上。当年它的周围熊狼潜伏，这是出云王室成员修行的场所，我和黎弥加在这里度过了大部分的童年。如今繁华辉煌烟消云散，它只是一个落光了牙齿的老人，储存着记忆，等我回家。

石壁上的古老壁画还在。开在雪中的并蒂雪莲，一朵盛放，一朵隐匿，靠得那么紧，无法分割。我少时，它们就已存在千年，又一千年后它们依然坚韧平和，隔绝而完整。

我在洞口，昂头就能看见俄摩隆仁。

无数人叩拜过的圣山，顶天接地，傲然独居。千万年里，它坐视着熙来攘往的生灵，接纳，包容，抚慰大地之上的芸芸众生，引领他们进入峰顶那苍茫云烟之中，点着亮光，照耀黑暗，带来莫大的恩惠和慈悲。在那最高处，在那耀眼的光芒里，我突然看到了密密麻麻无数的人。

我看到父王阿妈并肩而立；看到黎弥加和婷夏同骑在马背上奔驰；看见热桑杰、赤危、尼洛威尔雅饮酒射箭；看见无数出云人牧羊放牛，欢声笑语；看见一身红衣的赛玛噶纵情舞蹈，舞姿翩翩，裙角飞扬，如同大鸟。

我看着她冲我招手，对我笑容灿烂。

她终于认得我。

那云烟变幻、升腾、弥漫，铺展出另外一个世界。面对它，我一次次跪拜，一次次笑着落下泪来。

多吉在一旁静静地看着我所做的一切。他并不明白这里发生了什么。

“多吉，我给你讲个故事吧。”面对那无尽云烟，我搂住了面前这个双眸澄澈的孩子。

“什么故事？”

“很久很久以前，这里有一个帝国，它的王都名叫穹窿银……”

后记

2011年，我在高原雪域旅行时，于一处古寺的残垣断壁中，见到了一尊破损不堪的木雕菩萨。日光灿烂，菩萨无语，低眉轻笑。

你知道菩萨为什么会低眉吗?

高原的传说，菩萨见众生悲苦，不禁落泪如雨，为度众生，那纷飞的泪水化为满身的璎珞。她低头，你就能看到那顶上璎珞，便看见了幸福。

也是在那古寺，我遇见了一个疯疯癫癫的老人。他问我："你知道是谁最早统一雪域高原吗?""松赞干布。"我答。"错！是象雄！"老人笑道。

自此，象雄，这个古老的帝国，这个帝国纵横捭阖、血泪齐下的历史，浮现在我眼前。

它是如此吸引我，以至于我查阅了两年的资料，才勉强拨开历史的尘烟看清楚它的些许痕迹。然后有一天晚上，在合上书本之后，对着象雄末代王黎弥加的画像，我轻轻道："黎弥加，我要给别人讲一讲你的故事。"于是，就有了这部小说。

有人说，世间所有的故事，都逃脱不了生、死、爱。其实，一个字就能概括所有的悲欢离合，那就是爱。

我说不清到底是什么吸引了自己要完成这个故事。或许是雪域高原的苍茫风雪；或许是神山峰头的变幻云烟；或许是已经被人遗忘的金戈铁马、两雄相争；或许是我们谁也逃脱不了的泥潭一般的宿命。

一个谜一样的古国，一段悲壮、凄美却又动人的传说，夹杂着欢笑、泪水，最后只留下空空荡荡，无人记起。

时光荏苒，白驹过隙，再辉煌的帝国也会成为尘土，再伟大的英雄也会成为一抔黄土，只有故事能够长久留存。这正是它的魅力。而我能做的，就是用自己手里的笔想象，讲个故事，还原那个世界。因那世界极美。

写这故事很艰难，会感觉自己在漆黑的夜色中行走，身边人影无数，迅疾倏忽而去，又闻窃窃私语，仿佛在耳边，走近却寂然无声。我沉浸在这故事里或笑或叹，最终忍不住一次次落下泪来。

这故事写完不久，我重又去了藏地，去了那座古寺。菩萨不见，那老头也不见。向人打听皆说从未看到过。

面对别人怀疑的表情，那一刻我怅然若失，神情恍惚。幸好，这故事还在。

感谢雪域高原，你给了我一个阔大的世界，让我可以走入生命的核心！

感谢我的爷爷张怀强先生教给了我写故事的方法。最后感谢我的太太汪蓉女士的默默陪伴和支持，才有了我一直写下去的动力。

感谢看完本书的亲爱的读者们，你们让这个故事变得更有意义！

张云

2015年10月于北京